NOVELIZAÇÃO DE GAVIN SMITH
BASEADO NO FILME ESCRITO POR JEFF WADLOW
E ERIC HEISSERER
DIRIGIDO POR DAVID S. F. WILSON

São Paulo
2020

EXCELSIOR
BOOK ONE

BLOODSHOT: the official movie novelization

© 2020 CTMG. All Rights Reserved.
BLOODSHOT is a registered trademark of Valiant Entertainment LLC.
All rights reserved.

Translation © 2020 by Book One
Todos os direitos reservados e protegidos pela Lei 9.610 de 19/02/1998.
Nenhuma parte desta publicação, sem autorização prévia por escrito da editora,
poderá ser reproduzida ou transmitida sejam quais forem os meios empregados:
eletrônicos, mecânicos, fotográficos, gravação ou quaisquer outros.

Primeira edição Titan Books em 2020

UM ROMANCE DE **TITAN BOOKS**
NOVELIZAÇÃO DE **GAVIN SMITH**
HISTÓRIA DE **JEFF WADLOW E ERIC HEISSERER**
DIRIGIDO POR **DAVID S. F. WILSON**

EXCELSIOR – BOOK ONE
TRADUÇÃO **JANA BIANCHI**
PREPARAÇÃO **FERNANDA CASTRO**
REVISÃO **SYLVIA SKALLÁK E ALINE GRAÇA**
ARTE, ADAPTAÇÃO DE CAPA
E DIAGRAMAÇÃO **FRANCINE C. SILVA**

Dados Internacionais de Catalogação na Publicação (CIP)
Angélica Ilacqua CRB-8/7057

S646b	Smith, Gavin
	Bloodshot / Gavin Smith; tradução de Jana Bianchi. – São Paulo: Excelsior, 2019.
	336 p.
	ISBN: 978-65-80448-39-5
	Título original: *Bloodshot: the official novelization*
	1. Ficção norte-americana 2. Ficção científica I. Título II. Bianchi, Jana
19-2793	CDD 813.6

CAPÍTULO 1

Havia dois Ray Garrison. Um deles se preocupava com o aluguel, morria de orgulho do seu Ford Mustang conversível ano 1964, arrancava os cabelos torcendo pelos Warriors e, principalmente, amava a esposa. Esse Ray Garrison só às vezes pensava nos corpos largados pelo chão. Do ponto de vista das operações, quando a ação se tornava iminente, esse primeiro Ray Garrison era trancado em um cofre, e era o segundo Ray Garrison quem entrava em ação – e ele era um profissional frio e calculista.

E, portanto, era o segundo Ray Garrison quem estava casualmente encostado contra a parede do beco no centro de Mombaça, escondido pelas sombras profundas, observando um vira-lata trotar por entre as poças formadas pela chuva da noite anterior. Sentia o suor pinicando a pele mesmo sendo ainda tão cedo, enquanto o sol quente subia entre as construções caindo aos pedaços que se avultavam acima dele. Parecia que era sua sina ser enviado para lugares quentes em serviços como aquele. Exceto no caso do

Afeganistão. Era frio lá no topo das montanhas. No Iraque era quente, mas não úmido como ali em Mombaça.

Um mural de grafite chamou sua atenção: mostrava uma mulher vendada, com uma lágrima escorrendo do olho. Havia roupas lavadas estendidas sobre ele, e o beco atulhado estava repleto de engradados com garrafas vazias, galões cheios d'água e frutas penduradas por todos os lados; havia até mesmo um carro todo depenado. Ele suspeitava que os almofadinhas de classe média de onde ele vinha só enxergariam o beco como um lugar lotado de porcarias. Garrison já passara tempo suficiente por ali para saber que aquilo era apenas a vida acontecendo. As pessoas moravam no lugar, e havia altas chances de que elas acordassem naquele dia com o som de um tiroteio. Provavelmente não seria a primeira vez. Mombaça tinha seus problemas com o crime. Elas já haviam ouvido tiroteios antes e, fosse vindo de criminosos ou de agentes das operações secretas, um tiro era um tiro.

Ao notar movimento em uma das janelas, Garrison se moveu um pouco, preparando a arma, mas era só um rapazinho espiando para dentro do beco. Garrison estava imerso o suficiente nas sombras para saber que não podia ser visto. Desejou que o moleque fosse embora. Esperava que ele fosse esperto o bastante para manter a cabeça baixa quando os tiros inevitavelmente começassem. Naqueles dias, as guerras não eram lutadas pelas mesmas pessoas de antes. Agora, era tudo combate urbano: batalhas de ambiente confinado em áreas construídas. Sua vida parecia resumida ao mesmo tipo de ação durante os últimos catorze anos, desde que se alistara, em 12 de setembro. Não importava o quanto fosse cuidadoso, as operações sempre cobrariam seu preço em danos colaterais. Mas era o tipo de preocupação típico do primeiro Ray Garrison. Ali, no referido instante, ele precisava alcançar seu objetivo e manter a equipe e a si mesmo em segurança. *E voltar pra Gina.* Ele trancafiou o pensamento. Era um pensamento do Ray Garrison Um, e ali isso podia provocar sua morte.

O rapazinho tinha sumido da janela.

– Echo Five em posição. – Ele ouviu as palavras de Victor saindo baixinho através do rádio tático.

– Spartan One em posição – disse Daniels pelo rádio, o outro fuzileiro naval de elite dos Marine Raiders que tomava parte na equipe de Garrison. Ambos eram operantes das Forças Especiais, assim como ele próprio.

– De olho nas esquinas – informou Echo Five.

A mensagem não era para Garrison. Ele estava cobrindo uma porta na parede de um cortiço decadente de dois andares, que ficava do outro lado do beco onde ele se escondia. Apesar da pintura azul descascando e da superfície de treliça, a porta parecia surpreendentemente sólida. Ele xingava a velocidade com a qual a referida operação de resgate *ad hoc* tinha sido montada. Não haviam tido tempo para planejar de modo apropriado, o que por sua vez significava que detalhes importantes – como equipamentos capazes de arrombar portas – haviam sido esquecidos. Mas, de qualquer maneira, o chão do lado externo da porta estava pontilhado de bitucas de cigarro. Um dos bandidos ia abrir a porta para ele. Era só uma questão de tempo até que um dos tangos, o código usado para designar os alvos, precisasse fumar um cigarrinho.

Um cachorro latiu no fundo do beco, provavelmente o mesmo cão que ele havia visto pouco antes. O olhar de Garrison disparou na direção do som. Nada.

A porta se abriu. Garrison reprimiu um sorrisinho. Um homem espiou para fora – grande, branco e muito pálido, o tipo de cara que não vivia no Quênia há muito tempo. Ele usava camiseta, calça camuflada e botas de combate, além de uma bandana amarrada com firmeza ao redor da cabeça. Era praticamente o uniforme dos aspirantes a milicianos paramilitares. Um fuzil de assalto estava dependurado em suas costas, exatamente do jeito que o levaria à morte caso um tiroteio começasse naquele instante. Coisa de amador. Dessa vez, Garrison sorriu. Abater amadores era mais fácil do que lidar com gente que sabia o que estava fazendo. O único problema real com os amadores era que eles podiam ser imprevisíveis.

O atirador tragou fundo o cigarro, observou o beco e avistou apenas o vira-lata farejando o chão junto a um pneu abandonado. Então, aparentemente satisfeito, desapareceu de novo para dentro do cortiço, deixando a porta se fechar lentamente atrás de si. *Não olhou direito, amigão*, pensou Garrison ao passo que deixava as sombras e era banhado pelo sol brilhante e quente do início da manhã africana. Com a carabina M4A1 no ombro, pronta, Garrison avançou pelo beco. Para um homem tão grande, ele era bastante silencioso. Alcançou a porta antes que ela batesse. Ouviu gritos dentro da construção: tinham sotaque russo. Ele provavelmente poderia tentar adivinhar sobre o que a missão se tratava, ou quem ao tais russos eram — mas, se o Comando de Operações Especiais dos Fuzileiros quisesse que ele soubesse, teriam lhe contado. O trabalho dele era apenas cumprir a missão. Nada mais, nada menos.

— Entrei. Prédio 2, térreo — avisou Garrison pelo rádio tático ao restante do pelotão.

Tanto Victor quanto Daniels eram bons homens, fuzileiros bem formados. Garrison havia servido com eles por mais de cinco anos. Tinham estado em lugares bem sombrios juntos. O pior dia deles fora quando ficaram presos em um *karez*, espécie de túnel de irrigação subterrâneo, na região tribal do Paquistão, enquanto eram caçados por combatentes da Al Qaeda. Ray tivera certeza de que eles iam morrer naquele dia. A missão fora um verdadeiro inferno. A missão daquele instante, por outro lado, seria muito mais fácil.

Foco, orientou a si mesmo.

Hora de improvisar. Ray bateu na porta antes de voltar a se recostar à parede.

Tudo ficou completamente silencioso.

O barulho de tiros quebrou a quietude da aurora em Mombaça. Balas começaram a rasgar a madeira frágil em velocidade supersônica, abrindo buracos na porta.

Às vezes, Garrison pensava que o ruído familiar das AK-47 era a trilha sonora ambiente de sua vida. Balas perdidas passaram voando por onde ele estava de tocaia contra o batente e atingiram a parede oposta, criando nuvens de poeira de tijolo. Estavam atirando a torto e a direito. Exatamente como ele imaginara: coisa de amador.

— Echo, Spartan, cheguem mais.

— Afirmativo. A caminho.

— Sessenta segundos.

Garrison mal deu bola para os ruídos de conversa nos comunicadores. Tinha certeza de que o restante das pessoas do time sabia cada qual a sua atribuição.

A saraivada de tiros parou assim que os atiradores esgotaram todos os trinta cartuchos em cada um de seus carregadores. Um fuzileiro experiente recarregaria um fuzil de assalto em um segundo; aqueles caras levariam um pouco mais de tempo.

Garrison tirou uma granada de atordoamento de um dos bolsos do colete tático. Puxou o pino e liberou a alavanca, mas a manteve na mão. Deixou a granada cozinhando enquanto ele contava. No último instante, atirou-a pelo buraco que o tiroteio descontrolado havia aberto na porta. A granada detonou em pleno ar, e a luz fosforescente vazou pelas pálpebras fechadas de Garrison enquanto o estrondo esmagador o ensurdecia temporariamente. Depois de um mínimo instante para se recuperar, Garrison deu a volta e avançou pela porta perfurada, novamente com a M4 no ombro.

Uma rápida análise situacional: estava em um tipo de depósito espaçoso, com cadeiras dobráveis espalhadas ao redor de um tonel no qual era provável que eles acendessem uma fogueira a fim de se protegerem contra a friagem das noites africanas. O sol do comecinho da manhã vazava pelas claraboias, iluminando grãos de poeira que flutuavam no ar e os dois atiradores atordoados cambaleando de um lado para o outro, seus fuzis de assalto sem munição.

O coice da M4, que fazia a coronha dobrável da arma se chocar contra seu ombro, era reconfortante de algum modo. Ray precisou apenas de duas rajadas eficientes, os lampejos do quebra-chamas iluminando o depósito, e as balas atingiram o centro de massa dos atiradores. Ele prosseguiu, passando por cima dos cadáveres. Depois conferiu a área, a M4 indo da esquerda para a direita. Notou engradados cheios de pacotes envoltos em fita, provavelmente contendo drogas. Não era problema dele.

Logo à direita da porta havia um lance de escadas conectadas a um corredor no andar superior, que circundava o depósito. Era uma ameaça: o mezanino fornecia excelente posição elevada de tiro. Garrison ergueu a arma e a girou em um arco, à procura de movimento. Nada.

Satisfeito com o fato de a área estar limpa, continuou seu caminho, rápida e silenciosamente, subindo pela escada que levava ao mezanino.

Uma AK-47 empunhada de qualquer jeito apareceu através de uma porta próxima, e um terceiro atirador disparou sem olhar, enchendo o ar de balas. Garrison não retrocedeu à medida que os buracos surgiam nas paredes à sua volta. Um disparo perdido o atingiu no ombro. Ele gemeu de dor e fez uma careta, mas era um tiro limpo, só na carne – ele sabia a diferença. *Amadores imprevisíveis*, pensou, reprimindo a dor. Conseguiu um bom ângulo do atirador, apertou o gatilho e, em mais uma rajada de três tiros, outro corpo caiu no chão.

Movendo-se rápido – com as pernas dobradas e garantindo um apoio estável para a arma enquanto tentava ignorar a dor no ombro, com o sangue pingando pelo peitoral da armadura –, Garrison fez a curva no corredor e entrou em um apartamento maltrapilho. Réstias de luz passavam pelos buracos da janela fechada por tábuas, revelando tinta descascada e reboco, blocos de concreto expostos, uma TV de tubo de aparência antiga e um quarto atirador. Ele portava uma espingarda de bomba apontada para o refém – um homem loiro de quarenta e tantos anos, um norte-americano, o objetivo da missão. O objetivo da missão parecia aterrorizado.

– Baixa a arma! – O homem com a espingarda parecia prestes a berrar.

O olhar de Garrison foi da esquerda para a direita, imperceptivelmente, observando os arredores. Então ele ergueu as mãos como se dissesse "tudo bem, tudo bem…", baixou a M4 e tirou o capacete na tentativa de parecer menos ameaçador, depositando-o em um engradado apoiado contra a parede.

– A gente tá chegando! – anunciou Echo Five pelo comunicador. Garrison podia ouvir o som suprimido dos tiros, parecido com o de uma máquina de escrever, enquanto o restante do pelotão se aproximava. Estava estampado na testa do cara com a espingarda: ele sabia o que estava prestes a acontecer com ele.

– Me diz o que vocês querem – Garrison falou para distraí-lo, tentando ganhar um pouco de tempo.

– Um helicóptero! Agora! – Aquilo era uma fantasia, e todo mundo na sala o sabia.

– Quase aí… – disse Spartan One.

Garrison podia ouvir os passos pesados dos coturnos na escadaria, o que significava que o homem com a espingarda também podia. O atirador mantinha o cano da arma pressionado com força contra a cabeça do alvo, o gatilho já parcialmente apertado. Um pouquinho mais de pressão e o objetivo da missão deles viraria uma mancha vermelha na parede. O refém parecia estar em vias de morrer de pavor antes que o tiro à queima-roupa abrisse sua cabeça tal qual um ovo.

— E diz pra eles ficarem longe! — exigiu o homem com a espingarda.

— Alpha One, aguardem, a situação é estável — disse Garrison por meio do rádio tático para o restante do pelotão. Então se virou para o homem com a espingarda. — Viu? Tá de boa. Agora vamos lá. Você quer um helicóptero, e para isso preciso de um telefone.

O homem com a espingarda o encarou. Garrison podia vislumbrar a esperança e o velho bom senso batalhando por trás dos olhos do atirador. Ele não estava lidando com fanáticos ali. Poucas pessoas de fato queriam morrer e, na experiência de Garrison, os desesperados se agarrariam à menor chance de sobreviver como se ela fosse um bote salva-vidas em chamas.

— Ali! — O homem fez um gesto de cabeça indicando o canto da sala quando a esperança ganhou a luta. Garrison olhou na direção apontada, onde havia uma mesa improvisada com uma tábua cheia de pratos sujos e garrafas vazias de cerveja.

— Onde? — perguntou, e em sua voz jazia apenas um leve tom de confusão.

O homem com a espingarda afastou a arma do refém e a apontou para o canto da sala. *Coisa de amador.*

— Tá al…

A pistola de Garrison já estava fora do coldre quando o homem percebeu o erro e mirou sua espingarda em Garrison. Tarde demais. Garrison atirou duas vezes. O lampejo do cano da pistola encheu sua visão. Ele sentiu o impacto no colete à prova de balas do peitoral da armadura e depois o calor na lateral do corpo quando a munição rasgou a carne. Cambaleou e caiu. O restante do pelotão invadiu o aposento em um rompante enérgico. Ele sentiu as costelas úmidas. Enquanto sua visão ficava borrada e os sons começavam a sumir, perguntou a si mesmo se aquele era o ferimento à bala que enfim o mataria. A última imagem que viu foi a expressão de alguém se cagando de medo, que estampava o rosto do pacote alvo. O pacote estava vivo, porém. Então, era isso…

CAPÍTULO 2

Garrison não estava morto. A menos que a área de carga de um c-17 Globemaster III fosse o paraíso – ou mais provavelmente o inferno, graças a algumas das coisas que o Ray Garrison Dois tinha feito. Ele desmaiara, os homens do pelotão deram um jeito nele e o restante dos Alpha One lhe encheram o saco por ter levado um tiro – de novo. Vida que segue, porém, pelo menos daquela vez. A situação fez Garrison pensar em quantas balas mais poderiam perfurar sua carne antes que uma delas causasse estrago permanente. Recentemente, o ritmo operacional tinha ido de "movimentado" para "uma loucura".

A rampa foi baixada. O sol da Califórnia invadiu o espaço e, com ele, veio o calor – misericordiosamente seco. Garrison colocou os pés na pista da Estação Aérea dos Fuzileiros Navais de Camp Pendleton. Não era exatamente seu lar, mas havia estado ali com frequência o bastante para experimentar uma sensação familiar de alívio por ter retornado vivo. Cumprimentou os demais integrantes do time com a cabeça enquanto o objetivo trêmulo da missão era escoltado para longe. Victor e Daniels tinham quebrado um baita galho para ele tomando conta do refém. Os companheiros sabiam quem o esperava. Ele olhou além da nuvem de calor emanando do asfalto, procurando por ela. Agora era hora do segundo Ray Garrison voltar para o cofre e soltar o marido devotado e amoroso.

Ele a encontrou. Tirou a jaqueta camuflada do uniforme e ergueu a bolsa, fazendo uma careta pela dor dos ferimentos no ombro e na lateral do corpo, e então avançou pelo asfalto quente na direção dela. O único jeito de conseguir separar a violência, o horror, o sangue na areia e a dor pelo que fazia do tempo passado com a esposa esperta, durona, gentil e infinitamente paciente, Gina Garrison, era manter os dois mundos completamente separados. Compartimentalização total. Às vezes, tarde da noite, quando as memórias das situações que tinha presenciado o incomodavam, não era tão fácil. Mas ali, com ela tão perto, Gina era a única coisa que realmente importava.

Gina usava um vestido curto de renda do qual Garrison sempre gostara, e seus longos cabelos loiros voejavam com o vento quente californiano. Ela parecia uma *pin-up* apoiada no Mustang conversível modelo 1964, linda sem fazer esforço algum. Ele pousou a bolsa no chão.

– Você tá atrasada – disse ele.

– Você tá adiantado – retorquiu ela, sorrindo, e então os dois estavam enlaçados em um abraço. Garrison a ergueu e ela passou as pernas ao seu redor. Apertavam-se tão forte que quase havia desespero no gesto. Não precisavam de palavras. Só então, com o outro Garrison trancado no cofre, foi que ele realmente percebeu a dor do quanto sentia falta dela enquanto estava longe, durante uma missão.

—

O sol cintilava dourado onde o céu encontrava o mar enquanto o Mustang acelerava pelo trecho quase vazio da Pacific Coast Highway, a Rota 1. Estavam bem ao norte de Ragged Point, com a floresta e as montanhas do Parque Estadual Pfeiffer Big Sur à sua direita. A água do Pacífico apresentava uma coloração de metal líquido quando se chocava contra as pedras lá embaixo, mas Garrison não dava a mínima. Estava assistindo à esposa trocar as marchas do velho possante, manejando o câmbio como uma profissional, o vento cálido soprando seus cabelos.

— Aonde você quer ir? — perguntou ela, sem tirar os olhos da estrada. — Pras montanhas? Pro deserto?

— Quero que você escolha — respondeu ele.

Ela riu.

— Você sabe que vou escolher a água — disse ela. Gina amava o oceano; ele sempre brincava que ela era parte peixe, tipo uma sereia. — Você realmente não liga? — perguntou ela, depois de um segundo ou dois.

Ela havia encontrado um par de palitos a fim de prender o cabelo, e os segurava com a boca ao passo que enrolava os fios para mantê-los longe do rosto. Era uma pena. Garrison gostava de ver o cabelo dela ao vento.

— Você vai estar lá? — indagou ele, sorrindo.

Ela tirou os palitos da boca e os usou para prender os cabelos.

— Obviamente.

— É só o que eu preciso saber.

Tudo o que ele esperava era receber um olhar de soslaio por ter sido tão brega. Mas em vez disso, a mão dela encontrou a dele no encosto do assento. Garrison sabia que ela sentia saudade e que se preocupava com ele, porque Gina já havia frequentado mais de um funeral militar. Não fazia ideia de como acabara junto dela. O que havia feito para merecê-la. Por que ela tinha escolhido conversar com o fuzileiro desgraçado da cabeça que encontrara no café da livraria. Ela simplesmente não parecia o tipo de pessoa que se interessaria por alguém como ele. Ele baniu aqueles pensamentos da mente e voltou os olhos para a estrada ampla. No mesmo instante, decidiu que as coisas eram tão boas quanto deveriam ser.

—

Garrison sequer registrou o nome do lugar. Era um recanto que parecia intocado desde o século XVIII. Era rústico, pacífico e não parecia infestado com turistas e toda a comercialização de itens que os acompanhava. De alguma maneira, Gina sempre conseguia encontrar aquele tipo de lugar. Garrison ponderou quantas cidades como aquela ainda existiam na Califórnia. Ele comeu gomos de laranja de um pomar local à medida que caminhavam por um mercado lotado em um píer. Havia barraquinhas de produtos frescos e frutas recém-colhidas de um lado, e o porto e sua frota de barcos de pesca do outro. A vibração e as cores do mercado contrastavam com as montanhas escuras, que cercavam a cidade costeira pelos três lados como sentinelas. A laranja tinha um gosto incrível, como se entregue aos mortais pela mão dos próprios deuses. Por outro lado, Garrison havia comido refeições pré-prontas durante as últimas duas semanas, então provavelmente um cachorro-quente mais elaborado já pareceria um manjar dos deuses para ele.

Ambos tinham tomado banho e se trocado no hotel boutique que Gina havia reservado para os dois. Agora, em trajes civis, a transformação de Garrison de guerreiro para marido estava completa. Gina estava usando branco de novo – dessa vez um vestido de verão mais longo, embora quase diáfano.

Enquanto Gina comprava mais frutas, que ia enfiando em sua sacola, Garrison parava para assistir a uma dupla de crianças locais que se atacavam com pistolinhas de água. Foi impossível não sorrir. Ele tinha vontade de ter filhos, mas nem ele e nem Gina ignoravam como seu trabalho era perigoso.

Ele mordeu um pedaço do gomo de laranja, escondeu-o sob o lábio em sua melhor imitação de Don Corleone e ergueu as mãos, dobrando os dedos em garras, fingindo ser um monstro. Conseguiu ouvir as risadas de Gina enquanto as crianças sorridentes o encharcavam com suas arminhas de água. Fingiu ter sido atingido e então fez uma careta ao sentir a dor se espalhando pela lateral do corpo, vinda de seu ferimento mais recente.

— Cuidado, molecada, ele tá meio capenga — Gina contou às crianças. Falou com boa intenção, mas ele captou algo na voz dela.

— Eu tô bem — disse Garrison a ela. — Algumas semanas com você e vou estar novinho em folha.

Ele sorriu para ela, mas sentia a pulsação do ferimento grave ainda em cicatrização. Parecia que quanto mais envelhecia, mais demorava para se curar de cada novo ferimento.

— Colabora, né? Você precisa dar uma deitada. — Ele podia ouvir a preocupação na voz dela.

— Eu estava pensando na mesma coisa — respondeu ele, sorrindo.

Ela o encarou, tentando ficar séria por um instante, mas falhou diante do bom humor do marido. O próprio rosto de Gina se abriu em um sorriso involuntário.

Momentos como aquele pareciam bons demais para serem verdade.

—

O suor cobria a pele de Garrison sob a luz acinzentada enquanto ele se deitava ao lado de Gina em meio aos lençóis bagunçados. Ele estava no limiar do sono depois de recuperar o fôlego, com a euforia do pós-sexo transformando-se em contentamento confortável. Sob a luz bruxuleante das velas, não conseguia pensar em um único lugar em que preferisse estar do que ali, deitado ao lado da esposa em um quarto de hotel.

Sentiu os dedos de Gina correndo pelo tórax, contornando o mapa do serviço que ele prestava à Pátria gravado em sua pele na forma de cicatrizes. Notou quando os olhos dela recaíram sobre as bandagens limpas em seu ombro e na lateral do corpo, e a sentiu ficar levemente tensa.

— Você acha que algum dia, nem que seja uma vezinha só, vai conseguir voltar pra casa do mesmo jeito que saiu? — indagou ela.

A pergunta não foi suficiente para estragar o momento. Garrison focou no lado positivo; era só preocupação vinda da mulher que amava. Era compreensível. Ele só não tinha uma boa resposta.

— Você não curte cicatrizes? — perguntou ele na tentativa de tornar o clima mais leve, mas sem fitá-la.

— Não ligo pras cicatrizes. Só não gosto das histórias que elas contam.

Parecia que não haveria jeito de tornar o momento mais leve. Ele contemplou Gina, aqueles olhos que pareciam poços profundos na luz fraca. Ela era linda apesar das tentativas de falar sobre o assunto — talvez mais ainda por causa delas.

— Sempre volto pra casa. — Ele esperava que a esposa pudesse enxergar a promessa em seus olhos.

Só havia uma fresta da janela aberta, mas ele podia ouvir o bater gentil das ondas contra o porto. Uma brisa fresca vinda do mar agitava o dossel fino pendurado sobre a cama.

— Só tô dizendo que… em algum momento… — começou ela. Garrison sabia aonde a conversa iria chegar, podia ouvir o cuidado que ela tinha em formular a frase. — Seu corpo não vai aguentar esse tipo de machucado pra sempre.

Gina estava certa. Ele sabia que estava certa. Um operante tinha certa vida útil, tanto fisiológica quanto mentalmente. Tudo tinha um ponto de ruptura. Apesar de seu amor pelo estilo de vida em questão, até mesmo Garrison começara a sentir que o ritmo operacional estava muito intenso – e que, se continuasse assim, iria cobrar seu preço em caixões cobertos por bandeiras. Era quase como se houvesse uma força unificadora por trás dos caras maus que eles não conseguiam eliminar, algum tipo de grande plano que só conseguiriam acompanhar caso se apressassem. A operação em Mombaça fora desajeitada. Não haviam tido tempo de planejar de modo apropriado – ela havia sido reativa demais, sem inteligência o suficiente. Não era culpa de ninguém, era só como as cartas tinham sido distribuídas, mas, como resultado, ele havia levado outro tiro.

Ele sabia que aquele tipo de pensamento espreitava o interior da mente de Gina desde sempre. Era exacerbado porque ele não podia conversar com ela sobre o assunto. Gina sabia muito bem o que estava encarando quando os dois se casaram, então a contingência deveria mesmo estar incomodando a esposa para que ela trouxesse a questão à tona no momento. Mas era só que, precisamente ali, precisamente naquele momento, era basicamente o último tópico sobre o qual Garrison queria falar.

– Como você sabe o que o meu corpo pode fazer? E por quanto tempo? – perguntou ele, erguendo-se sobre um cotovelo enquanto sorria, a cama antiga de madeira rangendo sob ele.

Gina riu mesmo sem querer. Ela provavelmente sabia que eles teriam aquela conversa incômoda em dado momento. Ele não fugia da raia, e não seria assim tão difícil porque ele concordava com a esposa. Era só uma questão de definir uma estratégia para sair; encontrar o que um cara como ele poderia fazer fora dos Marine Raiders, para não dizer fora dos fuzileiros navais, se não quisesse enlouquecer no mundo civil. Mas tratava-se de uma conversa para depois.

– Talvez eu só precise… sei lá, aprender de novo.

Envolvendo-a com os braços musculosos, ele a fez se deitar de novo na cama.

CAPÍTULO 3

O sol da manhã se esgueirava para dentro do quarto de hotel. Garrison acordou sobressaltado. Estava em outro lugar em seus sonhos, um lugar muito pior. Rolou para o lado. Gina não estava mais ali. Teve um momento de pânico irracional, de paranoia pelo deslocamento operacional, e logo estava sentado na cama, conferindo o quarto até achar o bilhete sob a bandeja na mesinha ao lado. Rabiscado no verso de uma nota fiscal constavam as palavras: *Fui buscar café da manhã pra gente, volto já.*

Ele se recostou na cama, sentindo-se aliviado e bobo ao mesmo tempo. Ali não era o Iraque, o Afeganistão ou qualquer outro lugar problemático onde trabalhava. Continuava no limite. Ainda era parte da ressaca operacional que vazava do outro Ray Garrison, aquele supostamente trancado em um cofre até que fosse necessário de novo. O pensamento o levou de volta à conversa da noite anterior. Garrison sabia que apenas tinha operações demais dentro de si.

Fazer a barba, decidiu Garrison, era um dos pilares da existência civilizada. Depois de uma ducha e de uma cama confortável, poder gastar seu tempo com uma boa lâmina era o melhor sinal de que ele estava de volta ao mundo. Garrison se deleitava com o próprio contentamento sobre seus cuidados pessoais quando ouviu um ruído vindo do outro cômodo. Só um estalinho. Tão baixo que não teve certeza se realmente o tinha escutado.

– Gina...? – chamou ele, mas havia algo de furtivo no ruído. Algo não típico de Gina, mesmo quando ela tentava ser silenciosa, quando tentava não o acordar.

Voltou o olhar para a esquerda e levou a mão ao espelho de barbear, que angulou para conseguir ver, através do vapor, o quarto de hotel além da porta do banheiro.

Movimento. Houve uma saraivada de tiros suprimidos, mas o som pareceu errado. Não eram balas. Dardos de tranquilizante acertaram o espelho, fragmentando o reflexo de Garrison, mas ele já tinha se mexido. O primeiro atirador espiou para dentro do cômodo cheio de vapor com a arma preparada, mas o reflexo no espelho o confundiu e Garrison não estava onde o cara esperava que ele estivesse. Foi o outro Ray Garrison quem emergiu do vapor, agarrou o homem e o empurrou para o interior do banheiro. Aquele era o Ray Garrison que supostamente deveria ficar guardado no cofre enquanto ele estivesse em casa.

Garrison pressionou a garganta do primeiro atirador em um aperto mortal. Quando o segundo atirador correu para o banheiro, Garrison recuou, levando o primeiro cara consigo e trombando contra o segundo. Depois o chocou várias vezes contra o piso de azulejo, prendendo-o no chão. Garrison saboreou o medo nos olhos do primeiro homem – o entendimento de que ele havia entrado no quarto errado, um quarto que guardava um animal selvagem – mesmo enquanto a vida era espremida para fora dele. A própria expressão de Garrison era de fúria impiedosa em reação àquela violação. Ambos os homens agora atiravam loucamente, com os dardos de tranquilizante indo parar em todos os lugares, menos na pele de Garrison, que deu uma cotovelada para trás e ouviu um gemido de dor. Empurrou o primeiro atirador pela garganta, com sorte empregando força suficiente para danificar sua laringe, e então se pôs a recolher os dardos, usando-os para golpear os dois atacantes antes que estes pudessem se recuperar. Repetiu a ação até que o primeiro atirador desmaiasse. O segundo ele jogou contra o chão, quebrando o vaso sanitário no processo.

Ele queria matá-los – precisava matá-los por uma questão de requerimento tático, porque não permitiria que eles voltassem a segui-lo. Observando os homens, identificou vários meios de executar a tarefa. Mas um pensamento abriu caminho a socos por entre a fúria focada e disciplinada: *Gina!*

Ele saiu correndo.

—

Ray Garrison Dois acelerou pelo corredor que levava à recepção do hotel. Trombou contra um homem alto e barbado, derrubando-o no chão. Uma rápida análise do cara esparramado o classificou como alguém inofensivo, e ele passou preciosos momentos verificando os arredores. Gina não estava em lugar algum. Pensar em sua esposa como uma prioridade tática não ajudou a diminuir seu desespero, sua urgência em encontrá-la.

Seus passos vacilaram. Suas pernas começaram a ficar esquisitas. O oceano além das portas de vidro do hotel ficou borrado. Suas pernas agora pareciam borracha, mas ele sabia que precisava continuar seguindo, precisava encontrar Gina. Então elas falharam, e ele caiu de joelhos.

– Cê tá bem, fera? – Era um sotaque britânico. Não… australiano.

Garrison virou de costas e se pegou olhando para o teto, incapaz de se mover. Estava tomado pelo pânico e por uma fúria impotente em não poder forçar seu corpo a cumprir o que precisava, o que devia ser capaz de conseguir fazer. Alguém se inclinava sobre ele. Era o homem alto com o qual tinha trombado, cuja camisa brega e chapeuzinho gritavam sua condição de turista. Ele girava algo entre os dedos. Os pensamentos de Garrison não estavam tão rápidos quanto deveriam, e ele levou um instante para entender o que o objeto era. Um injetor. O entendimento do propósito do objeto foi acompanhado por um arrepio gelado de pânico, e então o mundo apagou.

CAPÍTULO 4

Havia música. Algo antigo. Anos 1970, talvez 1980. Não era exatamente compatível com seu gosto musical, mas ele com certeza conhecia a faixa. Forçou o cérebro, tentando lembrar a música.

"Psycho Killer", do Talking Heads. Ficou bizarramente satisfeito por ter reconhecido a canção antes da letra começar. "*Qu'est-ce*", mas alguma coisa estava muito errada. "*Qu'est-ce*". Ele não conseguia mexer as mãos. "*Fa-fa-fa*". Tinha algo sobre seu rosto, um material de algum tipo, um capuz. "*Fa-fa-fa*". O ar cheirava a sangue, carne, e o lugar onde estava – onde quer que estivesse – era muito frio. "*Fa-fa-fa better…*". A luta no banheiro. O turista australiano. Ele havia sido drogado!

Gina!

Alguém lhe arrancou o capuz, e Garrison foi cegado por uma luz branca e brilhante.

– Olha ele aí. Bom dia, flor do dia!

O australiano! Garrison reconheceu a voz. Tinha quase certeza de que precisaria de uma razão muito convincente para não matar o cara. *Outra além de estar amarrado a uma cadeira?*

Ele piscou para dissipar as luzes resplandecentes diante de seus olhos, tentando focar em algo. O lugar parecia e, principalmente, cheirava como algum tipo de abatedouro. Mas perceber os detalhes era difícil já que alguém havia colocado uma luz intensa e brilhante direto na cara dele.

Garrison testou as amarras e não se surpreendeu quando concluiu que eram firmes. Usar a luz forte também era inteligente. Fazia com que ele não pudesse ver claramente os arredores, mas, conforme passasse mais tempo ali, conseguiria enxergar melhor enquanto seus olhos se ajustavam. Através do brilho, enxergou pedaços de carcaças bovinas penduradas ao redor. Até então só tinha visto um cara, o australiano. Era um bom sinal. Tinha certeza de que, se tivesse tempo o bastante, conseguiria soltar as amarras. E, caso conseguisse se libertar, poderia quebrar o australiano ao meio, e aí teria uma arma. Enquanto imaginava possíveis rotas para fora da situação, seus pensamentos continuavam voltando para Gina. O Ray Garrison Um estava interferindo no juízo do Ray Garrison Dois, e ele precisava focar no que era importante: sobreviver. Apenas se estivesse vivo é que seria capaz de garantir que Gina ficaria bem.

– Quem...? – começou ele, mas o australiano se aproximou de seu rosto, nada mais do que uma silhueta contra a iluminação, dançando e cantando baixinho o "*fa-fa-fá*" da música.

Ele ficava ridículo dançando de um lado para o outro com o casacão estufado que usava sobre a camiseta e um par de shorts, o visual arrematado pelas sandálias com meias por baixo. Mas não havia nada de ridículo na .45 que trazia enfiada no cinto.

– Esta música nunca envelhece. Mas então. O que você tava falando?

Garrison ficou com uma impressão muito evidente de que o homem amava tanto seu trabalho quanto o Talking Heads. Garrison nunca fora um grande fã de *new wave*, mas agora estava começando a detestar de verdade aquela canção em específico.

– Quem é você?

– Sou o cara que arruinou as suas férias – o *aussie* retrucou, sorrindo. Sim, ele realmente estava se divertindo. E também não estava errado. – Meu nome é Martin Axe. – Garrison ficou tenso. Aquilo não era bom. Ele não deveria ter dito o próprio nome, nem mesmo se fosse um pseudônimo. Não havia razão. A menos que… – Essa foi a sua resposta. Agora, minha vez. Quem te deu informações sobre o cativeiro em Mombaça?

Merda! Garrison se arrepiou. Não era uma situação aleatória; tinha alvo definido. Axe era – ou trabalhava para – alguém importante. Tinha conexão com o que quer que os russos estivessem aprontando em Mombaça. Ray apenas rezou para que Gina estivesse longe daquilo enquanto reclinava a cabeça contra a cadeira na qual estava amarrado. Sabia que a dor estava a caminho. Havia recebido treinamento de contrainterrogatório. Era basicamente o pesadelo de qualquer fuzileiro, sobretudo daqueles que trabalhavam nas operações especiais. Ele nunca esperaria ter de usar o que havia aprendido na Califórnia, no entanto. Sabia que todo mundo cedia no final. Era uma questão de autopreservação. Enquanto estivesse em busca de algum modo de se soltar, resistiria o máximo possível, depois lhes diria qualquer abobrinha que parecesse minimamente plausível e que pudesse inventar, e então eles o iriam matar e ele nunca mais veria Gina.

Pare de pensar na sua esposa, ordenou Ray Garrison Dois, *me deixa sair do cofre*. Só que não era assim tão fácil, porque dessa vez Gina, de alguma forma, tinha ido parar dentro do palco da operação.

– Tá. Achei mesmo que você ia fechar o bico. E é por isso que trouxe uma motivação adicional… – disse Axe, e então se virou e fez um gesto com a cabeça.

Garrison inclinou o rosto. Soube o que ia acontecer antes mesmo que a trouxessem para dentro, mas isso não o impediu de rezar para estar errado. Qualquer determinação em resistir foi embora quando dois capangas de Axe puxaram a cadeira em que Gina, amordaçada, havia sido amarrada. O terror e o desespero nos olhos dela pareciam facas enfiadas bem no peito de Garrison.

– Péra. Me escuta. Eu não sei – Garrison implorava agora. – Não é o meu trabalho. Só vou pra onde me mandam.

Axe não parecia convencido. Havia uma inevitabilidade terrível na maneira como os eventos pareciam evoluir. Garrison virou a cabeça para mirar Gina; queria dizer a ela que tudo ficaria bem, mas aí a verdade estaria estampada em sua testa e a esposa era capaz de lê-lo tal qual um livro. O pânico que sentia sobrepujou até o ferro incandescente de seu ódio por Axe, alguém que ousava machucar sua esposa. Nunca havia se sentido tão impotente antes.

– Vamos lá, mais uma vez: quem te deu as informações? – perguntou Axe.

Ele parecia quase decepcionado com a truculência de Garrison à medida que tirava a mordaça da boca de Gina. Ela abriu os lábios para se pronunciar, mas teve a atenção voltada imediatamente para a pistola pneumática – do tipo usado para dessensibilizar o gado – que Axe segurava. Ela ficou aterrorizada demais para falar.

Axe se virou para Garrison e apertou o gatilho do insensibilizador. Um pino de mais de quinze centímetros foi revelado. Quando ele encostou a pistola contra a cabeça de Gina, Garrison entendeu o que era desespero verdadeiro.

– Será que ela aguenta os quinze centímetros? – perguntou Axe, olhando para ela, claramente empolgado com a perspectiva.

Garrison puxou as amarras, as abraçadeiras de nylon cortaram sua pele e arrancaram sangue. Ele precisava fazer Axe tirar aquele olhar psicótico faminto de sua esposa e focar nele.

– Olha pra mim… Olha pra mim! – Sua voz estava embargada. Axe se virou e o fitou. – Se eu soubesse, eu ia te falar. Me pergunta outra coisa, qualquer coisa. Mas isso eu não posso contar. Porque não sei! – Ele encarava Axe diretamente nos olhos, à procura de uma centelha de humanidade ali, tentando de alguma maneira transmitir a verdade em suas palavras.

— Acredito em você — comentou Axe, enfim, baixando a pistola.

Garrison não conseguia se lembrar de ter se sentido tão aliviado em toda a sua vida. Lágrimas escorriam pelo rosto de Gina.

— Ray… Ray… — ela tentava lhe comunicar algo mediante as lágrimas e o terror.

— Vai ficar tudo bem, gatinha… Prometo — confortou ele, rezando para que não fosse mentira.

Axe desligou a música e virou-se para Gina.

— Más notícias, gatinha. Não vai ficar nada bem — falou.

Axe encostou a pistola na cabeça dela. Quinze centímetros de aço inoxidável penetraram seu crânio com um estalo nauseante, e depois o pino se retraiu. Em um piscar de olhos, a esposa forte, vibrante, esperta e linda de Garrison deixou de existir. Demorou um momento — um momento que se prolongou para sempre enquanto o tempo desacelerava — para que Garrison absorvesse a morte de Gina em detalhes excruciantes. Ela caiu no chão como um monte de carne morta, outra carcaça abatida.

O mundo de Garrison se transformou em puro ódio enquanto ele puxava as amarras, tentando se libertar. Mataria Axe com as próprias mãos, com os próprios dentes, saboreando o sangue do outro homem.

— VOCÊ JÁ ERA! VOCÊ TÁ MORTO! EU PROMETO… EU VOU TE ENCONTRAR, E VOU ACABAR COM A SUA RAÇA! MELHOR ME MATAR AGORA MESMO, PORQUE VOCÊ NÃO VAI TER UMA SEGUNDA CHANCE!

Axe pareceu considerar a ameaça quando Garrison sentiu as amarras cedendo. Ficou mais ou menos ciente da dor do polegar deslocado quando a madeira rachou e se quebrou, livrando-o parcialmente da cadeira à qual fora atado.

Com calma, Axe sacou a .45 do cinto e a apontou para Garrison.

— Valeu pela dica.

E então a visão de Garrison foi tomada pelo lampejo do fogo saindo do cano.

CAPÍTULO 5

O cadáver do camundongo tivera o sangue drenado e eviscerado. KT empurrou o corpinho para dentro do incinerador médico para o descarte. De acordo com o doutor Harting, aquilo era viver no "lado arriscado" da ciência – não à toa, o lado que também era conhecido pelo termo "*bleeding edge*", ou "o lado que sangra". Era um lugar mais fácil de se viver enquanto integrante de uma agência de operações secretas. Nunca se ouvia a palavra "ética".

– Desculpa, amiguinho – disse ela, e ativou o incinerador.

Tudo o que era útil já havia sido extraído da criatura. Só sobrara a carne, a carcaça vazia que agora queimava. Ela se perguntava se aquele seria o eventual destino *dele*. O incinerador fazia barulho. Não era lá uma grande cerimônia de despedida.

Não pela primeira vez, ela se questionou por que ainda faziam testes com animais. As palavras "crueldade desnecessária" vinham-lhe à mente, mas então ela se lembrava do que estava prestes a fazer. Talvez não fosse "desnecessária" – *talvez* –, mas certamente era cruel.

KT ouviu a porta se abrir atrás de si.

– Pronta? – perguntou o doutor.

Ela não se virou.

Não, pensou, mexendo com a moeda que trazia no bolso.

– Tô – respondeu.

CAPÍTULO 6

A coisa sonhava com máquinas. Não a coisa. *Ele*. Ele sabia que era um homem. Ele sonhava com máquinas, máquinas enormes e alienígenas que emitiam sua própria música. Uma rede vasta que se espalhava enquanto colonizava uma paisagem cinzenta e estranhamente familiar, formada por colinas ondulantes intercaladas com rios de luz neon azulado. Milhões de estranhas criaturas mecânicas ligadas à rede.

Ele abriu os olhos.

– Registro procedural do Projeto Bloodshot… Transfusão completa. – A voz era feminina e sem expressão.

Bloodshot: palavra de origem inglesa tipicamente usada para descrever olhos que estão inflamados ou injetados de sangue, não raro como resultado do cansaço.

Ele se perguntou de onde aquilo tinha vindo.

Transfusão: o ato de transferir sangue, subprodutos do sangue ou outros fluidos para dentro do sistema circulatório de uma pessoa ou animal.

Parecia haver algo ali com ele, algo o ajudando a pensar. Se era o caso, então ele tinha uma pergunta: *Quem sou eu?*

Silêncio.

Sentiu o metal gélido sob si. Uma mesa de autópsia.

Autópsia: um exame post-mortem...

Chega!

A voz interior caiu em silêncio. *Post-mortem*. Estava morto? Se sim, por que era capaz de pensar e sentir? Embora não pudesse lembrar. Ou se mover!

– Iniciar carga bioelétrica.

Aquilo não soava bem.

Bioelétrico: relacionado ao fenômeno elétrico...

Ele suprimiu a voz mais uma vez.

– Setenta e cinco por cento... – Era a mesma voz feminina.

Ele tentou se mexer. Não conseguia. Parecia mais frio do que seria natural. E então veio o entendimento nauseante: *estava preso em um cadáver!*

– Ciclo completo.

A eletricidade disparou através dele. Os músculos sofreram espasmos, suas costas se arquearam até levantá-lo da mesa, e ele sentiu um cheiro parecido com ozônio antes de desabar de novo sobre o metal frio. A informação crepitou por seu cérebro até se transformar em sinais, que ele então interpretou como dor. A sensação perdurou por um instante, depois sumiu. Uma luz fraca e avermelhada clareava os arredores.

Ele viu um tipo de aparato cirúrgico mecânico se dobrar através da névoa fria, afastando-se do corpo dele como o ferrão de um inseto. O teto era espelhado. Por entre a bruma química, capturou um relance de si mesmo. Um homem de compleição poderosa com trinta e poucos anos, pálido como um cadáver, o corpo coberto de eletrodos conectados por fios a máquinas que ele não conseguia enxergar. O brilho avermelhado que banhava o espaço vinha de uma cicatriz perfeitamente circular no meio de seu tórax. Sabia o suficiente sobre fisiologia humana – e tinha quase certeza de que era humano – para saber que aquilo não estava certo. Não deveria haver uma cicatriz brilhante no centro de seu peito.

Ele se sentou, sugando o ar em uma inspiração como se fosse a primeira vez. De algum modo, tinha consciência acerca das mudanças químicas causadas pela injeção de adrenalina que o percorria. Ele agarrou um punhado de fios e começou a arrancar os eletrodos do próprio corpo enquanto perscrutava ao redor. Além da mesa de autópsia, do equipamento médico e da luminária redonda pendurada no teto, não havia qualquer outro item no cômodo. Existia uma familiaridade nele, porém. Sentia como se devesse conhecer o local – como se já houvesse estado ali antes, ou num lugar muito parecido. Tentou recuperar uma lembrança, vendo lampejos do referido espaço, mas não conseguia ter certeza se a recordação era real ou apenas um *déjà-vu* dos últimos momentos desde que recuperara a consciência, sendo repassados diante dos olhos dele em um *looping* psicossomático.

Psicossomático. A palavra soava estranha – estrangeira – em sua mente, como se soubesse por instinto não ser o tipo de palavra que ele usava, ou mesmo que pensava, comumente.

Não estava sozinho.

Uma mulher. Vinte e tantos anos. Tinha cabelos escuros. Usava uma blusa *cropped* de mangas longas e calças escuras. Apesar das roupas, a mulher parecia estar ocupada com afazeres técnicos, e ele percebeu, pelo jeito como ela se portava, que era fisicamente capaz de fazê-lo. Uma lutadora. Seu processo mental era uma análise tática. A expressão de choque no rosto da mulher, que se apressou em sua direção, sugeria que ela não era uma ameaça imediata.

– Onde...? – A garganta dele ardia como se não a tivesse usado por milênios.

– Calma, só respira...

Ele detectou preocupação no tom de voz da mulher enquanto tentava se erguer para fora da mesa.

— Eu não faria isso...

As pernas cederam e ele despencou no chão congelante.

— Não gosta muito de ouvir...

Ela se agachou ao lado dele.

— Olha pra mim. Tá tudo bem. Você tá bem.

Ele a fitou, e seus olhos castanhos encontraram os dele. Não identificou nenhuma má intenção ali. Então notou o apetrecho tecnológico fundido ao pescoço dela. Assemelhava-se a algum tipo de aparato de respiração. Não parecia certo, ele sabia que não era certo. Tinha ciência de como sua frequência cardíaca estava aumentando, de como sua respiração mudara. Nada daquilo estava certo!

— Onde estou?

CAPÍTULO 7

A sala de recuperação parecia muito menos com um necrotério e muito mais com um quarto de hospital, embora ele não tivesse a menor ideia do porquê de pensar assim. O cômodo dispunha de uma parede de vidro que dava para um corredor quase totalmente neutro. O esquema de cores gritava "corporação", e o espaço estava repleto de equipamentos de diagnóstico; conjuntos de telas mostravam seus parâmetros biométricos e outras informações mais obscuras. O quarto não tinha guardas. A porta não parecia incluir mecanismo de tranca, mas ele tinha quase certeza de que seria capaz de escapar quebrando o vidro, mesmo que fosse um vidro blindado de segurança. O que havia além da sala de recuperação era incerto, porém. Investigou ao redor, em busca de objetos que pudesse usar como arma... e então se flagrou pensando na razão de estar desempenhando uma análise tática dos arredores, como se fazê-lo fosse parte do seu instinto.

Estava sentado na cama, esfregando as têmporas e estremecendo. A cabeça doía como se relâmpagos disparassem através do cérebro. O que não conseguia entender era como parecia saber tanto, ter tanta noção do funcionamento interno do próprio corpo – o que ele não tinha muita certeza de estar certo –, e ao mesmo tempo não saber quem era – o que ele tinha certeza de estar errado. No entanto, gostava da sensação de exercer controle sobre o corpo. Sentia-se poderoso, capaz de fazer qualquer coisa. Exceto, ao que parecia, lembrar-se de quem era.

Projeto Bloodshot. Era isso que a voz tinha anunciado logo que ele recuperara a consciência. Teria de servir como nome por enquanto, uma maneira de pelo menos se referir a si mesmo. Também soava adequado, de algum modo, e ele parecia desesperado para se agarrar a qualquer coisa que lembrasse vagamente uma identidade.

A porta de correr se abriu com um chiado, e a técnica voltou, dessa vez acompanhada. Era um cara mais velho, talvez com uns quarenta e tantos anos, de físico robusto mas sem parecer uma ameaça imediata. A mulher se conteve e fez um gesto na direção dele, sentado na cama. O homem avançou um passo.

– Desperto e com atividades cognitivas. Isso é fenomenal – ele concluiu.

Bloodshot encarou a mulher por uns instantes antes de se virar para o homem.

– Por acaso conheço vocês, gente? – perguntou. Havia certa familiaridade no jeito dos dois, mas ele não conseguia se sentir realmente familiar.

– Opa, sim, é claro. – O homem parecia estar transbordando de entusiasmo. E, a julgar por sua linguagem corporal, ele era o chefe ali. – Bem-vindo à RST, a Rising Spirit Technologies. Sou o doutor Emil Harting, estas são as minhas instalações, e esta é a minha cara colega KT.

– Catê? – perguntou ele.

– São minhas iniciais – disse a mulher, explicando de imediato. – K. T.

Bloodshot se virou para observá-la. Lembrava-se dela o ajudando, da preocupação em sua voz, do aparato estranho em seu pescoço.

Sentiu o olhar de Harting sobre si.

— Beleza, olha pra cá, por favor.

Bloodshot voltou-se para o doutor sem muita pressa. Harting tirou uma lanterna em forma de caneta de algum lugar e a agitou diante dos olhos dele.

— A dilatação parece boa — relatou, espantado, mais para si mesmo do que para qualquer outra pessoa. — Os olhos estão claros, não parecem injetados — acrescentou, e Bloodshot achou o parecer um tanto irônico. — As retinas parecem saudáveis.

— O que tô fazendo aqui, o que aconteceu comigo? — Bloodshot exigiu saber, analisando ao redor, os olhos retornando para KT por alguma razão antes de encarar Harting de novo enquanto o médico guardava a lanterninha. Bloodshot reparou algo na mão de Harting; ela tinha uma aparência robótica, uma prótese extremamente sofisticada que parecia tão funcional quanto uma mão comum. Bloodshot fez uma careta e piscou. Aquele parecia um lugar de pessoas esquisitas.

— Me diz uma coisa, você se lembra de algo? — perguntou Harting.

— Algo? Isso é meio amplo, né, doutor? — Bloodshot analisou o próprio jeito de falar. Parecia ter uma sintaxe própria. Do oeste dos Estados Unidos, talvez? Mas com alguns outros elementos também, como se tivesse viajado. Como é que ele podia estipular esse tipo de informação, mas não saber quem era? Não fazia qualquer sentido. Nada ali fazia sentido.

— Verdade, desculpa, vamos começar devagar. Nome, patente, número de série…? — perguntou Harting.

— Claro. Meu nome é… Ah. Merda. — Era estranho; por um breve segundo, Bloodshot achou que sabia o próprio nome. Mesmo que, antes, tivesse sido incapaz de lembrá-lo. Sua falsa confiança fora provocada pela maneira como a pergunta tinha sido formulada, como se a resposta estivesse plantada dentro de si, como se devesse representar algo instintivo. Então, algo lhe veio à mente.

– Pera aí, patente e número de série? – Ele sabia que tais dados eram importantes.

– Sim. Seu corpo foi doado pra gente pelas forças militares dos EUA – explicou Harting.

Levou uns instantes para ele processar o significado das palavras do médico.

– Meu corpo?

– Sim, era vir pra gente ou ir pro Arlington – confirmou o doutor.

Bloodshot sabia que o Arlington era o maior cemitério nacional das Forças Armadas dos Estados Unidos. Só não saberia informar como sabia daquilo.

– Doutor, você não tá fazendo sentido nenhum – disse Bloodshot. Embora as peças do quebra-cabeça estivessem começando a se juntar, ele ainda não podia ver a imagem formada por elas.

– Você… acabou morrendo. – Havia simpatia, falsidade ou alguma outra nuance na voz dele. De qualquer modo, era a primeira vez que Harting soara como humano, e não como algum espécime de laboratório.

Harting se calou. Bloodshot permaneceu ali por um momento, tentando processar a verdade impossível. À procura de lidar com o que ele havia suspeitado desde que acordara preso em seu próprio cadáver. Achava que aquilo podia fazer sentido se tivesse ficado morto só por alguns minutos. Explicaria o choque elétrico. Ele sabia que os cérebros se danificavam caso ficassem sem oxigênio por muito tempo, o que explicaria seus problemas de memória.

– Eu era um soldado – ele disse a si mesmo. Só que, se tivesse sido um soldado e morrido no campo de baralha, como a ressuscitação teria acontecido ali, onde quer que estivesse? Tinha quase certeza de que os arredores não eram típicos de um hospital de campanha, embora também não tivesse certeza sobre como sabia dessa informação. Se havia ficado morto por mais tempo, como o tinham trazido de volta, e por quê?

– Como eu bati as botas? – perguntou ao médico. Não tinha muita certeza de por que sabê-lo era importante, mas precisava saber.

– Imagino que não de uma forma muito tranquila…

– Tá, mas e por quê?

Harting ponderou a pergunta durante um tempo.

– Por motivos de proteção das duas partes, eles não contam pra gente como vocês morreram nem quem são. Mas a gente sabe que vocês eram bons no que faziam. Só existe um critério pra doação… – contou Harting.

– Que é?

– Ter sido membro de uma das Forças Especiais.

Aquilo significava que ele havia sido ou da Delta, ou do Team Six do SEAL, ou ainda dos Marine Raiders. Se era o tipo de gente que eles estavam recrutando, devia haver uma razão. Se precisassem só de pessoas em ótima forma física, atletas seriam escolhas melhores do que soldados de elite, já que sofriam desgaste mais lento. Não, se eles queriam soldados de elite, então queriam lutadores, e aquilo significava que George Santayana estava errado e os mortos não tinham visto o fim da guerra.

George Santayana? Mas que porra? "Só os mortos viram o fim da guerra". Era uma citação ao livro de Santayana, *Soliloquies in England*, publicado em 1924, frase que foi erroneamente atribuída a Platão pelo general Douglas MacArthur durante seu discurso de despedida aos cadetes em West Point, em maio de 1962.

De novo, ele se perguntou como sequer sabia daquilo.

Então, outro pensamento lhe ocorreu. Algo sobre a familiaridade sentida com relação ao cômodo em que acordara. Se tinha sido um soldado, particularmente um de elite, então era completamente possível que tivesse passado muito tempo em instalações médicas, embora duvidasse que de alguma maneira elas fossem de tão alto nível quanto a atual. Exceto pelo fato de que o lugar onde acordara parecia mais um necrotério.

– Mas… alguém deve estar perguntando sobre mim lá fora. Esperando eu voltar pra casa. Ou ligar.

Tinha alguma coisa bem ali, bem na beirinha da sua consciência, algo que ele não podia exatamente tocar. Estava começando a suspeitar de que ficara morto por mais tempo do que havia imaginado a princípio, muito mais tempo do que seria natural.

– Olha, é… É difícil pra mim falar isso pra você – disse Harting.

Parecia que o médico era muito melhor lidando com os elementos científicos e técnicos de sua função do que com humanos.

– Merda. Mais difícil do que me contar que morri? – questionou Bloodshot, embora não tivesse certeza se queria ouvir aquilo também.

– Bom… – começou Harting.

– Os militares só doam o material de soldados que não foram procurados pela família – disparou KT.

Material? Não se tratava de ressuscitação. Era reanimação. Ele fora um cadáver, e eles o tinham trazido de volta à vida igualzinho ao que acontecia em *Frankenstein*. A ideia de que ele já deveria ser adubo a uma hora daquelas caiu sobre si como uma capa de gelo, e subitamente ele se sentiu muito frio, vazio e abandonado.

Harting se virou para olhar KT.

– Às vezes, você só precisa arrancar o curativo de uma vez. Lidar rápido com a dor… – argumentou ela.

Bloodshot encarou o chão, a cabeça baixa. Sem família, sem passado, nem sequer um nome de verdade. Ele não era nada. Só um experimento zoado em uma instalação cheia de gente estranha.

– Mas você não precisa ter uma história pra ter um futuro – pontuou Harting. Parecia que ele queria que Bloodshot acreditasse nele. A ânsia em sua voz. A criança com seus tubinhos de ensaio estava de volta. – Você é o primeiro que a gente conseguiu trazer de volta com sucesso, e tá funcionando que é uma maravilha.

Bloodshot esfregou a cicatriz redonda no peito. Era quente ao toque.

– Ah, é? – perguntou.

CAPÍTULO 8

Bloodshot seguiu Harting até um elevador de vidro, com KT vindo na sequência. Houve um único momento de vertigem antes de perceber que estavam a uns setenta e cinco andares acima do nível do chão, e então ele se pegou vislumbrando uma cidade futurística cheia de enormes arranha-céus envidraçados. Sabia que a silhueta da cidade lá embaixo era uma colisão de estilos arquitetônicos: o tradicional asiático, um inspirado na Malásia islâmica, outro colonial ocidental, moderno e pós-moderno. Era uma informação que sob nenhuma ótica ele imaginava que um soldado deveria ter. A voz discrepante que falara em sua cabeça havia parado, como se de alguma maneira tivesse se integrado a ele, e agora ele apenas sabia as coisas. Assim como sabia que estavam em Kuala Lumpur — e todos os outros dados exceto quem ele era, e por que ninguém tinha se importado o suficiente para ficar com o corpo dele.

— Que lugar é este? — perguntou, enquanto o elevador de vidro subia ainda mais.

As portas se abriram com um apito, e ele se viu diante de um *lobby* corporativo minimalista. A iluminação fraca fazia a área parecer um pouco etérea, um tanto vazia. Uma tela em um dos cantos exibia a sigla "RST", presumivelmente o logotipo da corporação. O chão estava tão polido que era quase um espelho, e as paredes de cimento queimado davam aos corredores laterais um toque meio industrial.

Bloodshot e KT seguiram Harting pelo *lobby*.

— A RST é focada em reconstruir os recursos mais importantes das Forças Armadas dos EUA. Soldados como você.

Aproximaram-se de uma parede com painéis de vidro jateado, o logo estilizado gravado neles. Os painéis centrais se abriram com um chiado, e Bloodshot se deparou com uma passarela elevada, que passava por cima de um ambiente de trabalho aberto e cheio de sinais de alta tecnologia. No centro do ambiente havia uma microfábrica independente e totalmente automatizada. Ele assistiu às garras robóticas trabalhando nas linhas de montagem, juntando vários componentes. Ao redor da microfábrica havia diversas estações de trabalho repletas de técnicos humanos. As áreas estavam cobertas de cópias heliográficas, com telas mostrando vários desenhos técnicos, e atulhadas de ferramentas diversas. Pareciam estar construindo próteses, protótipos robóticos e muitas outras tecnologias cujo intuito era reparar, curar ou providenciar melhorias. Havia até mesmo um exoesqueleto vestível. Parecia uma verdadeira colmeia em atividade, com os técnicos e técnicas mal desviando o olhar para qualquer direção. Bloodshot encarou a cena, os olhos arregalados. Era tipo a caverna do Aladdin da tecnologia.

— Somos exploradores de uma nova fronteira, desenvolvendo artigos que vão desde reconstrução exosqueletal, capazes de conferir mais rapidez e força aos soldados, até próteses neurais, que melhoram a maneira como eles reagem — enumerou Harting à medida que seguiam pelo laboratório.

Bloodshot observava ao redor, em busca de absorver tudo. Tentando reprimir a sensação de que aquela oficina de alta tecnologia, um lugar onde máquinas eram montadas, tinha sido seu local de nascimento — ou renascimento, enfim. Era evidente que era dali que a mão do médico tinha vindo, assim como o aparato estranho de respiração preso ao pescoço de KT.

— Tem até implantes oculares — continuou Harting —, que possuem a habilidade de não só restaurar a visão, mas de a levar além das limitações biológicas.

Seguiram Harting além da passarela e entraram em um escritório de fachada de vidro, cuja vista dava para a oficina-laboratório. Era claramente o escritório do médico, e parecia muito usado. A mesa longa estava atulhada de livros, esquemas e peças tecnológicas. Bloodshot não conseguia diferenciar se os itens ali eram pesquisas em andamento ou peças de decoração. A parede atrás da mesa tinha prateleiras de livros, e acima delas havia um armário para exposição. O armário estava repleto com todo tipo de parafernália sobre a história da ciência, particularmente a da medicina — e, nada surpreendente, a da área de próteses. Também havia um bom número de certificados enquadrados e, meio deslocada, como pensou Bloodshot, uma raquete de tênis. Havia bancadas de trabalho encostadas nas paredes envidraçadas do escritório, tomadas por uma coleção de ferramentas para lidar com microcircuitos, além de um computador com vários monitores e até mesmo um microscópio eletrônico.

Harting se aproximou do computador.

— Mas você é a prova de que a gente tá liderando o caminho em um dos maiores avanços da humanidade... — continuou Harting. Ele se virou para olhar Bloodshot e estendeu sua mão comum, a mão feita de carne e osso.

— Posso? — perguntou.

Bloodshot hesitou. Não tinha muita certeza sobre aquilo, mas estendeu a mão de qualquer modo. Harting – ou melhor dizendo, sua prótese – moveu-se com impressionante velocidade sobre-humana. O bisturi que o médico havia apanhado de cima do balcão abriu um corte na mão de Bloodshot, que se retraiu, reprimindo a necessidade de usar uma das dezenas de opções que tinha para matar ou desmembrar Harting usando as próprias mãos.

– Que porra, doutor?!

Ele estava mais do que consciente da velocidade com a qual Harting o havia golpeado. Apesar de ter sido atacado com um bisturi, no entanto, Bloodshot se sentia estranhamente calmo. Só havia experimentado um pequeno instante de dor. Olhou para a mão e de súbito não se sentiu mais tão calmo assim. O sangue nela era metálico como mercúrio líquido, reluzindo sob a claridade ao passo que saía do ferimento.

– Puta merda!

Bloodshot envolveu o corte com a outra mão. O líquido granular escorreu por entre seus dedos como se tivesse vontade própria. Ele se forçou a afastar a mão do machucado. O líquido brilhante se transformou em um caleidoscópio com milhões de coisinhas particuladas, que se moviam em padrões geométricos enquanto voltavam para dentro do corte.

– Me deixe explicar – pediu Harting, gesticulando em direção ao microscópio eletrônico. – Por favor, coloque a mão aqui.

Bloodshot só olhou para ele. Gato escaldado tem medo de água fria. Ele havia pensado naquela gente como um monte de esquisitos porque as melhorias que eles usavam iam além do ordinário, e porque ele próprio estava se sentindo longe de ser alguém normal, mesmo que tivesse pouca ideia do significado de "normal". Chamá-los de "esquisitos" era errado, mas ele estava tentando evitar a alternativa: "super-humanos". Parecia ridículo. Qualquer que fosse a maneira como escolhesse chamá-los, sabia que precisava ter cuidado; não os podia julgar apenas pelo que via, tinha de assumir que cada um deles possuía capacidades ainda não reveladas. Ele se pegou encarando KT.

— Se me permitir…

— Te permitir. É tudo o que eu pareço estar fazendo — disse Bloodshot ao médico, perscrutando ao redor. Deu uma olhada em KT, à procura de ler a expressão dela. — É tudo o que todo mundo aqui parece estar fazendo.

Ele se questionava se seria capaz de deixar o lugar, caso quisesse. Até então, havia visto um monte de tecnologia. Tinha certeza de que ali existiria todo tipo de segurança, particularmente eletrônica, visando proteger o espaço, mas não havia visto ninguém armado: não havia, até o momento, guardas de qualquer tipo. Era óbvio que o pessoal em questão tinha interesse declarado nele, mas será que o impediriam de ir embora? Seriam capazes? Nada daquilo o deixava confortável, mas ele sentia uma necessidade desesperada em descobrir o que havia acontecido com ele. De descobrir quem ele era.

Tem certeza de que quer saber?, perguntou uma voz em sua cabeça. Afinal de contas, ninguém viera reclamar seu corpo. Que tipo de pessoa era deixada sozinha?

Ele se virou de novo para Harting, encarando o doutor enquanto colocava a mão sob as lentes do microscópio eletrônico. Um monitor na parede exibia a visão do instrumento. Milhões, bilhões, civilizações inteiras de criaturinhas biomecânicas e de aparência agressiva zuniam no ferimento aberto pelo bisturi. Podiam ser minúsculas, mas algo nelas tinha a indiscutível aparência da tecnologia militar.

Bloodshot encarou aquilo com os olhos arregalados.

Um revestimento prateado de grafite protegia os bracinhos escarlates de miofibrila enquanto estes executavam uma microcirurgia complexa, e as pequenas máquinas costuravam juntas a carne e a pele ferida de Bloodshot.

– O que são essas coisinhas? – perguntou Bloodshot.

– Robozinhos biomecânicos. A gente chama de "nanites". Eles instintivamente melhoram sua biologia, sendo mais notáveis por reagir a ferimentos catastróficos, reconstruindo tecidos danificados. – Bloodshot podia ouvir o orgulho na voz de Harting. De novo o menino com os tubinhos de ensaio.

Ele retirou a mão de baixo das lentes do microscópio e a encarou, sem acreditar direito no que estava vendo. Sua pele pálida estava perfeita, totalmente curada.

– Você tá me dizendo que eles estão no meu sangue? – perguntou.

– Não. Eles *são* o seu sangue – corrigiu Harting antes de se virar para o computador, abrindo um vídeo. As palavras "PROJETO BLOODSHOT" apareceram no canto da tela.

Bloodshot assistiu às maquininhas de base siliconada colonizarem as estruturas gelatinosas e com cara de ameba de células cancerígenas robóticas. Parecia uma violação, uma invasão. A imagem mudou para mostrar grupos de pequenos robôs se mesclando às células, e depois o que parecia uma nuvem de metal invadindo a corrente sanguínea de uma cobaia animal. Bloodshot estava hipnotizado.

– Tivemos sucesso aplicando nanites em sistemas formados por um órgão único, então decidimos tentar uma transfusão completa.

Bloodshot olhou para baixo, para a cicatriz redonda, avermelhada e quente em seu peito.

– Claro que tentaram – murmurou.

Na tela, um camundongo de laboratório estava sentadinho, respirando fracamente enquanto seu peito pulsava com um brilho avermelhado. *Esse sou eu*, pensou Bloodshot.

– Assim como o nosso corpo precisa de calorias, os nanites precisam da própria energia. Esse laboratório fornece justamente isso – disse KT.

Bloodshot não sabia muito bem se gostava daquilo; soava como uma dependência excessiva.

— E, como nosso próprio corpo, quanto mais os nanites trabalham, mais energia eles consomem — adicionou Harting.

— Qual é a do brilho? — perguntou Bloodshot.

— Calor. Gerado pelos nanites trabalhando sem parar pra tentar salvar o camundongo — explicou Harting.

Salvar?, perguntou-se Bloodshot, embora aquilo explicasse por que sua cicatriz era quente ao toque.

Na tela, o camundongo se deitou e ficou totalmente imóvel, e o brilho no peito dele sumiu.

— O ratinho foi pro saco? — perguntou Bloodshot.

Harting ponderou a pergunta por um tempo.

— Os primeiros resultados foram, admito, abaixo do esperado… — respondeu o médico.

— Talvez você devesse avançar o vídeo até a parte em que ficam dentro do esperado? — sugeriu Bloodshot. Ele gostava cada vez menos da situação.

— Você é o resultado esperado, porque agora a gente tem a habilidade de rastrear seus níveis energéticos.

— Assim a gente pode te recarregar quando eles estiverem muito baixos — adicionou KT.

Ele não gostava da ideia de ter que ser "recarregado", já que significava ainda mais dependência.

Bloodshot se aproximou da tela. Ela estava repleta de enxames de nanites que zumbiam. Ele não sabia muito bem como reagir àquilo, como deveria se sentir. Não tinha um padrão de referência, mas até aí ele não tinha mesmo muito padrão de referência para nada. Deveria sentir nojo? Ou como se o tivessem violado? Talvez devesse cultivar uma sensação de admiração? Estava tendendo na direção dessa última, mas não conseguia lidar muito bem com a ideia de que as maquininhas mostradas na tela viviam dentro dele. De novo, ele não tinha como ter certeza, mas suspeitava de que a referida tecnologia ia muito além do que a maioria das pessoas acharia tecnologicamente possível.

— Você tá dizendo que esses troços me trouxeram de volta à vida? — perguntou.

— Sim — respondeu KT.

Ele era o monstro do Frankenstein. Embora na verdade fosse um monstro das Forças Especiais, um monstro de elite e chutador de bundas, se o que estavam lhe dizendo era verdade. E ele estava tão pra lá de Bagdá agora que não via razão para não acreditar neles. Pelo menos por enquanto.

— Bom, a gente trouxe — complementou Harting. Ele parecia disposto a sempre receber os créditos.

— Então por que não consigo me lembrar de nada? — perguntou. Afinal, se eles podiam consertar o corpo, por que não faziam o mesmo pela mente?

Harting suspirou.

— Não sei. Território desconhecido. Meu melhor chute é que os nanites salvam o HD, mas não a informação perdida — explicou o médico. — Mas isso não importa.

Bloodshot tinha quase certeza de que importava sim.

— Mas lembro de como se anda. De como se fala. — Ele virou para KT. — Eu me lembro…

— Você se lembra de um monte de coisas — Harting disse. — Mas o mais importante é que você agora sabe coisas que não sabia antes. Qual é a raiz quadrada de sete mil, novecentos e vinte e um?

Bloodshot encarou Harting. Não parecia o tipo de coisa que ele decoraria.

— E como caralhos vou saber? — perguntou. Sentiu uma coisa estranha sob o crânio, uma sensação psicossomática, nascida do conhecimento sobre o que acontecia em seu próprio corpo. Sentiu a eletricidade subindo como patinhas de inseto por sua matéria cinzenta. — Oitenta e nove — ele disse a Harting.

O médico sorriu.

— E qual é a palavra para "inverno" em, sei lá, gaélico? — perguntou Harting.

A sensação veio de novo, embora mais fraca dessa vez. Em gaélico, ele sabia como falar "inventário", "inverdade" e...

— Inverno... *Gheimhridh* — disse. Aquilo explicava a voz que havia escutado ao acordar, e também como ele sabia quais eram as partes constituintes dos nanites ao vê-los na tela.

— Quem ganhou o Nobel de Literatura em 1953? — perguntou Harting, parecendo se divertir.

— Winston Churchill. Que disse: "Os impérios do futuro são os impérios da mente". Ei, que legal!

Era estranho; a informação parecia vir de algum outro lugar, além de ele simplesmente saber. Ao mesmo tempo, sentia por instinto que não era ele. De nenhuma maneira ele rejeitaria aquele ou qualquer outro conhecimento, mas não achava que havia sido aquele tipo de cara, não acreditava que possuía um pensamento acadêmico em determinada medida. Sem dúvida, sentia os resquícios de uma personalidade residual, que parecia estar em guerra contra a mente que tinha o mesmo potencial de ser transformada em arma que o seu corpo.

— De quem é a estátua que fica do lado de fora do Muro dos Reformadores? — continuou Harting.

— Uma delas é de João Calvino — disse Bloodshot, antes de se virar para KT. — Você acredita em livre-arbítrio?

— E o campeonato da Patriot League? Medalha de ouro. Em 2008. Quem ganhou? — ela lhe perguntou.

— Karina Tor... — Ele parou. Analisou-a por um instante. — Você ganhou.

Ela sorriu e depois lhe deu uma piscadinha.

Harting pigarreou.

– Os nanites são, essencialmente, microprocessadores móveis dentro do seu cérebro, sempre empurrando as respostas pra você como um mecanismo de busca com capacidade total – disse o médico. Ele estava orgulhoso de novo. – É incrível.

– É mesmo? – perguntou Bloodshot.

– Sim! – Era como se o médico estivesse se esforçando para conter a empolgação.

Bloodshot tentou absorver tudo o que tinham lhe contado. Tentava avaliar as implicações daquilo. A tecnologia nele significava que toda a operação não havia sido barata. A quantidade de poder em potencial que ele tinha, se o que Harting dizia fosse verdade, era incrível. Devia haver condições, limitações, variáveis que o impeliam a cogitar se realmente era livre. Além de toda a história de ter que ser "recarregado"; não gostava da ideia de estar preso em uma gaiola – independentemente do quanto a gaiola fosse incrível, apesar de estranha. Ele tomaria uma decisão apenas quando descobrisse quem era e o que lhe havia acontecido, o que deveria ser fácil com toda aquela tecnologia dentro de si.

Ele se concentrou por um instante.

– Por que não consigo encontrar nada sobre mim? – perguntou por fim.

O silêncio recaiu entre eles. Bloodshot podia ouvir os técnicos e técnicas e também os equipamentos no laboratório além do escritório; ouvia até os sons quase inaudíveis do aparato de respiração de KT.

– Bom, porque você está procurando informações pessoais de um operante morto em combate que trabalhava em operações extremamente sigilosas – informou KT.

Mesmo considerando aquilo, algo não estava exatamente certo. Se ele tinha família, amigos ou amigas, com certeza existiria alguma pegada, algum rastro.

— Sim — acrescentou Harting —, e tudo isso foi seu passado. Este é o seu futuro. Você é um de nós aqui. A família que aparentemente você nunca teve.

Harting enrolou a manga da camisa, mostrando para Bloodshot a prótese impressionante de um braço totalmente funcional. Havia até um tipo de tela sensível ao toque agregada a ele.

— Olha, quando eu era pequeno, fui um prodígio do tênis. Daí, com quinze anos, tive câncer e eles amputaram meu braço seis meses depois. Mas eu tive sorte. Em vez de me lamentar sobre o que eu tinha perdido, passei meu tempo pensando no que eu poderia criar. Então, quando um soldado perde o braço… — Harting bateu com o punho na mesa de metal, que entortou. — Ele ganha um melhor.

Bloodshot olhou para o amassado na mesa e depois para o médico.

— Já saquei que quer me impressionar, mas o problema é: não sei o que perdi. — E Bloodshot não conseguia afastar a sensação de que havia perdido algo além da própria identidade. Sentia aquilo profundamente, como uma dor por algo que não era capaz de identificar.

— Aqui na RST, você é um de nós. A família que nunca teve. E nessa família… — Ele estava sorrindo para Bloodshot. — Chamamos você de Bloodshot.

Bloodshot o encarou. Estava esperando aquilo. Era o nome do projeto, afinal de contas. Mesmo assim, tinha esperanças de receber um nome real. Um senso de quem era, mesmo que tivesse de começar a construir sua personalidade do zero. Mas, em vez disso, ele não passava de um experimento científico.

— Ah, é? — ele enfim perguntou, a voz sem emoção.

Harting sorriu de novo.

— É, sim. — O doutor respondeu com gentileza o suficiente, mas havia um caráter definitivo em suas palavras.

CAPÍTULO 9

Os três pegaram um dos elevadores expressos de vidro que desciam pela lateral do prédio. Seu estômago se revirou com a velocidade com a qual despencaram pelos setenta e cinco andares até o subsolo.

Bloodshot seguiu Harting e KT, que continuaram seu tour pelo País das Maravilhas tecnológico. Estava satisfeito em fazê-lo por enquanto. Suspeitava que não tinha muitas opções enquanto dependesse deles para recarregar as baterias. Sua vida estava na mão deles, a princípio. Algum tipo de instinto, que ele presumiu ser resquício de seu treinamento como agente das Forças Especiais, dizia-lhe para coletar informações sobre sua situação, particularmente agora que o conhecimento total parecia ser um de seus superpoderes. Não podia evitar de achar graça no absurdo da situação. Só depois ele iria decidir o que fazer.

Eles entraram em um espaço de treinamento de dois andares. Bloodshot se viu diante de uma piscina olímpica, cintilando com um brilho suave e azulado que vinha de debaixo d'água, da cor da radiação de Cherenkov. À esquerda, em um mezanino na beira da piscina, ele podia ver aparelhos de musculação, barras para flexão e sacos de pancada bem robustos. O nível inferior, abaixo da piscina, era dividido em duas áreas. A parte aberta continha duas esteiras de alta performance, bonecos de madeira para treinos de luta e halteres. Atrás do vidro blindado, a área sob o mezanino parecia um estande de tiro fechado. O espaço de treinamento incluía equipamentos de exercício e reabilitação de última geração, do tipo que a Administração de Veteranos mataria para conseguir. O lugar inteiro parecia uma mistura de academia militar industrial e laboratório da NASA. Bloodshot se pegou sorrindo ao pensar na NASA. *Será que sou tipo um cientista espacial agora?* Apesar da quase onisciência tecnológica, de algum modo ele achava que não.

Havia outras duas pessoas na academia. A primeira era um cara de aparência latina com expressão séria, usando um tipo de colete sofisticado e reforçado, repleto de lentes. Ele praticava golpes de faca em um boneco de treinamento para kung fu. Mesmo à distância, Bloodshot podia ver que ele era rápido e preciso. A outra pessoa era um cara branco de aparência intimidadora e compleição física poderosa. O cabelo lambido era preto, e ele cultivava uma barba esparsa no rosto. Vestia shorts. Abaixo dos joelhos, as pernas eram próteses de aparência mecânica; até onde Bloodshot podia ver, eram tão funcionais quanto membros de verdade. Ambos pareciam ter cerca de trinta anos, e ambos foram registrados como ameaças. Bloodshot reconheceu o que eles eram. Reconhecia companheiros predadores quando os via. Os dois deram uma olhadela na direção dele, apenas por um instante, só o suficiente para medi-lo.

— A sala de reabilitação. É aqui que os pacientes testam os limites de suas melhorias, de seus corpos novos — explicou Harting enquanto os três atravessavam a academia.

— Achei que você tinha dito que eu era único.

— Você é. E eles são também, à sua própria maneira — disse Harting. — Você já conheceu a KT — acrescentou. Bloodshot a encarou, de novo incapaz de ler sua expressão. Algo o dizia que a mulher estava se contendo. – Ex-nadadora da marinha. Parte do destacamento de resgate enviado à Síria durante os ataques químicos ocorridos tempos atrás. Gás cloro superaquecido corroeu todo o seu trato respiratório inferior. Agora ela respira através de um respirador montado sobre a clavícula. – Ele gesticulou na direção do aparelho no pescoço dela. – Isso a torna totalmente imune a inalantes. – A parte final foi proferida tal qual um floreio, um truque de mágica que deveria impressionar todo mundo.

Ou a frase de efeito de uma piada, pensou Bloodshot, amargo.

Ele percebeu, atento, o soldado que usava o colete se aproximar deles. Mesmo que estivesse manuseando um canivete *balisong* de um lado para o outro, seus olhos cheios de cicatrizes deixavam claro que ele era cego.

– Tibbs se formou em Fort Benning como o melhor aluno da turma. Se tornou um dos atiradores de elite do exército de maior sucesso... até que um morteiro iraquiano o fez perder a visão. – Harting pausou, de novo para causar efeito. – A gente deu um jeito nisso com próteses óticas e câmeras montadas em vestes, que alimentam informações diretamente nos nervos ópticos dele – acrescentou. Bloodshot ficou pensando se o médico esperava uma salva de palmas. – Agora ele vê... bom, qualquer coisa – terminou.

Tibbs os contemplava, ainda rodando o canivete *balisong*, fazendo-o fechar e abrir de novo. Se ele havia sido do Exército, e se a RST só pegava gente das Forças Especiais, aquilo sugeria que Tibbs fora um atirador de elite da Delta – o que significava que ele era bom, muito bom mesmo. Um cabo ligava o colete no qual as lentes tinham sido montadas até um conector implantado na pele de sua nuca. As lentes se moviam sozinhas, como se examinassem Bloodshot. Ele tentou imaginar o que Tibbs enxergava através das lentes. Será que conseguia ver o exército de nanites minúsculos fluindo pelas veias de Bloodshot?

Harting os levou até a esteira que o branco grandalhão estava usando.

— Enfim, cabo Jimmy Dalton. Era um SEAL da marinha. Perdeu os dois pés pra um artefato explosivo improvisado no Afeganistão, então construímos um par novo pra ele – explicou Harting.

Dalton não fez questão de disfarçar que analisava Bloodshot de cima a baixo, sem sair da esteira.

— Eu era parte do Team Six. A gente eliminou o Bin Laden – contou ele, com uma voz que parecia mais um estrondo profundo planejado para intimidar.

— Claro, você e qualquer outro SEAL – Tibbs concordou, balançando a cabeça.

Bloodshot observou ao redor, analisando-os um a um. KT, Tibbs, Dalton.

— Guerreiros feridos… – começou.

— Não mais feridos – corrigiu o médico. – Aprimorados. Melhorados. Essa é a mensagem que quero mandar para os nossos inimigos: se machucarem a gente, a gente vai voltar ainda mais poderoso. – Havia algo além de entusiasmo em sua voz. Havia fervor. – Eles são: os Motosserra.

Bloodshot teve de reprimir o riso.

— O quê? Por quê? – perguntou.

Dalton socou o botão que fazia a esteira desligar e virou-se para encarar Bloodshot.

— Porque soa legal – disse ele. Obviamente Dalton havia sido o responsável por inventar o nome, e tinha mais do que carinho por ele. Dessa vez, Bloodshot nem tentou reprimir a risada.

— A gente vai começar com o seu teste básico de esforço – Harting soava prático. – Levantamento de halteres, tempos de reação por reflexo…

— Opa, calma lá – disse Bloodshot. Harting estacou, parecendo genuinamente surpreso com o fato de o novo membro de sua Família Addams de alta tecnologia o ter interrompido. – Motosserra? Bloodshot? Não. Posso não ter minhas lembranças, mas meus instintos ainda estão ótimos, obrigado. E, caso você não tenha ouvido, eu tô fora.

— Não dá pra estar fora da tecnologia que flui pelas suas veias. A gente tá falando de uma mudança de paradigma — contra-argumentou Harting. Ele parecia frustrado com o fato de Bloodshot não parecer compartilhar de seu entusiasmo pelo admirável mundo novo de soldados reencarnados tecnologicamente.

Bloodshot apenas chacoalhou a cabeça, se virou e foi na direção da saída e do *lobby* do elevador.

— Precisa dar uma melhorada em como você vende seu peixe, doutor — disparou Bloodshot por cima do ombro.

— Aonde você vai? — chamou Harting.

— Vou voltar a dormir! Ou, com sorte, vou enfim acordar.

As portas da academia se fecharam atrás dele, e Bloodshot apertou o botão para chamar o elevador.

—

— E agora? — perguntou KT.

Ela se lembrava muito bem das emoções ao acordar e sentir o implante no pescoço: uma mistura de medo pela violação de seu corpo, mas também de alívio por continuar viva. Então, viera o lento entendimento do custo daquilo. Dalton abraçara o novo poder logo de primeira, já que, mesmo sendo um ex-SEAL, ele parecia estar sempre tendo de compensar alguma coisa. Para Tibbs, fora uma questão de continuar cumprindo seu dever. Para Bloodshot, a experiência era claramente muito mais complicada. Ele podia parecer um membro clássico dos Motosserra por fora, mas era de longe o mais modificado.

— Deixa ele se recuperar — Harting falou para eles. — Dalton, leva ele pro quarto.

O grande ex-SEAL trotou com suas próteses atrás de Bloodshot.

CAPÍTULO 10

Bloodshot estava chegando à conclusão de que aquelas instalações eram minimalistas demais enquanto fitava o painel de LEDs vermelhos e verdes que substituíam os botões do elevador.

O corpanzil imponente de Dalton entrou na cabine com ele e passou um cartão pelo painel.

– Residencial – anunciou ele, virando-se para encarar Bloodshot.

Era o tipo de intimidação clássico da hora do recreio, e ambos sabiam disso. Dalton queria que ele percebesse sua posição na cadeia alimentar local. Suspeitava que Dalton fosse um desses caras que não se encaixam muito nos padrões. Isso não fazia com que o ex-SEAL se tornasse uma ameaçava menor, e Bloodshot já tinha decidido a maneira mais rápida e eficiente de acabar com ele caso precisasse chegar a esse ponto.

Enquanto o elevador começava a subir, banhado pela luz do sol, Bloodshot se pegou pensando no que haveria nos outros pisos pelos quais tinham passado. O elevador exigia um cartão de acesso, e possivelmente tinha reconhecimento de voz também. Era, evidentemente, um prédio seguro. Seria tudo pertencente à RST? E, se sim, o escopo da operação deles não era lá muito crível.

Bloodshot fez o possível para ignorar o outro homem até o elevador parar com um tranco e as portas se abrirem.

—

Dalton o havia acompanhado por todo o caminho até o quarto. Mais minimalismo: uma única cama, uma mesinha e uma pilha pequena de roupas utilitárias dobradas e acomodadas sobre o colchão. Parecia e cheirava do jeito como Bloodshot imaginava um quarto de hospital, e no cômodo não havia janelas. O único elemento de destaque era um amassado na cabeceira metálica da cama. Bloodshot se pegou pensando em quem teria feito aquilo.

Sentou-se na cama, testando-a, Dalton de pé ao lado dele. Quando conferiu as gavetas, viu que estavam vazias.

— Uau. Parece que o Harting é do tipo que economiza — fez graça.

Dalton sequer esboçou um sorriso, apenas continuou o encarando.

— A gente acabou de se conhecer. Por que tenho a sensação de que você não gosta de mim? — perguntou Bloodshot.

— Porque já conheci gente demais da sua laia — retrucou Dalton.

Cadáveres de soldados reanimados com nanites no lugar do sangue?, imaginou Bloodshot; ele supunha que tudo era possível. Todavia, sua paciência estava por um fio. Tinha acordado morto e sem memórias, e já era novidade demais pra encarar em um dia só. Estava achando difícil se importar muito com o que aquele cara pensava dele. Também tinha a sensação de que aquele tipo de bobagem de macho alfa não era o melhor jeito de gerenciar um time de agentes das Forças Especiais. Afinal de contas, eram todos predadores no topo da cadeia alimentar. Ele precisaria manter a bola baixa se quisesse se dar bem.

— É? Que laia é essa? — perguntou ele, por fim.

— A de gente que pega o que não é dela.

Bloodshot pensou por um instante.

— Me diz uma coisa: se sou um cara desses... — Ele gesticulou para o quarto, sorrindo. — Como foi que acabei aqui?

Dalton ignorou a pergunta.

— Quando já tiver terminado seu cochilinho, vou estar lá embaixo fazendo nosso trabalho.

— Eu nem sei que trabalho é esse... — disse Bloodshot.

Eles sequer haviam explicado o tal do trabalho para ele. Além do mais, aquilo era um pouco demais. Ele precisava de certo tempo pra processar tudo. Decidir qual seria seu próximo movimento. Não queria ser a cobaia de laboratório de ninguém, mas não sabia quais eram suas opções — se é que existia alguma. Estava claro que ele tinha valor para Harting e sua equipe. As pessoas só rompiam com outras que eram valiosas mediante dinheiro ou violência, e ele não tinha dinheiro...

— Você vai descobrir logo — respondeu Dalton, e saiu do quarto.

Bloodshot murchou assim que a porta se fechou, desfazendo o sorriso. Tinha dado um jeito de passar por cima de tudo desde que acordara. Imaginava que era algum tipo de personalidade residual da pessoa que fora um dia, mas, assim que ficou sozinho, se tocou de que era exatamente daquele jeito que ele estava: sozinho. Completa e profundamente. Sem vida, sem família de verdade, sem passado, sem memória e sem uma identidade real por trás daquela de experimento científico. Ele murchou mais ainda. Ali, deitado na cama, as coisas pareciam vazias. Algo... (ou alguém?) faltava. O amassado na cabeceira parecia uma promessa de violência e o deixava desconfortável, embora a princípio pudesse ser apenas resultado de um simples acidente. Ele se sentia como alguém tentando agarrar um pensamento fugidio, só que o pensamento em questão era a sua vida toda, e ela havia acabado de escapar.

—

O sonho era composto por uma série de imagens. Fragmentos discordantes, como em um filme editado fora da ordem. Viu um banheiro cheio de vapor e um espelho estilhaçando o reflexo de um rosto desconhecido. Havia sons de luta, caos, briga. Um som familiar. Vários pedaços de carne pendurados em um abatedouro, balançando como se tivessem sido movimentados pouco antes. Pulsos ensanguentados amarrados a uma cadeira, de mais de uma pessoa: os pulsos de um homem e os de uma mulher também. Lutando para se libertarem. Total falta de controle, um pânico descontrolado sem saber o porquê. Mas... não era por ele que estava com medo. Quem quer que "ele" fosse. A língua de fogo do cano de uma arma. O impacto massacrante de um tiro o atingindo bem no meio do peito. Calor. Tudo ficando mais lento para que ele pudesse apreciar a sensação de um tiro atravessando pele, ossos, órgãos...

—

Os olhos de Bloodshot se abriram de súbito, e ele demorou um milissegundo para entender a situação. Alguém estava de pé sobre ele, com uma .45 de aparência muito real nas mãos. Bloodshot golpeou com o punho, movendo-se mais rápido do que jamais imaginaria ser possível, sentindo um poder recém-descoberto apesar da estranheza do movimento. No entanto, a pessoa era um fantasma, uma sombra. O punho passou através do fantasma armado e se chocou contra a parede de metal.

Encharcado de suor, ofegando por ar, totalmente acordado e extremamente sozinho, ele se forçou a se acalmar, controlando a respiração. Alternou o olhar entre o amassado ensanguentado que tinha acabado de produzir na parede e o outro, muito similar, na cabeceira da cama.

Não fora um sonho. De alguma maneira, sabia disso. Tinha sido real demais. As imagens com que se deparara eram recordações. Ele estava envolvido. Graças a um conhecimento residual ou à sua corrente sanguínea repleta de microprocessadores, ele sabia sobre estresse pós-traumático, entendia *flashbacks*. Bloodshot precisava descobrir mais detalhes, mas se pegou com medo de dormir por instintivamente saber que a série de eventos que tinha visto naquele sonho não terminava nada bem.

Olhou para os nós dos dedos, cerrando o punho enquanto os nanites faziam seu trabalho de fechar os ferimentos autoinfligidos, deixando a pele melhor do que antes.

Encarou os dedos recém-curados por um momento ou dois. Sentia uma coceira quente sob a pele. Aquilo era demais. Rolou para fora da cama e se pôs a caminhar de um lado para o outro, como um animal enjaulado. Seu conhecimento instintivo sobre o funcionamento interno do próprio corpo fazia com que ele tivesse consciência do aumento dos níveis de adrenalina. Lutar ou fugir. Onde estava Dalton quando precisava dele? Não. Tinha de dar o fora dali.

Aonde você vai?, perguntou uma voz que parecia a sua própria. Ele não tinha identidade. Não tinha nenhuma das conexões que definiam uma pessoa normal sob qualquer senso convencional. Ele não existia. Teria de começar do zero.

Precisava ser paciente. A RST queria coisas dele. Se fosse o caso, era justo, mas no momento ele precisava gastar energia, ou poderia muito bem matar a próxima pessoa que aparecesse. O pensamento de que matar alguém não o incomodava era o que mais o deixava preocupado.

Então a porta do quarto se abriu como se em reação a seus pensamentos. Ele deixou o cômodo.

CAPÍTULO 11

Bloodshot tinha certeza de que a luz azul e cristalina emanada pela piscina deveria supostamente conferir um aspecto ambiente e calmante. Mas ela o fazia se lembrar de radioatividade, embora ele não fosse se espantar caso descobrisse que eram os microprocessadores dos nanites, e não ele próprio, que estavam fazendo aquela conexão. Além da luz da piscina, a academia estava escura, deserta, e Bloodshot foi até o saco de pancadas. Ele estava longe de ficar à vontade no time dos Motosserra de Harting. Não estava nada a fim de saltar por dentro de aros ou de equilibrar bolas no nariz (aquilo era para os SEALS, que eram focas até na sigla). Ele, no entanto, tinha interesse em descobrir os limites de seu corpo reanimado e da tecnologia contida nele. Fechou o punho e desferiu um soco no saco pesado, que se moveu um pouco. Bloodshot olhou para o objeto, pouco impressionado. Então, lembrando-se do amassado feito no metal, aprumou a postura e socou mais forte e mais rápido. Seu punho abriu um buraco no saco e a areia voou para todos os lados. Bloodshot contemplou o furo e decidiu descobrir se existia algum tipo de limite para as suas capacidades.

—

Encontrou um colchonete e o acomodou contra uma das colunas de concreto no meio da academia. Bloodshot chutou a coluna como se o pedaço inanimado de concreto fosse seu oponente. Ajustou a postura até que o movimento ficasse instintivamente correto, provavelmente como resultado de um treinamento repetitivo de "memória muscular", embora a postura também fosse incrementada com as informações que seus nanites forneciam após cruzar as referências de milhares de técnicas de luta desarmada. O processo anterior também já era quase instintivo. Bloodshot disparou um gancho poderoso com o máximo de força que foi capaz de aplicar. Quase gritou, fazendo uma careta ao quebrar os nós dos dedos e alguns outros ossos da mão. Não doía nem perto do que ele achava que doeria. Já conseguia sentir a estranha coceira sorrateira dos nanites reparando os danos ao seu punho. Assistiu aos ferimentos se fechando, ouviu o som dos ossos da mão voltando ao lugar. Tinha de admitir que estava um pouco decepcionado.

Bloodshot parou por um momento a fim de se recompor, observando o sangue que melecava o colchonete. Os microprocessadores dos nanites estavam ocupados calculando a força molecular do concreto reforçado, o poder necessário para danificá-lo e a força do material – nesse caso, pele e ossos – necessária para infligir um golpe daquele. Bloodshot atacou de novo. Sentiu algo acontecendo sob a pele de seu punho fechado um segundo antes de atingir a coluna: uma reestruturação da carne e dos ossos para reforçar seus dedos para o impacto. Ainda assim, doeu. Bloodshot olhou para o punho; definitivamente havia menos dano dessa vez. Continuou o processo, atingindo a coluna com murro atrás de murro, colocando toda a força que conseguia neles. Era bom, apesar da dor, com os punhos se refazendo e se reforçando após cada golpe. Poeira de concreto enchia o ar; ele nem notava o cômodo inteiro chacoalhando a cada impacto, o suporte dos halteres vibrando, cada soco mais forte do que o anterior. Com um grunhido, acertou um último golpe, e a coluna rachou. Um sorriso selvagem tomou seu rosto. Ele verificou o punho. Não havia sangue – fora uma camada de poeira de concreto que cobria os nós dos dedos, eles pareciam intactos.

O que mais posso fazer?, ele se perguntou, e soprou a poeira do punho.

—

Bloodshot foi até o suporte de halteres. Vinte e cinco quilos, cinquenta quilos, setenta quilos. O maior par era um conjunto gigante de cento e quarenta quilos. Passou a mão em volta das hastes de um deles e tentou levantá-lo. Rangeu os dentes, sentiu as fibras dos músculos se rompendo, mas de novo não era tão doloroso quanto achava que seria. Então veio a coceira elétrica dos nanites consertando o dano, enquanto os microprocessadores começavam a calcular como atingir a força e o apoio estrutural necessário para erguer um peso daqueles. Além disso, as pequenas máquinas coletaram todas as informações científicas e médicas disponíveis relacionadas a levantadores de peso. Os bíceps de Bloodshot se incharam, os nanites reforçaram os ossos da coluna e das pernas, fortalecendo também os músculos dessas áreas. Parecia uma ciência imperfeita, muito parecida com seus experimentos usando o pilar de concreto, mas as coisinhas aprendiam rápido. Bloodshot tentou de novo, e dessa vez conseguiu levantar o halter.

—

A esteira rangia sob os pés de Bloodshot enquanto ele corria. Conseguia sentir a frequência cardíaca, mas ela ainda estava dentro dos parâmetros de um humano se exercitando de modo extenuante. Assim como a queimação nos pulmões, a falta de fôlego e a dor nas pernas, tudo típico de alguém que corria em uma esteira. De novo, só possuía os parâmetros graças às informações que os microprocessadores haviam encontrado em sua rede. O que não era normal era a velocidade que sustentava na esteira. Mal podia acreditar no número indicado pelo visor digital: quarenta e quatro quilômetros por hora. Ele aumentou a passada e gingou os braços, realmente se forçando a acelerar. A esteira reclamou, o rangido do motor ficando mais agudo debaixo de si. Chegou a quarenta e cinco quilômetros por hora, a velocidade do homem mais rápido do mundo. Depois, quarenta e oito quilômetros por hora, a velocidade do galope de um cavalo! Agora, ele realmente começava a sentir o cansaço.

—

Bloodshot se sentou no banco de concreto diante da janela de observação da piscina, banhado pela luz azul e fria que vinha da iluminação sob a superfície. Estava recuperando o fôlego mais rápido do que deveria, dado o esforço que havia acabado de fazer. Ele se sentia muito melhor. Era nítido que tinha ido até os limites do sofrimento; acordar morto podia ter esse efeito sobre as pessoas, imaginou. O sonho também não tinha ajudado. Precisava dar vazão à agressão reprimida, tirar aquilo do sistema antes que tivesse de lidar com algum ciborgue fortão ex-soldado de elite como Dalton tentando recuperar suas credenciais de macho alfa. Bloodshot se pegou sorrindo com o pensamento, em particular depois do que havia acabado de fazer.

— Então foi isso.

Bloodshot olhou para cima de supetão. KT estava inspecionando os danos ao pilar de concreto. Ela vestia um maiô e tinha uma toalha enrolada na altura do peito. O maiô cobria seu aparato respiratório. Bloodshot a observou contornar a beira elevada da piscina acima dele. Ela tinha uma tatuagem no braço direito, um padrão abstrato que a princípio ele considerou uma pena curvada, mas que, numa segunda avaliação, concluiu ser um tentáculo. Por ser uma nadadora de resgate, um desenho relacionado ao mar fazia mais sentido.

— Acordou cedo — observou ela.

— Não tava conseguindo dormir.

— Se eu estivesse morta hoje de manhã, provavelmente também não iria conseguir — disse ela.

— Tive um pesadelo. — Ele ficou olhando para KT, à espera de uma reação. — Ou talvez eu tenha começado a me lembrar. Isso é um progresso, né?

Ela não respondeu. Era claro que Harting e seu time sabiam mais do que admitiam. Podia entender as atitudes de Harting, ele era o rei da pesquisa e gostava disso. Dalton e Tibbs eram exatamente o que pareciam ser, músculos bem treinados e semi-inteligentes, e Dalton era no mínimo leal a Harting. Mas não conseguia entender KT. Parte disso se devia ao fato de como ela ficava quieta perto dos outros.

— Logo você vai lembrar o bastante pra desejar esquecer tudo de novo — ela inferiu.

Bloodshot riu, e ela derrubou a toalha e mergulhou na água com atitude e elegância tão naturais que a nadadora parecia já ter nascido para pertencer ao elemento. Bloodshot se ergueu e andou até a janela de observação para assistir. Aparentemente, KT estava fazendo algum tipo de *kata* de arte marcial no chão da piscina. Ela parecia mais confortável na água, em casa. Notou que ele a olhava e deu uma piscadinha, sem qualquer sinal de que precisava subir à superfície para respirar. Ele assumiu que era o aparato de respiração no pescoço dela que a permitia ficar tanto tempo debaixo d'água. Estava tentando extrair algum sentido do que ela tinha acabado de falar: que ele se lembraria o suficiente para desejar esquecer. Havia algo mais, porém, alguma conexão entre mulheres e água. Menos do que uma memória. Mais como um sentimento. O eco distante de uma mulher que amava o oceano — mas, assim que pensou a respeito, a ideia sumiu, como água passando por dedos abertos.

KT terminou os movimentos, usou o fundo da piscina para dar impulso e retornou à superfície antes de enfim respirar. Ela se içou para fora da água e desceu as escadas na direção de Bloodshot. Ele queria perguntar o que ela tinha pretendido dizer, mas suspeitava de que precisaria dar algumas voltas antes.

— Você é um peixinho — disse ele.

— Eu amo a água. É o meu refúgio. Um lugar aonde posso ir e ninguém consegue me tocar — contou ela.

Ela soou reservada, mas se juntou a ele no banco de concreto da janela de observação. De perto, ele podia ver mais desenhos se espalhando pelo esterno dela, provavelmente envolvendo o aparato de respiração. O maiô escondia parte da tatuagem, mas parecia ser um par de asas estilizadas, até onde Bloodshot conseguia ver.

— Já te machucaram antes. — Não foi uma pergunta.

— Sim…

Era óbvio que ela não queria conversar sobre o tema, mas se ele conseguisse fazê-la falar do próprio passado, então talvez ela soltasse algo sobre o que conhecia da história dele. Bloodshot só não sabia muito bem como fazê-la se abrir com o tal experimento científico que ela acabara de conhecer.

— Somos todos meio capengas por aqui — ela acabou dizendo.

Eles se encararam, só por um momento. Ela podia ser a mais quieta de todos, mas também parecia a pessoa menos difícil de se lidar dentre as que Bloodshot havia conhecido naquele circo de esquisitos desde que tinha acordado, o que facilitava as coisas.

KT pegou algo de um bolso no maiô e estendeu para ele.

— Toma.

Bloodshot examinou o item: era uma moeda comemorativa de uma embarcação naval. Ele olhou de volta para KT. Era evidente que era um objeto importante para ela.

— Eu era a única mulher nessa embarcação quando servi no meu primeiro ano. O sargento-mor percebeu que eu não tinha ninguém. Então, fez questão de me declarar integrante da família. Agora você faz parte da nossa — disse ela.

Era um presente generoso, um ato de gentileza dirigido a um estranho, mas também fazia certo sentido. O sargento-mor tinha lhe dado a moeda quando ela precisara, e agora ela a estava passando adiante. Dando algo ao qual se agarrar para alguém que acabara de entrar em seu pequeno grupo estranho. Quase parecia a primeira peça na construção de uma nova identidade. Pelo menos Bloodshot esperava que o gesto fosse algo como KT se abrindo, e não uma atitude grosseira como outra tentativa de recrutá-lo.

— Valeu — falou ele, examinando a moeda.

Ele não sabia mesmo o que mais podia dizer — apesar do seu jeitão, tinha ficado verdadeiramente tocado. Mesmo assim, não conseguia afastar a sensação de que ela estava escondendo algo.

— Aposto que existe alguém neste mundo que se importa um monte com você. Você só não sabe ainda — alegou ela.

Ele a mirou de novo. Não tinha certeza se ela estava brincando ou de fato tentando ser gentil. Se fosse o primeiro caso, ela não dava qualquer sinal.

Ouviu o som do elevador. Momentos depois, Tibbs e Dalton entraram na academia.

— Motosserra… — disse ele quando os dois se aproximaram.

Tibbs e Dalton trocaram olhares.

— E aí, a gente vai ou não fazer isso? – perguntou Tibbs.

— Vamos mostrar ao novatinho aqui como é que se faz – sugeriu Dalton. Bloodshot podia ouvir o deleite em sua voz.

O chute lateral que Dalton deu na direção dele foi preguiçoso, mas quase pegou Bloodshot de surpresa. Ele só teve tempo de erguer as duas mãos e bloquear. A perna cibernética de Dalton parecia uma barra de ferro sendo forçada contra seus antebraços. Ele registrou KT revirando os olhos em sua visão periférica, porém já estava de pé, gingando para fora do alcance da sequência de chutes de Dalton e indo na direção de Tibbs e sua faca. Bloodshot afastou a faca de si, colocando Tibbs entre ele e Dalton antes de disparar um soco bem nas costelas de Tibbs, forte o suficiente para tirar dele um grunhido de dor. Abriu mais espaço, recuando enquanto os "Motosserra" vinham em sua direção.

Sua nova família era uma mistureba de pessoas diferentes, na melhor das hipóteses, e ele não confiava nelas – mas, na ausência de alternativa melhor, eram tudo o que ele tinha. Bloodshot chegou à conclusão de que lhes daria uma chance. Pelo menos por enquanto.

CAPÍTULO 12

Bloodshot entrou na área de descanso. Segurava as pontas de uma toalha pendurada no pescoço, renovado pelos exercícios, renovado depois de Tibbs e Dalton o terem forçado a acompanhar o ritmo deles. *Ou talvez tenha sido o inverso*, pensou Bloodshot, sorrindo.

A área de descanso parecia a versão industrial de uma cafeteria chique. Mais luz suave e azulada emanava do vidro que separava o cômodo e o laboratório-microfábrica adjacente. Um bar bem suprido ocupava toda a parede traseira da sala. Havia música ambiente tocando, instrumental e aveludada. O espaço estava vazio, exceto por KT, sentada em uma banqueta diante de uma das mesinhas altas perto da janela. Havia uma garrafa de bebida à sua frente.

– Sério? – perguntou ele.

Ela se virou para olhá-lo. Bloodshot estava satisfeito com o fato de que agora conseguia manter o olhar no rosto dela, sem mais descer para o aparato de respiração implantado no pescoço.

– Da academia para o bar? – continuou ele.

– Talvez eu só curta beber – sugeriu ela.

— Sozinha? — Ele tinha conhecimento o bastante para saber que a situação era socialmente esquisita.

— Puxa uma cadeira. O que você curte beber?

A questão o pegou de surpresa.

— Não faço a menor ideia — disse, enfim.

KT sorriu.

— Beleza, então. Só tem um jeito de descobrir.

Ela se levantou e foi até o bar. Bloodshot a viu puxando garrafas das prateleiras. Enquanto ela fazia isso, ele descobria o que havia em cada garrafa, o tipo e a qualidade relativa de cada bebida. Parecia que todas as famílias de bebidas alcoólicas estavam representadas ali: uísque, vodca, conhaque, entre outros; e a maior parte era de ótima qualidade. Os quartos podiam ser bem espartanos, mas parecia que o pessoal economizava menos nas bebidas da tropa.

— Vai com calma, moça — disse Bloodshot, sentando-se à mesa. Parecia algo íntimo, como um bar quase vazio de madrugada. *Como sei disso?* Pelos microprocessadores? Parecia estranhamente contextual. Será que eles estavam se adaptando à personalidade residual que ele definitivamente parecia manifestar? Pensou se aquilo, em si, seria um tipo de memória.

Ela havia separado bebida suficiente para matar um gorila de tamanho médio. Ele tinha mesmo feito o cálculo — ou, pelo menos, os microprocessadores tinham.

— Se os seus robozinhos não forem capazes de curar uma ressaca, então eles são um desperdício de um bilhão de dólares — ela comentou enquanto servia as doses.

Bloodshot registrou a dimensão de um bilhão de dólares, ponderando se correspondia à realidade. Caso sim, ele havia custado mais do que a construção de um bombardeio Stealth Bomber. O número era tão grande que chegava a ser abstrato. Não era bom sinal. Com aquele tanto de dinheiro investido nele, a RST com certeza entendia que ele devia à corporação algum tipo de prestação de serviço. Dado o seu conjunto de habilidades, ele tinha de imaginar o tipo de coisa que iriam querer que ele fizesse para pagar o investimento. Achava que não seria nada como beber quantidades absurdas de álcool, então resolveu dar uma chance àquilo.

KT formou duas fileiras de seis doses diante de cada um deles. As que serviu a ele eram amostras de seis tipos diferentes de bebida. As dela eram todas de mezcal.

– *Arriba*. – Ela ergueu a mão com o copinho. – *Abajo*. – Baixou a mão. – *Al centro. ¡Y pa' dentro!* – Ela virou a dose, sorvendo-a em um gole só antes de virar o copinho e capturar um gomo de limão com a destreza de uma *bartender* experiente. Era evidente que ela já o fizera antes.

– Tá, ganhou minha atenção – disse Bloodshot.

Ele não sabia ao certo se ela estava flertando com ele ou não. Sentia-se confortável, à vontade com ela, mas no fundo da mente ainda suspeitava que ela era parte do processo de recrutamento, fato que o decepcionaria. Ela não parecia, no entanto, ser esse tipo de pessoa. Só pesquisando na internet, já suspeitava de que ela não era o tipo de agente produzido pelo programa de Nadadores de Resgate da Marinha dos EUA. Se ela realmente estava flertando com ele, imaginou como seria passar pela experiência com seu total conhecimento sobre o funcionamento do próprio corpo.

KT empurrou devagar uma das doses em sua direção e pegou sua segunda de mezcal, erguendo o copinho.

– À descoberta do que você ama de verdade – brindou ela.

Bloodshot sorriu para ela. Parecia esquisito haver algo entre eles dois. Ela era atraente, ele entendia isso de qualquer maneira. Não havia como negar, e ela era uma boa companhia quando estava longe de Harting e dos demais. Não que ela fosse má companhia quando estava perto do restante dos Motosserra, mas se mantinha mais quieta.

Ambos tomaram de uma vez as bebidas. A dele era, de algum modo, enjoativamente doce e forte ao mesmo tempo. Desceu queimando. Bloodshot se pegou fazendo uma careta. Não tinha gostado da experiência.

— Tá, não é o tipo de cara que curte uísque — divertiu-se KT, e empurrou na direção dele um copinho cheio de um líquido transparente que ele presumiu ser vodca.

A ação era casual, natural, quase familiar. Pensamentos sobre um possível flerte o abandonaram. Era estranho, mas parecia que existia uma conexão maior ali, de algum jeito.

— KT, isso vai parecer bizarro, porque a gente acabou de se conhecer. — Ele estava se sentindo esquisito ao dizer aquilo. Perdendo a memória ou não, era a primeira vez em que ele não se sentia de fato confiante. Não fazia sentido, por que se relacionar com outra pessoa era tão difícil? — Mas, por alguma razão, me sinto à vontade com você.

KT o estava encarando, claramente incerta sobre o que responder. Ele suspeitava de que tivesse uma expressão similar no próprio rosto.

A música mudou.

Os bilhões de pequenos microprocessadores arrastando-se sob sua pele o informaram do título da música: "Psycho Killer", do Talking Heads.

O céu brilhava em tons de dourado perto do horizonte, bem onde encontrava o metal líquido que era o mar. Era lindo, mas ele só tinha olhos para a mulher no banco do motorista do carro conversível, com seu cabelo esvoaçando ao vento enquanto eles avançavam pela estrada costeira.

O fragmento de memória veio como se uma faca quente estivesse entrando em sua cabeça. Bloodshot deu um grito, dobrando o corpo. KT já estava tentando segurá-lo.

Outra memória. Outro lugar agora, frio. Ele podia sentir o cheiro da carne, do sangue de animais abatidos.

— Ray... — disse a mulher, entre lágrimas, o medo tomando seu belo rosto. O nome dela estava no olho do furacão da memória.

Na sala de descanso, Bloodshot olhou para cima. Estava começando a se lembrar. Sem querer lembrar.

Era o anel de casamento no dedo anular dela, feito de titânio, o metal mais forte de todos, com uma bordinha de ouro. Formava o par da própria aliança que ele usava enquanto tentava puxar as amarras que o prendiam à cadeira, deixando os nós dos seus dedos esbranquiçados.

Bloodshot fitava a mão esquerda. Não havia sinal do anel. Nem mesmo uma marca branca na pele – como se o relacionamento, aquele simbolizado pela aliança, tivesse sido apagado, removido da história junto ao resto das suas memórias e da sua identidade.

Havia alguém se inclinando sobre ele, contra a luz. Uma camisa brega, do tipo que só um turista usaria. O rosto de um homem, nada repulsivo a não ser pela expressão de desdém.

– Meu nome é Martin Axe – o homem desdenhoso disse a ele. Tinha um sotaque australiano. Bloodsh... Não, Garrison, agora ele lembrava. Ele sabia quem ele era, quem havia sido. O que o australiano tinha feito. Estava dominado pelo medo e pelo ódio daquele homem.

Então veio uma enxurrada de imagens, incluindo detalhes abomináveis sobre uma arma pneumática de aço inoxidável, encostada na cabeça de uma mulher... Gina, a mulher que ele amava! A arma estava encostada na cabeça da esposa! E então ele ouviu o som do ar comprimido agindo. Viu o salto da tubulação pneumática no chão imundo de concreto manchado de sangue. E o pino de metal disparando adiante para violar o crânio delicado dela.

O rosto desdenhoso dele, contra a luz, enchia sua visão como um pesadelo, seu próprio demônio pessoal.

– VOCÊ JÁ ERA! EU PROMETO...

Bloodshot cerrou os dentes como uma prensa industrial. Seu coração batia como um solista de bateria dentro de suas costelas, apesar dos esforços dos nanites para evitar.

– Vou-te-encontrar-vou-acabar-com-você-vou... – esbravejou ele, a fúria mal controlada. Tinha apenas uma leve noção de que KT havia corrido para o intercomunicador.

– Alguém traz os socorristas aqui, agora! – ela falou, e então o agarrou e o ajudou a se sentar em uma cadeira.

– Melhor me matar agora mesmo... – continuou ele, mas não estava mais na sala de descanso com ela. Estava em um açougue, em um abatedouro. Era onde ele vivia agora.

— Calminha. Sou eu. Tá tudo bem... — disse KT, mas ele a ouvia como se estivesse muito longe. Em algum nível, entendia as palavras pronunciadas por ela, mas não era capaz de lhes atribuir significado. Gina estava morta. Nada mais importava.

Axe estava nas sombras. O cano de uma .45 tomou a visão de Garrison. O dedo de Axe apertou o gatilho como o carinho de um amante.

— Valeu pela dica.

Bloodshot sentiu o golpe do tiro bem no seu centro de massa. Sentiu o calor da bala. A lenta passagem dela através de seu peito enquanto ele voava na direção do bar, quebrando-o. A bala o havia atingido no meio da cicatriz quente e circular que tinha no tórax.

— Ei. Me escuta. Olha — KT praticamente implorava.

A cabeça dele virou num rompante com o intuito de olhar para ela.

— Me desculpa. Eu não queria... Eu...

Como ele poderia estar pensando aquilo de KT sendo que Gina estava morta? *Assassinada.*

— O que quer que seja, você não precisa fazer isso. Você tem uma escolha — ela falou.

— Você não entende — disse ele. Não havia escolha. Alguém tinha que pagar.

— Entendo, sim. Mais do que você imagina.

Era como se KT estivesse tentando dizer algo mais para ele, algo que ela não podia falar com todas as letras. Aquilo só o fez lembrar das últimas palavras de Gina. O nome dele. O olhar dela enquanto tentava transmitir algo mais antes de...

— Não. Você não entende, KT. Eu não fui esquecido. — Bloodshot olhou direto nos olhos dela. Tentou reprimir a culpa pelo momento que os dois quase haviam tido. — Eu sei por que tô sozinho.

Passou por ela, sentindo seu olhar segui-lo enquanto ele deixava a sala de descanso.

CAPÍTULO 13

Bloodshot atravessou a passos largos a garagem fracamente iluminada sob a torre que continha as instalações da RST. O ar estava úmido e grudento. A vista parecia familiar, de alguma maneira. Não era o ar estéril e filtrado de laboratório que ele vinha respirando desde que despertara da morte.

Passou por vários carros esportivos europeus caros e por uma minivan de pai de família, que aparentava realmente precisar de uma limpeza.

Parou quando viu o Mustang. Potência de frenagem de quatrocentos e oitenta cavalos em um robusto carro norte-americano. Cinquenta e oito quilograma-força metro de torque, e uma velocidade máxima de duzentos e sessenta quilômetros por hora. Ele sabia tudo aquilo pela mesma razão que sabia onde encontrar Axe. Deixando de lado seu poder físico, era a informação provida pelos microprocessadores, a habilidade deles em ir até praticamente qualquer ponto da rede e encontrar qualquer dado, que era realmente impressionante. Todo operante das Forças Especiais sabia que o poder verdadeiro era o recurso escasso da informação sólida, confiável e útil. Foram os microprocessadores que invadiram o sistema do Mustang para desativar a fechadura eletrônica e então comandar a sequência de ignição. Bloodshot entrou no banco concha revestido em couro enquanto o carro ligava sozinho com um rugido. No fundo da mente, sabia que, no passado, dirigir um carro daquele teria lhe dado muito prazer. Naquele instante, porém, ele vivia no momento em que o pino de aço inoxidável atingia a cabeça de Gina. O rosto desdenhoso de Martin Axe estava gravado em seu cérebro.

—

Harting estava banhado pelo brilho azulado de várias telas no centro de operações da RST enquanto observava, no conjunto central de monitores, Bloodshot dirigir pela noite cheia de neons luminosos de Kuala Lumpur. A parede traseira do centro de operações era envidraçada, e dava para a área da oficina-microfábrica. Os servidores, que providenciavam estocagem e um processamento gigantesco de informações, ficavam atrás do vidro, na sala refrigerada ao lado do centro do operações. Havia seis fileiras de estações de trabalho, atrás das quais os técnicos monitoravam a biometria de Bloodshot e seus níveis energéticos, que no momento estavam no verde. A contagem de nanites ativos no sistema dele estava em cerca de trezentos bilhóes.

Harting pegou um dos microfones próximos.

– Abre um canal – disse.

Não houve resposta. Aquilo o irritou, já que ele pagava os melhores salários para – pelo menos em teoria – recrutar apenas os melhores. Ele se voltou para a pessoa em questão: seu líder da equipe técnica, Eric, que era a materialização da nerdice em forma de barba, óculos, jeans, camiseta e um velho moletonzinho cinza com capuz. A irritação de Harting aumentou ao ver que Eric jogava um joguinho no celular, claramente sem prestar o mínimo de atenção.

E, ainda assim, ele provavelmente reclamaria se eu desse um tiro no saco dele, pensou Harting. Tudo no técnico o irritava. *Pô, que tipo de adulto tem* action figures *grudados em cima do monitor do computador?* Ele decidiu apenas atirar uma caneta no funcionário. Eric se aprumou, alerta, deixando o joguinho de lado.

– Putz. Foi mal. É... – começou ele. – Você queria que eu...? – Obviamente ele nem tinha ouvido a instrução, quanto mais percebido que era dirigida a ele.

– Abre a porcaria de um canal! – Harting quase berrou. Alguns dos técnicos que estavam mais nervosos se encolheram.

– Abrindo um canal. Tá indo.

Harting balançou a cabeça. Agora teria que cuidar de sua criação aparentemente mais teimosa.

—

A cidade futurística era só um borrão no retrovisor do Mustang enquanto Bloodshot dirigia o possante pelo interior da Malásia. Estava indo para uma pequena mas exclusiva pista de pouso que seus microprocessadores internos haviam encontrado para ele.

Bloodshot se retraiu, rangendo os dentes quando um apito alto e agudo tomou seus ouvidos.

– Encosta agora. – Ele ouvia a voz de Harting em sua mente. Era desconcertante, para dizer o mínimo.

– Doutor? Como... – começou Bloodshot.

– Você tem bilhões de microprocessadores sem fio no seu cérebro. Preciso que volte agora mesmo. – A voz de Harting estava estranhamente atônica.

Parecia claro que o médico estava acostumado a ser o mestre de todos os seus objetos de pesquisa, mas ele falava sem traços de autoridade, agressão ou mesmo impaciência, embora talvez soasse ligeiramente irritado.

– Não. Tenho uns negócios mal terminados – respondeu Bloodshot ao doutor.

—

Harting olhou para cima quando a Equipe Motosserra entrou no centro de operação, andando na direção dele com expectativa. Colocou o microfone no mudo.

– Se preparem – disse a Dalton e Tibbs, que concordaram com a cabeça. Harting reativou o microfone. – Nós somos seu único negócio. As únicas pessoas que você conhece.

– Eu tinha uma esposa. E ele a matou – grunhiu Bloodshot em resposta.

Harting estava realmente impressionado com o quão claro era o sinal.

– Ele quem? – perguntou.

– Martin Axe.

O médico olhou para as várias telas ao redor até encontrar a imagem que procurava: uma fotografia de Martin Axe e um mapa que apontava sua localização em um dos hotéis mais exclusivos de Budapeste.

– Certo, eu sei onde ele tá – disse Harting, soando propositalmente neutro.

– Você sabe onde ele tá porque eu encontrei o arquivo dele. Vocês trabalham bastante junto das agências federais, sabia?

Harting podia ouvir como Bloodshot se sentia satisfeito consigo mesmo naquele instante. Um olhar dirigido a outra tela mostrou-lhe a trilha de informações que ele tinha seguido até descobrir Axe.

– Você vasculhou uma base de dados da CIA a partir do nosso servidor? Isso é mais do que ilegal. Preciso de você de volta aqui. Todos os Motosserra estão atrás de você – avisou Harting, mas ele conhecia o perfil psicológico de Garrison e sabia como Bloodshot reagiria àquele tipo de ameaça. Era tedioso, mas sua criação maravilhosa herdara alguns dos maneirismos do protótipo de carne e osso.

O médico estalou os dedos duas vezes na direção de Dalton e Tibbs e fez um gesto para que partissem. Tibbs deu um soquinho no ombro de Dalton antes que ambos deixassem o centro de operações.

– Se eles entrarem na minha frente, vou acabar com eles – prometeu Bloodshot.

– Ah, pronto... – Dessa vez a impaciência não era forçada. Estava mesmo cansado de ter que lidar com aquele tipo de merda de macho. Em vários sentidos, era realmente uma pena que só as forças militares e as indústrias que as atendiam tivessem grana suficiente para financiar a pesquisa em questão. Ele estava dando uma das maiores proezas tecnológicas que a humanidade já vira para gorilas desajeitados. – Esse não é um trabalho de execução, é uma operação de resgate. Você é um protótipo de um bilhão de dólares, meu protótipo de um bilhão de dólares, e não posso...

– Doutor! Era isso o que eu fazia da vida.

Pelo menos aquilo era verdade, ponderou Harting.

– Você ainda nem sabe o que é capaz de fazer, o que é capaz de aguentar – disse a ele. Por um lado, colocar tamanha tecnologia em alguém como Garrison era um desperdício; por outro, as contas tinham de ser pagas e Garrison era um objeto de teste valioso.

– Claramente já aguentei um monte de coisa no passado – insistiu Bloodshot, falando baixo.

Harting olhou para cima, para a tela que mostrava o ponto de vista dos próprios olhos de Bloodshot. Quando o carro começou a se aproximar do pequeno aeroporto privado que buscava, Bloodshot contemplou as cicatrizes nas costas da mão.

– É hora de um teste de fogo de verdade – disse Bloodshot.

Harting se aprumou, olhando ao redor do centro de operações, garantindo que – considerando as circunstâncias atuais (e Eric) – tudo estava funcionando como deveria. Ele se permitiu um breve momento de satisfação consigo mesmo. Um sistema deveria ser eficiente, fosse humano ou tecnológico, e um sistema realmente bom permitia contingências.

—

O possante rugiu ao longo da pista de pouso, deixando para trás hangares abrigando aviões particulares caros. Ele encostou do lado externo de um dos hangares fortemente iluminados, saindo para o ar úmido e grudento antes que o carro sequer parasse por completo, escorregando pelo asfalto.

— Só pensa um instante, pensa bem nisso. Você não tem dinheiro. Não tem passaporte.

Bloodshot imaginou se haveria uma maneira de impedir que Harting o contatasse através dos robozinhos em seu cérebro.

— Não preciso disso, vou voar num avião privado – ele disse para a noite enquanto caminhava na direção do esbelto jato executivo.

Com sua memória fragmentada voltando e os microprocessadores preenchendo as lacunas com informação pura, Bloodshot entendeu como extradições extraordinárias funcionavam. Estava convencido de que tinha trabalhado um pouco com aquilo, tanto na escolta de prisioneiros como também sendo responsável pela captura dos alvos. Ele suspeitava nunca ter se sentido confortável com a situação. O que significava que ele sabia sobre a rede de pistas de pouso particulares e sobre a mansidão dos técnicos de tráfego aéreo em países com leis mais brandas do que as dos EUA em termos de interrogação, detenção e tortura. Presumivelmente, uma abordagem "diferente" aos direitos humanos era uma das razões pela qual a RST mantinha sua base naquela localidade.

—

– Um Gulfstream... É uma aeronave de seis milhões de dólares. Não. Você sequer sabe como pilotar? – dizia Harting no microfone, permitindo que alguma exasperação tomasse sua voz.

Então o médico olhou para a tela que, momentos antes, mostrava o perfil de Martin Axe. O monitor em questão exibia o *feed* sem fio dos microprocessadores. No momento, mostrava vislumbres das páginas de um manual de voo, assim como vídeos em alta velocidade sobre manuseio de *cockpits* e simulação de voos. Bloodshot, ou, na verdade, os nanites para os quais ele era uma plataforma, estavam aprendendo a pilotar aviões.

Sistemas, pensou Harting.

—

A porta do Gulfstream se abriu ao toque de Bloodshot, e ele subiu no interior luxuoso do jato.

– Eu me viro – respondeu.

—

Bloodshot estava em algum ponto sobre o Himalaia, sob um vasto orbe cheio de estrelas. Lá embaixo, podia ver a ponta dos cumes espiando por sobre a cobertura de nuvens, como ilhas celestes. Tinha sido um dia desconcertante, e ainda assim ele estava a caminho para lidar com o homem que tirara a vida dele, que tirara a vida de Gina. Não importava que nunca tivesse voado antes. Não importava o fato de ele ser um sonho tecnológico ambulante – ou um pesadelo, a depender da perspectiva. De alguma maneira, parecia correto, como se ele estivesse encarando a circunstância toda com normalidade. No fundo da mente, um pensamento parecido com uma coceirinha o fez imaginar se deveria ser o caso. Aquilo deveria mesmo parecer tão... normal?

CAPÍTULO 14

Com grana, dava pra fazer praticamente qualquer coisa em determinadas partes do mundo. Isso incluía mercenários russos portando fuzis de assalto e quase fechando a rua do mais opulento hotel de Budapeste. Apesar do poder que acompanhava o dinheiro, era um Martin Axe bem infeliz que estava sendo evacuado do hotel para dentro de um SUV preto enquanto o sol nascia na capital húngara.

—

Harting agora estava bem atrás de Eric enquanto o técnico digitava loucamente no teclado, fazendo a informação fluir tela abaixo.

— Como ele tá conseguindo seguir o cara? — exigiu saber Harting, encarando a tela que mostrava o conteúdo de um circuito fechado de TV de Budapeste.

Axe era praticamente empurrado pelos mercenários russos de uniforme escuro para um dos SUVs pretos idênticos.

Eric parou para analisar as informações que surgiam no monitor.

– Bom. Parece que ele cruzou toda a base de dados própria com informações em tempo real de GPS para identificar todos os veículos da área. Aí ele se conectou com um de cada vez. E fez isso com todos os nove mil.

Um mapa da Hungria apareceu na tela. Pontinhos piscavam e sumiam como vaga-lumes atrás de um vidro.

– Por quê? – perguntou Harting. Ele podia descobrir sozinho, mas por que ladrar se havia um cachorro pra fazer isso por ele?

Na tela, um conjunto de cinco pontos piscou na direção de uma estrada, formando um grupo. Os pontos não se apagaram.

– Pra identificar os cinco que estão em comboio.

Harting se sentou, reclinando a cadeira de rodinhas. Não sabia o que o impressionava mais: a estratégia de Bloodshot ou a tecnologia que ele mesmo tinha criado e que permitia executá-la.

– Bom, essa é nova.

As imagens do circuito fechado de TV mostravam o comboio de cinco SUVs blindados acelerando às margens do Danúbio "Azul". O rio, porém, era cinzento na luz fantasmagórica da manhã, à medida que o comboio passava pelo Parlamento Húngaro. Os veículos viraram na ponte Széchenyi Lánchíd, cruzando de Peste para Buda e seguindo para dentro do Bairro do Castelo, disparando a toda velocidade na direção do vasto complexo barroco que era o Castelo de Buda. O comboio alcançou uma rampa na estrada e sumiu de vista enquanto descia até os túneis por baixo do castelo.

—

Martin Axe não estava tendo um bom dia. Sabia que alguém estava atrás dele – mas não sabia quem, e nem mesmo quem havia dado a dica anônima a Baris. Apesar de estar em um SUV blindado acelerando pelos túneis sob o castelo, cercado de uma pequena força de guarda-costas mercenários e seguindo rumo a um *bunker* superseguro, não conseguia impedir a perna de balançar para cima e para baixo. Era um tique nervoso de infância que jamais conseguira perder.

Apesar da influência que tinha sido capaz de exercer ali, mal podia esperar para sair do Leste Europeu. Era tudo velho demais. Podia tolerar algumas partes da Ásia – a maioria das cidades – e os EUA, se não tivesse que conversar com muitos norte-americanos, mas eles que ficassem com aquela bobagem de conto de fadas do Velho Mundo. Suspeitava que as quatro décadas de governo comunista não tivessem ajudado, mas tudo parecia ultrapassado demais. Desesperadamente, precisava voltar para um país de verdade, como a sua nativa Austrália – Oz, para os íntimos.

Além de estar na Europa e à espera de uma tentativa iminente de assassinato, o péssimo jeito com que o encontro com os russos decorrera não estava ajudando em nada seu humor. Baris o havia conseguido mediante velhos contatos seus no governo. Axe tinha quase certeza de que havia contratado o homem antes que ele fosse para o setor privado. Os russos não queriam o que ele estava vendendo, principalmente com base em sua experiência, e o mais vergonhoso de tudo era o fato de que, ao que tudo indicava, não tinham acreditado nele. Em suas cabeças duras eslavas, simplesmente não conseguiam vislumbrar o potencial dos avanços que ele ofereceria caso liberassem a grana. Para seus cérebros lerdos e quase bovinos, aquilo provavelmente tinha soado como ficção científica.

Axe afastou os olhos do comandante dos mercenários sentado no banco do carona, falando em russo em seu rádio tático. Passou a contemplar as paredes reforçadas de concreto dos túneis construídos na época soviética enquanto o carro disparava por eles. Tinha quase certeza de que o nome do comandante era Vasilov. Parecia que todo mercenário tinha nome único, tipo Madonna ou Bono. Baris tinha recomendado Vasilov e sua equipe, ex-operativos da GRU Spetsnaz, as Forças Especiais russas. Aparentemente, Vasilov tinha ganhado fama lutando em uma guerra brutal de contrainsurgência na Chechênia. Tinha sido um dos "Soldadinhos de Brinquedo" de Putin, um dos primeiros a entrar na Ucrânia durante a "Intervenção". O bom e velho Vasilov tinha até mesmo atuado na Síria. A maior parte dos homens e mulheres com ele agora já haviam servido sob seu comando em dado momento.

Acelerando através do túnel, Axe não via nada além do concreto curvado adiante, o arco das lâmpadas de sódio piscando tão rápido lá em cima que elas viravam borrões.

Axe quase se aliviou nas calças quando as luzes se apagaram, e eles foram envolvidos pela escuridão. O pânico parecia um balde de água gelada jogada em sua cabeça.

– O que tá acontecendo? – gritou.

Cinco conjuntos de faróis vindos dos SUVs subitamente iluminaram o túnel, assim como o caminhão de nove eixos que deslizava na direção dele.

Axe arregalou os olhos.

O caminhão derrapou violentamente, batendo forte contra a lateral do túnel em uma cascata de faíscas, dobrando-se enquanto o baú de carga disparava na direção da boleia. A SUV que liderava o comboio bateu tão forte que ricocheteou no teto do túnel.

Pneus queimaram quando os SUVs remanescentes frearam de repente, oscilando à medida que os motoristas treinados tentavam controlar os veículos pesados e em alta velocidade.

O baú se soltou e tombou, rolando pelo túnel sob as luzes dos SUVs que ainda tentavam parar. Ele se rompeu, lançando para todos os lados sacos pesados de pó que se rasgavam assim que atingiam o concreto. A explosão branca envolveu os SUVs como uma tempestade.

Ficou tudo muito silencioso e calmo depois. Mesmo os faróis do comboio eram apenas fracas ilhas de luz no meio da névoa branca.

— O que acabou de acontecer? — exigiu saber Axe. Ele podia ouvir o medo na própria voz, mas ainda soava muito mais calmo do que se sentia.

— Tá bloqueado — respondeu o motorista em um inglês marcado pelo sotaque forte.

— Ah, jura? — disse Vasilov, olhando para o capanga como se ele fosse um idiota antes de falar no microfone de seu rádio tático. Axe entendia russo o suficiente para compreender. — Time Dois, vejam aí se dá pra dar a volta.

Do lado de fora do SUV, bastões sinalizadores foram acesos e atirados no interior do túnel esbranquiçado. A luz vermelha e infernal deu a Axe um vislumbre do caminhão partido, paletes de madeira destruídos e sacos de pó com inscrições em cirílico. Axe precisou reprimir um riso histérico com a ideia de os sacos estarem cheios de cocaína.

Dois mercenários saíram do segundo SUV. Os fuzis de assalto foram preparados, as luzes das miras atravessando fracamente a nuvem grossa e os coturnos levantando pequenas nuvens de poeira a cada passo. Eles acenderam mais bastões sinalizadores e os enviaram rodopiando para dentro da branquidão ofuscante.

— Farinha de trigo… — constatou o primeiro mercenário nos comunicadores.

Não é coca, então, pensou Axe. Sabia que, se começasse a rir, nunca mais iria parar.

Os dois mercenários avançaram pelas nuvens de pó até os restos retorcidos do primeiro SUV.

— O Time Um já era — informou o segundo mercenário.

Axe não estava surpreso. Blindado ou não, o carro tinha atingido o caminhão e depois o teto do túnel com muita força.

— E o motorista do caminhão? — perguntou Vasilov, ainda no banco do carona do SUV onde estava Axe.

O segundo mercenário foi até os restos do caminhão e espiou lá dentro.

– O motorista partiu – disse ele pelos comunicadores.

– Tá morto? – perguntou o comandante.

– Não. Partiu mesmo. Não tá aqui.

Uma silhueta avançou para fora da névoa direto na direção do suv de Axe, pouco mais do que uma sombra poderosa sob a luz vermelha dos sinalizadores. Ele socou uma lata sobre o capô do carro com força o suficiente para abalar a suspensão sensível, depois sacou uma submetralhadora e descarregou toda a esteira com as balas sobre o para-brisa. Axe gritou e se encolheu no chão do assento traseiro. Sua visão se encheu com as faíscas dos tiros ricocheteando no vidro blindado, já todo rachado no padrão de uma teia de aranha. Axe reconsiderou seriamente a possibilidade de se aliviar nas calças.

Houve mais tiroteio, os lampejos vindos dos canos iluminando a escuridão enquanto os dois mercenários de um dos suvs da frente disparavam bala atrás de bala na direção do atirador, que caiu.

Axe nem teve tempo de soltar um suspiro de alívio antes que a lata que o homem havia socado sobre o carro explodisse, transformando a dianteira do suv em um inferno colérico de metal derretido.

– É termite. O motor foi pro saco! – gritou o motorista, provavelmente no páreo de uma competição sobre quem falava mais coisas óbvias durante um tiroteio.

– Todos os times. Varredura total. Atenção em tudo – disse o mercenário comandante para o seu pessoal por meio dos comunicadores.

As portas dos suvs remanescentes se abriram, e os mercenários desceram. Armas varriam o espaço de um lado para o outro e de cima para baixo enquanto eles se moviam como peças de um mecanismo bem azeitado, exibindo seu treinamento e experiência. Apesar das experiências de Axe com os dignitários russos, não havia como negar que os *freelancers* militares eram muito capazes. Tinham muito tempo de tiro, eram mais baratos e tinham menos bloqueios morais do que seus pares do Ocidente. Pelo menos era o que Baris lhe prometera. Nada disso impressionava Axe ali, porém, já que ele estava mais do que tudo tentando não se cagar porque o carro em que estava sentado estava pegava fogo!

— Faz alguma coisa! A gente precisa vazar daqui! – gritou.

— Fica sentado aí. Meu pessoal vai cuidar disso. A gente vai fazer a varredura... e depois trocamos de carro – disse Vasilov em um tom que não abria espaço para discussão.

Axe não podia acreditar no que estava ouvindo. Que tipo de idiota queria permanecer em um veículo em chamas? Ele teve vontade de berrar com o comandante dos mercenários. O termite não estava mais queimando. Já tinha feito seu trabalho, porém, deixando uma cavidade derretida no capô do suv bem onde o motor costumava ficar. Axe jogava a cabeça de um lado para o outro, à procura de ver onde o atacante estava. Tentando ter um vislumbre dele, mas sem muita certeza sobre se queria ver o rosto daquela assombração em particular.

—

Os olhos de Bloodshot se abriram de súbito quando ele voltou à vida. De novo. Podia sentir o sangue vermelho com aparência de mercúrio pingando do ombro. Com ou sem nanites, doía levar um tiro, ele decidiu. Podia sentir o calor do bloqueador de motor feito de termite contra a pele. Estava ciente dos mercenários que vasculhavam a área. A névoa branca de poeira e os sinalizadores vermelhos faziam o túnel parecer um mundo alienígena e hostil. O sangue de nanites começou a reverter seu fluxo, correndo de volta na direção dos furos de bala abertos na pele pálida.

Ele pensou em Gina. Só por um momento. Imediatamente, sua necessidade de vingança foi renovada, e ele virou uma faca reluzente de ódio.

Dois mercenários se aproximavam dele através da névoa. Para eles, Bloodshot pareceria bem morto.

Quando chegaram perto o suficiente, ele se ergueu em uma explosão de poeira. Moveu-se com tal velocidade que até mesmo os mercenários experientes não tiveram tempo de reagir. O primeiro ele atingiu com um chute na rótula, ouvindo o estalo satisfatório do osso se rompendo antes de bater a cabeça do homem contra o SUV. Quebrou o pescoço do segundo mercenário e pegou seu fuzil de assalto antes de se esgueirar névoa esbranquiçada adentro.

Gotas metálicas de sangue fecharam os buracos em sua pele, curando-o por completo. Ele se perguntou por quanto tempo poderia manter aquilo. Sabia que deveria haver um limite para a capacidade dos nanites. Harting e KT o tinham praticamente dito quando mencionaram que as maquininhas microscópicas precisavam ser "recarregadas". Empurrou os pensamentos para longe. Tinha outras prioridades nas quais precisava focar, e aquela não era realmente uma preocupação contanto que os nanites o mantivessem vivo por tempo o suficiente até que pudesse lidar com Axe. Era o que importava de verdade.

Então, os mercenários abriram fogo. Os lampejos dos canos iluminaram o túnel em luz estroboscópica, cobrindo tudo com um alívio distorcido. Bloodshot correu, pulando a fim de se esconder de proteção em proteção, parecendo dançar por entre as balas que enchiam o ar. Movia-se com velocidade sobre-humana, atirando de volta quando era atingido. Sentiu o coice da coronha do fuzil em seu ombro quando mais um mercenário morreu. Grunhiu, oscilou um pouco, mas fora isso mal sentiu as balas que o atingiam, mergulhando na carne inchada. Não interessava. A dor valeria a pena se ele pudesse colocar as mãos em Axe.

Percebeu que a disciplina dos mercenários estava se dissolvendo quando os tiros começaram a ficar mais desesperados, com os inimigos descarregando pentes enquanto o medo suplantava o treinamento.

Bloodshot apareceu de onde eles menos esperavam. Atirou, abatendo outro homem – suas habilidades como matador eram praticadas há tanto tempo que haviam virado instinto – antes de ser engolido de novo pelas nuvens de farinha.

Deu a volta no segundo SUV do comboio. Havia dois mercenários nele, que se viraram ao mesmo tempo para encará-lo. Um deles chegou a erguer o fuzil de assalto, mas passou longe de ser rápido o bastante. Bloodshot atirou em seu rosto e apertou o gatilho mais uma vez só para garantir, mas ouviu o clique metálico do martelo batendo em uma câmara vazia. Jogou o fuzil de assalto para o lado, agarrou o outro mercenário aterrorizado e o arrastou para dentro do SUV.

No veículo, ossos foram quebrados e o homem cedeu.

– Ele não vai parar! – A voz apavorada estalou pelo rádio tático do mercenário morto.

– Ele tá usando proteção à prova de balas. Atirem na cabeça – respondeu outra voz. Estava mais calma: era a voz de um comandante.

– Ele não tá usando proteção!

Bloodshot sorriu, vendo os ferimentos à bala se curarem.

– Não, não tô – disse para si mesmo, mas tinha perdido um monte de sangue.

Sabia daquilo porque podia senti-lo lá fora, no chão do túnel. Espalhado na parede de concreto, misturado com a farinha, tal qual uma espécie de feitiço pagão. E então ele o sentiu tomar vida. Primeiro, os nanites nos respingos de sangue começaram a correr na direção de seu portador, depois passaram a fluir. Então formaram arcos de líquido vermelho e metálico voando pelo ar, como as linhas de um campo magnético. Ouviu os gritos de surpresa dos mercenários remanescentes, e mesmo um ou outro tiro de pânico.

Dois fluxos de nanites voaram de volta até seu corpo. Bloodshot observou sua pele reanimada expelindo as balas esmagadas que o tinham atingido. Os ferimentos de saída dos projéteis se fecharam.

—

Axe encarou as correntes de líquido vermelho metalizado fluindo para dentro do segundo SUV. O motorista e Vasilov tinham o mesmo olhar incrédulo que ele. Ninguém sabia com precisão para o que eles estavam olhando. Mesmo sabendo do que sabia, Axe não podia acreditar que um homem havia avançado sobre seu exército particular daquele jeito. De acordo com Baris, foram contratados os melhores; os de reputação menos célebre, mas os melhores. Francamente, ele queria o dinheiro dele de volta.

— Martin Axe! — gritou seu atacante de dentro do segundo SUV.

O sangue de Axe gelou. Era a morte indo atrás dele.

— Meu Deus. É ele — soltou.

— Você conhece esse cara? — perguntou Vasilov.

— Não sei. Escutei umas histórias. — Histórias que ele considerava besteira até momentos atrás. *Como Harting podia ter ido tão longe?*

Axe pegou o celular, encontrou o número de Baris e apertou o ícone do FaceTime tão forte que ficou surpreso por não ter aberto um buraco no telefone.

Baris atendeu. Ele tinha uns trinta anos, usava barba e apresentava uma compleição física avantajada. Mesmo a meio caminho entre estar dormindo e acordado, seus olhos azuis e frios prometiam uma violência que combinava com sua reputação, que o seguia desde o Serviço Federal de Segurança russo, conhecido como FSB, até suas atividades no sofisticado mercado paralelo de tecnologia militar.

— Da...

— É ele, ele me encontrou! — Axe praticamente gritou.

— E daí? — perguntou Baris. Era evidente que ele não podia se importar menos.

— E daí?! — gritou Axe. — E daí que os seus caras são uns merdas! Tô completamente ferrado...

Baris encerrou a ligação, e Axe atirou o telefone para o outro lado do veículo.

Ergueu os olhos para ver os poucos mercenários remanescentes avançando com cuidado na direção do segundo SUV.

Axe se encolheu quando o atacante disparou para fora do veículo e aterrissou no meio dos mercenários. O homem levou um tiro no meio do peito, o que o mandou voando até o baú massacrado do caminhão. Os outros mercenários abriram fogo com os fuzis de assalto em uma saraivada automática. O agressor gingou para trás ao passo que foi atingido várias vezes. Tiros perdidos acertaram os resquícios dos sacos de farinha, erguendo mais pó branco na atmosfera do túnel. A névoa esbranquiçada envolveu o atacante quando ele caiu para trás.

Axe se permitiu um momento de exultação. Os mercenários não estavam economizando nos tiros. Talvez valessem seu dinheiro, afinal de contas. Será que agora o agressor fantasma estaria realmente morto?

—

Bloodshot caiu sobre o concreto como cadáver repleto de balas, embora isso tenha durado apenas um instante. Não o impediu de tentar se levantar. Seu peito queimava. Olhou para baixo a tempo de ver uma massa rodopiante de nanites, que pareciam pequenas larvas metálicas e brilhantes se refestelando com carne morta e se arrastando até seu peito. Por um momento, aquilo foi demais para ele — não podia estar certo; era doentio, uma violação horrível da natureza. Ele tossiu, ofegante: *Será que posso sobreviver a isto?* Então se lembrou de Gina, do pino de aço inoxidável que roubara sua vida e do fato de que o homem responsável por tal destino estava a poucos metros dali.

Sua carne queimou enquanto os nanites cintilantes e sobrecarregados tentavam curar o dano absurdo que ele havia sofrido.

—

Os mercenários haviam recarregado rapidamente suas armas e agora se esgueiravam para perto do baú destruído do caminhão. Bloodshot surgiu com um salto do meio das ferragens. Os mercenários começaram a atirar, mas eram lentos demais. Ele ainda estava ali, um verdadeiro *berserker*. As balas perdidas encheram o ar com ainda mais nuvens de poeira.

Ossos foram quebrados, laringes foram destruídas, pescoços foram estalados, mercenários foram espalhados pelo chão e rostos foram chutados enquanto Bloodshot seguia pelo meio deles, matando e ferindo gravemente. Seus machucados agora se curavam quase tão rápido quanto eram infligidos. Ele identificou o olhar de terror no rosto do último mercenário sobrevivente quando o chutou com força o suficiente para jogá-lo no ar.

—

Axe viu quando um dos mercenários voou para fora da fumaça branca que se expandia e atingiu um dos suvs com força suficiente para moer os ossos e disparar o alarme do veículo. A nuvem de farinha engoliu o próprio suv de Axe, cobrindo as janelas. E então nada mais se ouvia além dos gritos do alarme.

Axe trocou olhares com Vasilov e com o senhor Falo-Merdas--Óbvias no banco do motorista. De algum modo, ele sabia que aquilo não tinha acabado – e ainda havia dois SUVs atrás deles os impedindo de deixar o túnel pelo caminho de entrada.

Ouviu um ruído escorregadio vindo da janela, o som de dedos no vidro. Lentamente, Axe se virou para olhar. Dois buraquinhos haviam sido desenhados na camada de farinha. Um par de olhos espiava pelas aberturas, direto para ele. Axe teve certeza de que seu coração tinha parado por um instante. Uma boquinha feliz foi desenhada na farinha, logo abaixo dos olhinhos. E então houve um movimento quando o agressor caminhou para longe.

– Ele não tem como entrar, né? – começou Axe.

O corpo morto de um dos mercenários foi atirado contra a janela do SUV. Ele tinha duas granadas presas ao cinto. Axe só teve um segundo para perceber que os dois pinos estavam puxados.

– Merda – soltou Vasilov.

O SUV chacoalhou quando a janela explodiu. Axe berrou, tentando se comprimir em uma bolinha enquanto recebia uma chuva de vidro blindado. O homem caminhou de novo até a sua linha de visão. Ele tinha um corpo forte, a cabeça raspada e as roupas todas detonadas pelos tiros. Uma cicatriz perfeitamente circular queimava, quente e vermelha, bem no centro de seu peito. Ele estava coberto de poeira branca, tinha uma pistola semiautomática em cada uma das mãos e parecia um perfeito espectro de vingança.

Axe soube na hora que estava morto. Só não tinha certeza do porquê.

—

Bloodshot só tinha olhos para a bagunça trêmula em forma de homem que havia matado sua esposa. Estava surpreso pelo fato de o australiano ainda não ter morrido só pelo jeito com o qual o encarava.

Tarde demais para perceber o comandante dos mercenários apontando uma arma para ele. Tudo pareceu ficar mais lento.

A visão de Bloodshot se encheu com fogo, tiros e fragmentos de vidro. Ele sentiu a lateral do rosto sendo arrancada do crânio. Podia sentir a carne rasgada se reformulando no ar com a consistência de um caramelo, ligada ao osso pelos filamentos metálicos vermelhos e prateados dos nanites.

Bloodshot recuou um passo com a careta de alguém que sorria tendo metade do rosto arrancado enquanto o dano na face começava a se reverter, a pele explodida voltando até o osso. Ele ergueu as duas pistolas e começou a apertar os gatilhos rapidamente.

Bala atrás de bala atingiram o motorista e o comandante dos mercenários, arremessando-os pela cabine do suv como se fossem bonecas de pano. Ele não estava contando o número de tiros restantes em cada cartucho das pistolas, mas uma parte dos bilhões de nanites dentro dele estava. O pente na pistola da mão esquerda caiu, o cartucho vazio. Ele parou de atirar. Só precisava de mais uma bala. Jogou a arma que estava descarregada no chão.

— Você não tá entendendo. Você tá cometendo um erro — implorou Axe.

Bloodshot conferiu a câmara da arma que ainda empunhava na mão direita. Uma única bala na agulha. Ele mirou a pistola em Axe. Deu algum tempo para o homem contemplar o buraco negro que era o barril; afinal de contas, ele fizera o mesmo com Bloodshot lá atrás, quando ele ainda era um homem chamado Ray Garrison, casado com Gina Garrison.

— Valeu pela dica.

—

Um único tiro ecoou pelo túnel de concreto.

CAPÍTULO 15

Bloodshot conduziu com carinho o SUV abatido e fortemente danificado pelo concreto rachado da pista de pouso, traçando nuvens de farinha atrás de si na direção do Gulfstream roubado. Ele viu o outro avião primeiro. Outro jato corporativo, esse com o logotipo estilizado da RST gravada na fuselagem. Bloodshot pensou que usar o logo de sua corporação em um avião utilizado para fins nefastos não era exatamente a ideia mais inteligente. Os Motosserra estavam esperando por ele – Tibbs, Dalton e até KT. Bloodshot estava cansado demais para lutar. Ele literalmente se sentia gasto, como uma bateria. Se a situação ali ficasse feia, ele não teria muitas chances.

Bloodshot fez o SUV perfurado de tiros parar com um sacolejo. A porta caiu quando ele a tentou abrir. Desceu devagar. A máquina humana assassina que ele fora não muito tempo antes tinha desaparecido. Ele meio caminhou, meio cambaleou na direção dos Motosserra.

Dalton se separou dos outros e veio na direção de Bloodshot.

Lá vem, pensou Bloodshot. Sabia que, enquanto estivesse naquele estado, Dalton acabaria com ele. Mas não importava. Ele iria lutar, era o seu jeito.

Dalton passou direto por ele, mascando chiclete sem dizer mais nada. O ex-SEAL carregava algo que parecia um cilindro de gás, mas que Bloodshot reconheceu como uma arma termobárica improvisada.

– Putz, olha o que fizeram com você – disse Tibbs, apontando para sua roupa ensanguentada e rasgada ao passo que ele se aproximava do atirador de elite e de KT.

KT lhe estendeu uma camiseta limpa. Em algum lugar nas profundezas de seu cérebro, na parte que era humana e que reconhecia empatia – e não só o ódio feito sob medida para as operações de combate –, Bloodshot identificou a expressão no rosto dela como preocupação.

– Você tá bem? – perguntou KT.

Ele a encarou. Foi só então que começou a sair da fúria *berserker* que o havia carregado durante toda a batalha no túnel. Devia estar com um olhar selvagem, parecendo quase feral. Não que tivesse energia para fazer qualquer coisa com aquilo. Estava se sentindo cansado, lento. Tinha consciência – ou melhor, *sentia* – que os nanites estavam se esforçando. Pelo menos agora tinha uma noção do quanto podia forçar as maquininhas, do quanto de dano elas – ou ele – eram capazes de suportar.

Bloodshot ouviu Dalton jogando o explosivo improvisado no SUV.

– Preciso dar o braço a torcer. O cara consegue causar um bom dano – inferiu Dalton enquanto voltava na direção dos outros.

Bloodshot se encolheu quando KT colocou a mão em seu ombro.

– Fala comigo – disse ela, baixinho.

Ele percebeu Tibbs se virando, mesmo que só um pouco, em sua direção, com as lentes do colete de alta tecnologia girando para ele e KT.

– O homem que matou a minha esposa está morto. – Ele sentiu a emoção por trás das próprias palavras, mas sua voz parecia neutra. – Acabei de olhar nos olhos dele e depois o matei. – Ele precisou se forçar a olhar KT no rosto, preocupado de que tudo o que pudesse ver fosse o seu reflexo. – Mas não foi como achei que seria. – Sua pele estava quente, provavelmente algo relacionado ao trabalho duro dos nanites. – O fato de ele ter morrido não vai trazê-la de volta.

Ele se sentiu vazio como as baterias de seus amiguinhos robôs. Esperava algum tipo de satisfação, algum tipo de sensação de fechamento, mas não havia nada. Não se sentia culpado pelo fato de Axe ter partido daquele mundo. E nem se sentia mal pelo exército de mercenários que havia tirado do caminho. Eles teriam feito o mesmo com ele. Tudo o que sabia era que tinha saudades da esposa. Bloodshot se pegou encarando KT.

– É doido como essas coisas funcionam – ela comentou.

A raiva disparou dentro dele, que então percebeu a expressão da mulher, a tristeza, e também uma outra sensação que ele não conseguia determinar muito bem. Culpa? Caso fosse, ele podia se identificar com aquilo. Ainda se sentia mal pelo "momento" que eles haviam tido na área de descanso. Antes de ele se lembrar da esposa morta. Agora que se lembrava dela, tudo aquilo parecia ridículo. Deixando de lado a morte dele e a tecnologia envolvida em sua ressurreição, como podia ter esquecido de Gina? E, de qualquer maneira, por qual razão KT tinha de se sentir culpada sobre aquilo?

– Que se dane – concluiu ele depois de alguns instantes. – Pra mim, chega.

– É, poderia muito bem chegar pra mim também – ela respondeu. Não era o que ele esperava. Ele a tinha tomado por uma boa garota de companhia.

– Como assim? – perguntou.

Ela ficou quieta. Era óbvio que queria contar algo, mas talvez não fosse o melhor lugar para fazê-lo.

– Ela quis dizer que a gente também tá cansado. É hora de voltar pra base e conectar você na tomada – disse Tibbs. Bloodshot quase havia esquecido que ele estava ali.

– Conectar na tomada. – Como se ele fosse um equipamento, uma arma.

Então o explosivo improvisado explodiu, banhando a pista de pouso em um brilho alaranjado.

CAPÍTULO 16

O interior do jato da RST era talvez mais luxuoso do que o do Gulfstream que ele havia roubado. A julgar pela natureza espartana dos quartos deles lá na torre, Bloodshot concluiu que o avião era usado mais por executivos do que por brutamontes. Contudo, a atmosfera ainda deixava muito a desejar. Dalton o encarava de volta toda vez que ele fitava o ex-SEAL, e Bloodshot não tinha paciência no momento para aquele tipo específico de joguinho de provocação. Tibbs apenas brincava com as facas enquanto seus olhos cegos encaravam o nada. Ao mesmo tempo, Bloodshot sabia que as lentes do colete do ex-atirador de elite da Delta enxergavam tudo. Mas era KT quem mais preocupava Bloodshot. Apesar de como ele se sentia sobre o "momento" deles na sala de descanso, à luz das descobertas subsequentes, seria bom se ele pudesse conversar com alguém. Mas em vez de fazer isso, ela parecia perdida em seu próprio mundo, encarando os próprios problemas e – nada surpreendente – indisposta a discutir na presente companhia. Sob qualquer ótica, não foi um voo muito prazeroso.

Bloodshot esperava que um pouco de comida e algum tempo pra descansar no voo de volta a Kuala Lumpur o permitissem recuperar um pouco da energia perdida. Mas não foi o caso. Aparentemente, era uma questão de *hardware* mesmo. Ele se sentia exausto.

De volta à torre, viu-se com Dalton e Tibbs, cada um o escoltando por um lado enquanto eles avançavam pelo corredor até a "sala de ressurreição". KT os acompanhava alguns passos atrás. Bloodshot não estava feliz com a escolta, mas também não estava nem um pouco a fim de arrumar problema logo ali. Parecia que os nanites estavam acabados, só um monte de metal e plástico pesando em sua corrente sanguínea.

Podia ver Harting os esperando adiante, encostado contra as paredes de cores neutras. Esperava ser escorraçado pelo médico — afinal de contas, ele era o menino de um bilhão de dólares dele, e havia fugido com sua tecnologia e pouco mais de um tchauzinho. Por outro lado, o implante da tecnologia em seu corpo não fora escolha sua, e em dado ponto do futuro teria de conduzir uma conversa muito séria com o doutor Harting sobre os direitos inalienáveis de uma pessoa para viver livre e buscar a felicidade. Um determinado grupo de felicidades, ao menos.

A questão era: nada daquilo estava ocorrendo como ele esperava. Ele meio que teve a expectativa de que os Motosserra fossem tentar derrubá-lo quando os viu na pista de pouso. Eles não tinham feito isso, porém; não tinham sequer passado perto do nível de violência que ele havia esperado, particularmente vindo de Dalton, apesar da atitude de merda dele no avião. Embora o comportamento do ex-SEAL fosse outro detalhe esquisito por si só, Bloodshot não era capaz de vê-lo irritando as pessoas gratuitamente. Não tinha certeza se havia visto o suficiente do que existia sob a fachada de Dalton para saber se ele era de fato um cuzão, embora suspeitasse de que eles não se dariam bem independentemente das circunstâncias. Logo de cara, Dalton não gostara dele. As memórias de Bloodshot ainda eram fragmentos, mas ele sentia como se o ex-SEAL já o conhecesse. Até onde sabia, o mundo das Forças Especiais era uma comunidade pequena. Será que ele tinha conhecido Dalton antes de... morrer? Será que aquilo explicaria a inimizade? Porque não dava pra ver alguém como Dalton sobrevivendo em uma comunidade tão unida – uma que se baseava de modo tão profundo em confiar na pessoa ao lado – se ele fosse mesmo tão socialmente inapto.

Bloodshot ainda tentava entender tudo o que estava acontecendo desde que acordara no mundo militar-industrial de Oz, mas, agora que enfim tivera tempo para refletir, entendia que simplesmente não havia pegado o jeito do lugar ainda. As coisas eram mais estranhas do que só o fato de ele ser um organismo cibernético infestado de nanites, sendo criado, assim como o monstro de Frankenstein, a partir de um corpo.

– Tibbs, coloca ele na mesa – ordenou Harting, mal olhando na direção de Bloodshot. Parecia óbvio que Harting teria trocado alegremente o "ele" por "a coisa", de tanto que se importava.

– Não. Não preciso disso – interveio Bloodshot.

Em parte por causa daquela baboseira de macho de nunca demonstrar fraqueza, mas também porque ele sentia que estava cedendo muito poder às demais pessoas. Começava a ficar um pouco incomodado com aquilo.

Harting o ignorou.

Tibbs o pegou pelo braço e começou a empurrar Bloodshot para longe, mas KT o segurou também e o puxou na própria direção. Bloodshot mal tinha forças para resistir.

– Lembre de mim – murmurou KT em seu ouvido.

Mas que droga?

Bloodshot a ficou encarando. Abriu a boca para perguntar o que ela queria dizer, mas Tibbs se posicionou entre os dois e começou a empurrá-lo pelo corredor, para longe de KT e de Harting – e ele realmente não se sentia forte o suficiente para resistir.

Olhou por cima do ombro quando KT se virou para andar para longe, mas Harting a deteve.

– Me encontra no centro de comando – Bloodshot ouviu o doutor ordenar a ela.

E então Tibbs empurrou Bloodshot por uma curva no corredor até fazê-lo sumir de vista.

CAPÍTULO 17

Bloodshot retornara à sala de ressurreição. De volta ao lugar onde tinha acordado da morte. A mesa de autópsia de aço inoxidável sob seu corpo era gelada e desconfortável, mas até então aquele tipo de mesa não era construído tendo em mente a comodidade de pessoas vivas. Ele se pegou olhando através da iluminação do teto, para além do braço robótico que lembrava um inseto, mirando o teto espelhado.

Podia ser um homem grande, de físico robusto, mas o reflexo o fazia parecer tão fraco quanto um gatinho. Mesmo que ele precisasse ser "conectado na tomada", as coisas estavam começando a soar fora do lugar. Algo não estava certo ali. O que KT quis dizer com "lembre de mim"? Por que ele não se lembraria dela?

— Você vai sentir um leve solavanco quando o sistema se conectar à rede dos nanites. — Era a voz de Harting soando através dos alto-falantes escondidos.

Os microprocessadores tinham passado pelo *firewall* da CIA como se ele não existisse quando procuravam por Axe. Com um pensamento, Bloodshot tentou acessar os sistemas da RST para descobrir o que realmente acontecia ali.

– Doutor, eu tô bem. De verdade. – Era mentira, mas ele estava tentando ganhar tempo e não queria ter de ficar ali, deitado na mesa e parecendo tão vulnerável, de novo.

Não conseguia saber se era por causa da energia baixa dos nanites, ou talvez porque Harting tenha mandado o pessoal de TI consertar a fraqueza que Bloodshot explorara antes, mas dessa vez ele não conseguiu sequer acessar a rede local.

Então Dalton entrou no cômodo, sorrindo como um tubarão.

Será que ele sabe? Será que haviam detectado a tentativa dele de invadir o sistema?

O ex-SEAL tinha algum tipo de shake de proteína em uma das mãos.

– O que você tá fazendo aqui? – exigiu saber Bloodshot.

– Nhóin. Tô interrompendo sua sonequinha? – perguntou Dalton.

Não pela primeira vez, Bloodshot se pegou imaginando qual seria o problema de Dalton. Ele agia tal qual uma criança, mas ao mesmo tempo parecia guardar algo pessoal e duradouro. Era isso. Já era o suficiente. Ia dar o fora dali.

– Por que você não me dá um temp…? – começou Bloodshot.

Ele estava prestes a se levantar, mas de repente se retorceu e caiu duro. Não conseguia se mexer. Entrou em pânico. Sentiu-se preso atrás dos próprios olhos, encarando um Dalton sorridente enquanto o ex-SEAL tomava um gole ruidoso do shake. Bloodshot havia perdido toda a consciência dos nanites, como se tivesse sido desconectado. Estava preso no próprio corpo. De novo.

– É isso mesmo, você não pode falar – começou Dalton. – A verdade é que você não tá no comando do próprio corpo. A gente só te empurra pra longe, pra ficar assistindo enquanto desligamos suas funções motoras.

Bloodshot se retesou, sentindo a fúria e o terror tomando a si. Sentiu os músculos tremerem e espasmarem, mas eles não respondiam nem se mexiam. A última vez que se sentira daquele jeito tinha sido no abatedouro, amarrado à cadeira. Logo antes de trazerem sua esposa, e de Axe ter lhe ensinado o verdadeiro significado da impotência.

— Olha pra você — continuou Dalton. — Tão nervoso. Tão emotivo. — Ele fez aspas no ar ao dizer "emotivo". — Você acha que é o mocinho? Só pode ser uma piada de merda. — Dalton estava falando com ele como se o conhecesse. — Você é um cabeça-dura cansativo, com um botão de vingança que a gente fica apertando. — Dalton estava sorrindo agora, exultante.

Bloodshot tentava entender o que Dalton dizia, tentava conectar suas palavras ao que KT havia falado sobre se lembrar dela. Não fazia sentido. Ele tinha matado Axe porque Axe matara Gina.

— Por mais que eu odeie ser sua babá, ter que limpar a merda que você faz — Dalton disse a ele, fazendo Bloodshot questionar o quanto daquilo seria inveja desajustada —, essa parte, este exato momentinho aqui, faz tudo valer a pena. — Dalton se inclinou para perto, íntimo. — Gina. Querida Gina. Você acredita mesmo que ela tá morta. Toda. Santa. Vez.

Os olhos de Bloodshot se arregalaram. Foi quando ele entendeu. Foi quando ele se tocou. Gina ainda estava viva! Eles haviam esperado ele ficar preso no próprio corpo para lhe contar.

Dalton devia ter captado o semblante de entendimento nos olhos de Bloodshot.

— Olha aí, aquela cara. O burrão que demora pra entender tudo. Posso ser um cuzão, mas você é o soldadinho de brinquedo. A gente te dá corda e aponta você pra próxima vítima, depois coloca as suas costas aqui e aí aperta esse botão. Tá pronto pra esquecer?

Bloodshot queria matar Dalton com as próprias mãos, queria ensopá-las de sangue até os cotovelos. Depois sair pelos corredores atrás de Harting. Ele queria queimar tudo aquilo, derrubar a torre. Mas não conseguia se mover.

Dalton caminhara até o painel, e agora seu dedo flutuava sobre um botão à medida que sorvia outro gole do shake.

Bloodshot queria gritar para que ele não fizesse aquilo, implorar que o deixasse se lembrar de algo mesmo que quisesse matar o homem. Estava claro o quanto Dalton gostava da situação.

– E lá vai você de volta pra geladeira – anunciou Dalton, apertando o botão.

Bloodshot ouviu cliques metálicos que lembravam insetos e sentiu lacunas se abrindo no aço debaixo de si. Lâminas se ergueram ao redor da mesa. Eram uma mistura maldita entre instrumentos de tortura medieval e a era da automação. As lâminas cortaram suas principais artérias com uma precisão mecânica e o sangue começou a fluir livre e fácil, quase rápido demais, como se empurrado pelos bilhões de nanites que seu sistema ainda continha.

Sentiu o líquido precioso fluindo para fora de si. Sentiu a morte subindo para clamar seu domínio sobre ele, como se fosse água congelante. O que ele sentia estava além do medo, e agora tudo era apenas fúria impotente. Ele era um *berserker* lamurioso, trancado em uma gaiola silenciosa e imóvel feita com sua própria carne enquanto a arma mecânica se estendia no teto. O braço terminava em duas dúzias de agulhas agrupadas. Parecia o ferrão de algum inseto robótico letal. O ferrão desceu na direção dele. As agulhas ficaram suspensas logo acima da cicatriz no peito de Bloodshot, distribuídas de modo a se alinhar perfeitamente com o tamanho e a forma do círculo vermelho.

Os músculos do maxilar de Bloodshot se contraíram quando ele tentou gritar e falhou.

As agulhas afundaram em sua carne.

Os olhos se reviraram como se ele estivesse entrando em sono REM.

A cicatriz queimou, brilhando em vermelho, iluminando o quarto.

E, então, Ray Garrison morreu de novo.

CAPÍTULO 18

Harting assistia às imagens da sala de ressurreição no monitor central do complexo médico. Na tela principal, a arma robótica se recolhia de novo em direção ao teto ao passo que Dalton terminava o shake de proteína. Harting se perguntava por que Dalton sentia tanto prazer na referida fase do ciclo de Bloodshot, mas, por outro lado, tinha lido o relatório psiquiátrico do ex-SEAL. Suspeitava que esse trauma mental de Dalton ocorrera muito antes de ele perder as pernas.

A central de comando do complexo médico tinha a mesma aparência industrial de cimento queimado que o restante das instalações da RST. Vários técnicos monitoravam os sinais vitais de Bloodshot – a maioria dos quais estava nula no momento –, assim como os nanites e, eventualmente, a reconstrução da memória.

Harting olhou para baixo através do pedaço de chão de vidro que percorria o centro do complexo médico – através dos espelhos de um lado só que davam para o teto da sala de ressurreição onde Bloodshot estava deitado na mesa de aço. Daquele ponto de vista, conseguia enxergar os agrupamentos do maquinário vampírico, que tinha acabado de sugar o sangue rico em nanites de Bloodshot.

O médico percebia KT conscientemente evitando olhar através do chão transparente. Quase a podia sentir tentando suprimir sua resposta emocional à mais recente das mortes inevitáveis de Bloodshot.

– Iniciar sequência – ordenou Harting aos quatro técnicos médicos que estavam em suas estações de trabalho.

KT se virou para deixar o centro de controle, mas Harting agarrou o braço dela com a mão mecânica. Também percebia Tibbs – ou melhor, suas lentes – assistindo a tudo de onde o ex-atirador de elite estava, imóvel ao lado da porta. Harting nem se virou para fitar KT.

– "Lembre de mim". Sério? – perguntou, fazendo as palavras soarem casuais, permitindo apenas que uma leve exasperação contaminasse seu tom de voz. – O que exatamente você tá tentando fazer?

Não pela primeira vez, Harting desejou que o processo em questão fosse inteiramente automatizado. Que pudesse ter controle total não só sobre os corpos, mas também sobre as mentes daqueles que trabalhavam para ele. Todo o aspecto humano da operação, como Bloodshot ter de ser manipulado para fazer o que o mestre queria, era tedioso demais.

– O que isso importa? Você tá apagando a memória dele – questionou ela. E, depois de um momento de hesitação, acrescentou: – De novo.

– Não é com ele que eu me preocupo. É com você – disse ele a KT antes de se virar na cadeira a fim de mirá-la. Direcionando toda a sua atenção a ela, continuou a segurá-la pelo braço. – Tudo o que a gente faz aqui tem um propósito.

– Conheço o roteiro – rebateu KT. Ele podia ouvir o ressentimento.

– Então o siga. O treinamento, o pesadelo, o álcool… Você sabe que não funciona se a gente não cumprir cada item.

Afinal de contas, não era como se ele tivesse criado cuidadosamente todo o programa de manipulação psicológica só para fazer graça.

– O que você faz com ele não é certo – disse KT.

Harting piscou forte. Tentou imaginar por que ela achava que um conceito abstrato como "certo" tinha qualquer relação com o que eles faziam ali. Fez questão de demonstrar parte de seu desgosto, colocando mais pressão no braço dela mediante o aperto da mão mecânica. Ela provavelmente sentiu, mas não manifestou nenhum sinal disso.

– Se não gosta daqui, tá mais do que convidada a ir embora quando quiser – desafiou ele.

Ela olhou para a mão que apertava seu braço. Harting a largou. Ele já havia deixado seu posicionamento bastante claro.

– Você sabe que tem controle total sobre mim – começou ela. E estava certa, é óbvio. Ele possuía controle total sobre ela, mas, apesar de KT proferir tais palavras, ela ou não tinha aceitado totalmente que aquele era o caso ou, o que era pior, não se importava mais. Caso se importasse, não se comportaria dessa maneira. Harting ponderou até que ponto teria de ir para deixar a situação clara para ela. – Assim que eu sair pela porta, paro de respirar.

– Foi o acordo com o qual você concordou! – Ele estava começando a perder a paciência. *Por que as pessoas não faziam o que ele as mandava fazer?* – Você fez sua escolha.

Só então KT olhou para baixo, na direção do corpo sem sangue de Bloodshot, embora seus sinais vitais ainda mostrassem indícios de função cerebral. Havia um pouco de sangue residual nos tubos, sendo sugado por máquinas de transfusão modificadas. Ele brilhava vermelho e metálico sob a luz.

– Bom, ele merece mais do que isso – disse KT, baixinho.

– Esta é a parte em que você limpa o quarto dele. – Harting nem se dignou a olhar para ela.

Ele havia voltado sua atenção ao diagnóstico dos nanites, averiguando o quão longe Bloodshot os tinha levado daquela vez. Estava cansado de tudo o que tinha a ver com as distrações dos recursos humanos. A tecnologia era o que importava. Aplicações militares primeiro, depois aplicações médicas, industriais – as possibilidades eram infinitas. A nanotecnologia poderia ser usada para incrementar a espécie humana como um todo, para transformar as pessoas em mais do que humanas, em pós-humanas. E KT ali querendo chorar as pitangas sobre seus sentimentos. Às vezes, Harting sentia que a espécie humana deveria mesmo falhar, não por causa de seus vários males – embora ela tivesse feito mais do que suficiente –, mas por sua pura falta de visão. Era como tentar fazer ciência com uma mão amarrada atrás das costas. Pensar sobre sua prótese à luz daquele ditado o fez sorrir, ainda que houvesse pouco humor nele.

KT hesitou por um momento ou dois antes de deixar o centro de controle. Foi quando Harting se virou para olhá-la. Não precisava daquele tipo de atitude agora. Não com a reunião na Cidade do México tão próxima. Era uma proposta ambiciosa, mas, se desse certo, abriria várias portas. Aquilo significava, no entanto, que cada parte da máquina precisaria estar funcionando apropriadamente. Isso incluía KT. Harting não conseguia afastar a sensação de que ela forçaria a mão dele, de que o faria lidar com ela. No passado, alguém havia feito os aleijados andarem e os cegos enxergarem, e eles o chamaram de Filho de Deus. Mas quem fizesse aquilo usando tecnologia seria chamado de monstro. Com um estalar de dedos, ele podia tirar as pernas de Dalton e fazer com que Tibbs ficasse cego de novo. Se ele fosse KT, pensaria muito bem sobre o que poderia tirar dela caso a mulher escolhesse aquele caminho. Provocações verbais eram uma coisa, a realidade nua e crua era outra. Afinal de contas, seria bem difícil ser provocativa se não conseguisse respirar.

CAPÍTULO 19

Harting não diria que estava exatamente nervoso, mas havia muito em jogo naquela reunião, e seus chefes queriam muito que ele fechasse o negócio. O caminho entre Kuala Lumpur e a Cidade do México era longo, e mesmo assim ele não conseguiu dormir direito. Ficou a maior parte do tempo repassando a proposta, executando pequenas alterações de última hora. Estava satisfeito em ter Tibbs e Dalton com ele como seguranças, além de os dois serem propagandas bem efetivas dos produtos da RST. Dalton, no entanto, tinha sido avisado de que deveria manter sua boca fechada durante todo o tempo.

A embaixada arranjara um status diplomático para ele no Aeroporto Internacional da Cidade do México, o que garantiu uma passagem rápida pela segurança e pela alfândega, para o desgosto dos oficiais do aeroporto. Um SUV blindado estava à espera com o intuito de levá-lo até Palmas 555, no bairro de Lomas de Chapultepec. Harting sempre havia achado o Novo Brutalismo um estilo arquitetônico um tanto tranquilizador, mas Palmas 555 já era um pouco demais. Parecia uma pilha aleatória de blocos de concreto, mais esculturas do que prédios. Em sua opinião, havia expressão artística demais e pouca praticidade sólida.

Tibbs e Dalton o escoltaram enquanto o deixavam entrar pela porta dos fundos e o encaminhavam até um elevador, que os conduziu ao décimo andar. O coração de Harting quase parou ao se deparar com o chefe de delegacia da Cidade do México. Ele tinha um bigode e usava chapéu de caubói e óculos de sol. A impressão era de que tinha sofrido uma overdose de filmes do Burt Reynolds à medida que crescia. O chefe de delegacia da CIA parecia um caubói meio acabado, uma ideia ultrapassada da masculinidade norte-americana – e, o que era mais preocupante, um nostálgico. O caubói se ergueu e apertou a mão de Harting. Tinha um aperto firme. Harting ficou tentado a demonstrar o quanto um aperto podia realmente ter firmeza. O chefe de delegacia fez sinal em direção à cadeira diante de si. Os únicos móveis no cômodo eram uma mesa montada sobre cavaletes, a cadeira em que o homem estava sentado e a outra que oferecia ao doutor Harting.

– Construção interessante – comentou Harting.

O outro homem olhou ao redor.

– Sabe por que gosto do Novo Brutalismo? – perguntou o chefe de delegacia. Harting esperava um sotaque oriundo de algum dos Estados do Sul dos EUA, mas em vez disso ele parecia vir do Centro-Oeste do país, de um dos Estados do interior.

– Porque ele fala sobre o esmagamento da alma humana como resultado da alienação nascida da existência urbana moderna? – sugeriu Harting enquanto se sentava na cadeira indicada.

O chefe de delegacia apenas o contemplou. De cara, Harting soube que aquele havia sido um erro. Soara como um sabe-tudo.

– Porque no concreto puro é mais difícil de colocar dispositivos de escuta – explicou o chefe de delegacia, por fim.

– Como devo chamar o senhor? – perguntou Harting.

Dalton e Tibbs estavam apoiados contra a parede oposta, casualmente alertas. O chefe de delegacia alternou o olhar entre um e outro, e depois demorou-se um pouco mais em Dalton – e não, como era mais comum, nas pernas mecânicas do ex-SEAL.

– Caramba, filho – disse o chefe de delegacia. *Filho?*, espantou--se Harting. *Meu Deus, esse homem é um clichê ambulante.* – Você pode me chamar só de Jameson mesmo.

Harting suspirou internamente.

– Não sei o quanto você conhece sobre a RST e... – começou Harting.

– Sei quem são vocês, e o que fazem – respondeu Jameson.

Harting colocou a pasta no colo, tirou a proposta de lá e a depositou na mesa entre eles. Quando ergueu os olhos, viu o próprio reflexo diminuto nos óculos escuros de Jameson. Podia ser parte do joguinho de poder da CIA, mas também era grosseiro, e Harting estava começando a ficar irritado.

As lentes espelhadas recaíram sobre a proposta.

– O que é isto? – perguntou Jameson. Pelo tom de voz, podia estar muito bem falando de um pedaço de merda que Harting tivesse colocado em cima da mesa.

– É um estudo de viabilidade – disse Harting.

Jameson voltou a observá-lo.

– Você imprimiu o que a gente vai conversar e trouxe aqui? – perguntou. Não precisou acrescentar o: *Você é idiota?* Estava implícito.

O doutor sentiu que estava corando.

– É só ler e destruir – disse Harting.

– Não quero saber se é uma vaca sapateadora que vai cantar sua proposta pra mim. A gente tá falando de conduzir operações para-militares em um país vizinho, e você registrou isso em papel? Filho, você tem certeza de que é habilitado pra esse tipo de negociação?

– Olha, é uma mera formalidade... – começou Harting.

Tinha achado muito mais fácil lidar com os superiores de Jameson em Langley, mas eles haviam insistido para que o "cara que bota a mão na massa" desse a palavra final. Na opinião do médico, tratava-se de um erro.

— Não, isso é uma cortesia. Me pediram pra te dar um pouco do meu tempo, mas até agora você não me impressionou muito.

— Por que o senhor não dá uma olhada na...

— Filho, sei que parece que só tem criança no poder em Washington neste momento, mas ainda existem adultos nos bastidores e isto aqui não é a casa da mãe-joana, *comprende*?

— Por favor, não me chame de "filho" — Harting conseguiu dizer entredentes. Jameson o encarou através das lentes espelhadas.

— Esse é o seu problema? — perguntou, enfim.

— Olha só, se o senhor apenas... — Harting tentou de novo.

— Se o seu cachorrinho de guarda não parar de me encarar, vou arrancar aquela perna mecânica e enfiar ela no rabo dele.

Demorou um instante para Harting entender do que Jameson estava falando. Só quando percebeu que o chefe de delegacia da Cidade do México estava apontando para Dalton foi que compreendeu. O ex-SEAL estava encarando Jameson. Dalton tinha sua utilidade, mas às vezes era protetor demais.

— Dalton — ralhou Harting. O ex-SEAL se virou para olhar para ele e o doutor apenas fez que não com a cabeça. — Acho que a gente começou com o pé esquerdo... — retomou Harting.

— A coisa em Budapeste, foi merda sua? — perguntou Jameson.

A menção deixou Harting desnorteado.

— Merda? — gaguejou. Budapeste tinha sido um teste extremamente bem-sucedido das capacidades de Bloodshot.

— Uma dezena de mortos antes de o sol nascer? — perguntou Jameson. — É, eu chamo isso de merda. Assim como o lance no Vale do Silício, o desastre em São Francisco, aquele em Frankfurt e todo o resto, e por quê? Tudo porque vocês tinham um problema de segurança interna? Porque escolheram lidar com os terceirizados errados?

— Vamos ser honestos. Estamos lidando com o futuro aqui. Isso vai exigir alguém com visão, com...

— Não um caipirão meio acabado de Wyoming? — perguntou Jameson.

Aparentemente não, pensou Harting, mas decidiu não responder em voz alta.

— Olha, só me diz o que você tem pra oferecer — acrescentou Jameson, cruzando os braços. Claramente, Harting não era o único perdendo a paciência.

— Estamos oferecendo consolidação. O senhor escolhe um cartel, um que possa controlar, e nós removemos o resto da competição para o senhor, de um modo que possa ser totalmente negado. Não só isso: a plataforma Bloodshot pode ter sua etnicidade programada para parecer local. Inclusive, dada a natureza supersticiosa da população, pode ser até que interpretem as ações de Bloodshot como demonstrações do sobrenatural. A análise da mídia mostra que a justificativa de vingança é sempre popular, e a ótica local vai combinar bem com a retórica racista que seus mestres vendem. Na verdade, é justamente o que os eleitores esperam. — Independentemente da hostilidade inexplicável de Jameson, Harting estava bem satisfeito com sua explicação sucinta.

— Então é uma solução simples pra um problema complexo? — perguntou Jameson.

— Isso se chama "pensar fora da caixa" — disse Harting, quase rosnando.

— Não sei se isso é pensar fora da caixa.

Harting encarou Jameson.

— Sabe, a gente pode trocar farpas o dia inteiro, ou você pode ler o estudo de viabilidade e a gente pode começar a criar um plano junt...

— Opa, opa! Calma lá! Qual é o meu problema? — perguntou Jameson.

Ser um ultrapassado do século XIX em pleno século XXI?, pensou Harting.

— A guerra mexicana contra o tráfico invadindo os Estados Unidos. Jameson só riu.

— Ninguém dá a mínima pra isso, contanto que nenhuma base demográfica tenha suas comunidades atingidas. A guerra dá desculpas pras pessoas comprarem armas, e para desdenharem dos mexicanos. Os políticos precisam de algum assunto pra vociferar enquanto inventam soluções inúteis pra distrair o povo dos problemas diários. Enquanto isso, vinte por cento da população quer cheirar, fumar, injetar ou mesmo fungar o que os cartéis têm pra oferecer. A gente chama isso de oferta e procura, e se meter nisso é descaradamente não patriótico. Você não ama o seu país?

— Bom, eu não sou dos Estados Unidos – disse Harting, consideravelmente confuso com os rumos da conversa.

— Então por que caralhos eu tô falando com você? – perguntou Jameson.

— Porque tenho o… – começou Harting.

— Meu problema é que o tráfico mexicano tira em torno de trinta e um bilhões de bons e velhos dólares americanos da nossa economia todo ano. *Puf!* – Ele fez um gesto de algo explodindo. – Já era, simples assim. Dinheiro que poderia ser taxado, ou ajudar a pagar o suborno que financia essas suas bobagens.

— Já chega disso… – Dalton se afastou da parede.

Jameson se virou na cadeira e os óculos escuros caíram. Seus olhos eram frios e quase sem cor.

— Como que você tem culhão pra falar comigo, moleque? A gente vive em uma comunidade pequena. Você meteu bala em muita gente. Algumas dessas pessoas eram minhas amigas.

Dalton ficou subitamente imóvel e quieto, com o rosto petrificado. Mesmo agora, Harting não sabia muito bem se o ex-SEAL sentia uma culpa mínima pelo que fizera no Afeganistão. De um certo jeito, era o que o tornava tão útil. Aquela revelação, porém, significava que estavam falando com um ex-operativo clandestino, e não com um homem de negócios com visão. Era óbvio que Jameson jamais entenderia o que Harting oferecia. Aquilo tinha sido uma perda de tempo. Ele precisaria passar por cima do cara, tirá-lo do caminho, se possível. Mesmo assim, seus chefes não iam ficar muito felizes ao descobrir que ele não havia fechado o negócio.

Jameson se virou para encarar Harting.

— Pro meu problema ter solução, eu precisaria de algo que desse um jeito de fazer seiscentos e cinquenta mil norte-americanos mostrarem, de repente, mais autocontrole do que no momento. Alguém que criasse a cura pro vício, ou que fizesse as drogas serem legalizadas, regularizadas e taxadas.

Harting estava apenas o encarando.

— Problemas complexos — continuou Jameson. — E olha, não posso me dar ao luxo de presumir que todos os mexicanos são idiotas supersticiosos que vão engolir um cuzão almofadinha programado pra ser quem ou o que um mexicano é. Porque nós e os nossos irmãos e irmãs nas outras agências federais por aqui temos de lidar com a realidade, e não com preconceitos.

— Garanto ao senhor que…

— Você não pode me garantir merda nenhuma, porque você não sabe do que tá falando.

— Seus superiores… — tentou Harting. Ele já havia passado por constrangimento e por humilhação, e agora estava realmente nervoso.

— São espertos o suficiente pra deixar o cara que bota a mão na massa tomar as decisões operacionais. O que você fez foi usar um monte de palavra chique pra dizer que quer transformar este país em um grande estande de tiro, que nem aquela loucura em Budapeste. Como isso vai me ajudar com o meu problema?

— O senhor não está enxergando o que temos aqui. Temos a prova do conceito. Este é o futuro das operações especiais.

— Esse não é nem o futuro de atirar em um monte de gente, porque é isso que você trouxe pra essa mesa. Você provavelmente acha que sou algum tipo de mente fechada, né?

— É o senhor quem está dizendo isso — grunhiu Harting, embora essa fosse possivelmente a única coisa na qual concordariam.

— Deixa eu ver se consigo explicar pra você. — Ele fez um gesto na direção da prótese de Harting. — É uma parafernália bem chique. Precisa tomar muito cuidado com ela? — O médico presumiu que fosse uma pergunta retórica. — Sabe, quando eu estava doente da cabeça que nem esse merda aqui — Jameson disse, apontando para Dalton, que ainda espumava de raiva —, eu vinha trabalhando no exterior...

Harting não aguentava mais. Com o rosto vermelho, ele se ergueu.

— Obrigado, senhor Jameson, mas somos pessoas ocupadas, e creio não termos tempo para o que, tenho quase certeza, vai ser uma historinha pra boi dormir. — Ele pegou a pasta e a colocou dentro da mala.

— Senta essa bunda aí agora mesmo — grunhiu Jameson.

Dessa vez, tanto Tibbs quando Dalton se afastaram da parede, as mãos buscando as armas. Se Jameson também estava armado, não deu qualquer sinal de as sacar. Harting sabia que, por mais espalhafatoso que fosse o homem, tinha o poder de vida ou morte sobre Jameson. Depois de tamanho falatório, estava claro que o chefe de delegacia da CIA não era um homem estúpido. Ele provavelmente percebeu a mesma coisa, mas ainda assim não demonstrou medo algum. Em vez disso, estava se reclinando casualmente na cadeira. Por outro lado, Harting sabia que existiriam desdobramentos caso matasse Jameson, e tinha a leve impressão de que, se não fizesse conforme ele mandava, o chefe de delegacia iria fazer algo estúpido e o forçar a matá-lo.

Muito lentamente, Harting voltou a se sentar, a mão prostética agarrando o metal da mesa.

— Como eu estava dizendo, eu trabalhava fora do país. Tinha todos os brinquedos, todo tipo de fuzil chique com telescópios e lasers.

Só que o ambiente não era muito gentil com a tecnologia. Tudo me deixou na mão quando a merda ficou feia de verdade, e tive que jogar as coisas fora. Acabei com uma AK-47 roubada e com a antiga 1911 do meu pai. Sabe, as boas e velhas AK-47 têm um monte de problemas, mas diga o que quiser: elas continuam atirando quando você mais precisa. Continuaram até quando a 1911 do meu pai enguiçou. Agora, já faz um tempo desde que eu era dessa parte operacional, mas sabe o que comecei a levar pra batalha depois disso?

— Não — respondeu Harting, forçando-se a se deixar levar e esperando desesperadamente o fim da reunião.

— Um M14 — disse Jameson.

Harting podia ver Tibbs concordando com a cabeça. O médico olhou de soslaio para o ex-atirador da Delta.

— Um fuzil antigo — explicou Tibbs. Em retrospecto, Harting decidiu que ele provavelmente teria concluído aquilo sozinho.

— Exatamente — disse Jameson, esticando-se mais na cadeira.

— Nós oferecemos total apoio logístico… — começou Harting, embora não soubesse nem por que estava se esforçando. Era como tentar conversar com um homem das cavernas.

— Não acha que iam notar esse apoio logístico numa comunidade tão fechada? Além disso, parece muito mais caro do que molhar a mão de um assassino de aluguel qualquer. Olha só, você não entende nada desse mundo; e, a julgar por Budapeste, nunca vai entender. Não volta aqui até que eu tenha sido substituído, e mesmo assim é melhor torcer pro meu substituto ser um idiota.

Harting o encarou. Estava levemente consciente de que tinha amassado parte do tampo da mesa por pura frustração.

— Já chega disso — concluiu Jameson, e apontou na direção da porta. Harting aproveitou a deixa.

CAPÍTULO 20

O sol da manhã se esgueirava para dentro do quarto de hotel. Garrison acordou sobressaltado. Estava em outro lugar em seus sonhos, um lugar muito pior. Rolou para o lado. Gina não estava mais ali. Teve um momento de pânico irracional, de paranoia pelo deslocamento operacional, e logo estava sentado na cama, conferindo o quarto até achar o bilhete sob a bandeja na mesinha ao lado. Rabiscado no verso de uma nota fiscal constavam as palavras: Fui buscar café da manhã pra gente, volto já.

—

Fazer a barba, decidiu Garrison, era um dos pilares da existência civilizada. Depois de uma ducha e de uma cama confortável, poder gastar seu tempo com uma boa lâmina era o melhor sinal de que ele estava de volta ao mundo. Garrison se deleitava com o próprio contentamento sobre seus cuidados pessoais quando ouviu um ruído vindo do outro cômodo. Só um estalinho. Tão baixo que não teve certeza se realmente o tinha escutado.

— Gina...? — chamou ele, mas havia algo de furtivo no ruído. Algo não típico de Gina, mesmo quando ela tentava ser silenciosa, quando tentava não o acordar.

Voltou o olhar para a esquerda e levou a mão ao espelho de barbear, que angulou para conseguir ver, através do vapor, o quarto de hotel além da porta do banheiro.

Movimento. Houve uma saraivada de tiros suprimidos, mas o som pareceu errado. Não eram balas. Dardos de tranquilizante acertaram o espelho, fragmentando o reflexo de Garrison, mas ele já tinha se mexido. O primeiro atirador espiou para dentro do cômodo cheio de vapor com a arma preparada, mas o reflexo no espelho o confundiu e Garrison não estava onde o cara esperava que ele estivesse. Foi o outro Ray Garrison quem emergiu do vapor, agarrou o homem e o empurrou para o interior do banheiro. Aquele era o Ray Garrison que supostamente deveria ficar guardado no cofre enquanto ele estivesse em casa.

Garrison pressionou a garganta do primeiro atirador em um aperto mortal. Quando o segundo atirador correu para o banheiro, Garrison recuou, levando o primeiro cara consigo e trombando contra o segundo. Depois o chocou várias vezes contra o piso de azulejo, prendendo-o no chão. Garrison saboreou o medo nos olhos do primeiro homem — o entendimento de que ele havia entrado no quarto errado, um quarto que guardava um animal selvagem — mesmo enquanto a vida era espremida para fora dele. A própria expressão de Garrison era de fúria impiedosa em reação àquela violação. Ambos os homens agora atiravam loucamente, com os dardos de tranquilizante indo parar em todos os lugares, menos na pele de Garrison, que deu uma cotovelada para trás e ouviu um gemido de dor. Empurrou o primeiro atirador pela garganta, com sorte empregando força suficiente para danificar sua laringe, e então se pôs a recolher os dardos, usando-os para golpear os dois atacantes antes que estes pudessem se recuperar. Repetiu a ação até que o primeiro atirador desmaiasse. O segundo ele jogou contra o chão, quebrando o vaso sanitário no processo.

Ele queria matá-los — precisava matá-los por uma questão de requerimento tático, porque não permitiria que eles voltassem a segui-lo. Observando os homens, identificou vários meios de executar a tarefa. Mas um pensamento abriu caminho a socos por entre a fúria focada e disciplinada: Gina!

Ele saiu correndo.

—

Garrison acelerou pelo corredor que levava à recepção do hotel. Trombou contra um homem alto e barbado, derrubando-o no chão. Ele ignorou o cara, parando apenas por um segundo para investigar os arredores. Nada de Gina. Ele continuou até a recepção.

Seus passos vacilaram. Sua visão ficou borrada. Suas pernas dobraram, e ele caiu de joelhos.

— Cê tá bem, fera? — Um sotaque europeu, possivelmente do Leste Europeu, ele não tinha certeza.

Garrison virou de costas e se pegou olhando para o teto, incapaz de se mover. Alguém se inclinava sobre ele. Era o homem alto com o qual tinha trombado, cuja camisa brega e o chapeuzinho gritavam sua condição de turista. Mas seus olhos azuis sugeriam algo diferente. Levou um instante para Garrison entender o que era o objeto na mão do homem. Um injetor. E então o mundo apagou.

CAPÍTULO 21

KT terminou de enfiar em uma bolsa as poucas peças de roupa e os poucos itens pessoais que Bloodshot havia dado um jeito de juntar daquela vez. Deu uma última olhada ao redor e notou a moeda sobre a mesa. Era a moeda da embarcação naval que tinha dado a ele. Sentou-se na beira da cama, pegou a moeda e percorreu a bordinha do objeto com os dedos. A história dela não era mentira. A moeda significara algo. Assim como sua integridade, e aquela palavra muito utilizada mas pouco compreendida: honra. Agora, a moeda era só um objeto de cena. Era outro jeito de manipular Bloodshot, de o convencer a fazer o que Harting e seus chefes queriam.

KT fechou a mão ao redor da moeda.

CAPÍTULO 22

Harting e Dalton observavam Bloodshot chacoalhar em sua maca no monitor central do complexo médico. Um homem morto tendo um pesadelo, forçado a viver a pior parte de sua vida falsa de novo e de novo.

Harting olhou na direção de Eric; pelo menos dessa vez o técnico estava prestando atenção.

— Eu amo essa parte — comentou Dalton. — Olha pra ele, até sonhando é estúpido.

Harting suprimiu a irritação. Ainda estava nervoso depois da viagem à Cidade do México. O chefe de delegacia tinha feito sua recomendação, e seus superiores haviam decidido segui-la. Os superiores de Harting, por outro lado, não estavam nem um pouco felizes.

— Tá quase acabando — disse o médico. — KT entra em seguida. — Ele só esperava que ela fizesse a parte dela direito. Estavam acelerando um pouco o ciclo porque tinham encontrado Baris.

— Como você encontrou o Baris? — perguntou Dalton.

Harting abriu a boca, mas foi Eric quem respondeu:

– O Axe ligou pra ele do celular enquanto o grandalhão fazia o serviço – explicou o técnico ao ex-SEAL.

Harting sabia que Dalton não gostava quando as pessoas se referiam a Bloodshot como "o grandalhão". Na cabeça do ex-SEAL, ele era o grandalhão, o macho alfa dos Motosserra. Harting sabia que ele odiava ficar na esteira de Bloodshot, trabalhando como parte da equipe de limpeza.

– Coisa de amador – murmurou Dalton.

Sob eles, a maquinaria chiava, jogando líquido refrigerador no corpo de Bloodshot, baixando sua temperatura para tentar normalizar os sinais vitais.

– Que história a gente vai usar desta vez? – Harting perguntou para os presentes na sala. – Manter o lance do tênis? – Ele apontou para Eric. – Críquete?

Eric fitou o chefe.

– Mano, eu sou de Jersey. Mas se quer saber, tenho uns roteiros preparados – falou o técnico.

Harting sabia que não devia brincar com eles. Encorajava a informalidade, que por sua vez corroía o respeito e por fim resultava em subordinados o chamando de "mano".

– Deixa pra lá – respondeu Harting.

– Sério? – perguntou Eric.

Harting suspirou, e não pela primeira vez se perguntou por que tinha causado tudo aquilo a si mesmo.

– Você já roubou todos os clichês de filme que existem. Acho que um lunático dançando em um abatedouro ao som de "Psycho Killer" já é o bastante. Sem mais ideias suas – ele disse ao técnico.

Podia perceber Dalton observando a transfusão, impressionado. Um comitê de design de implantes de memória tinha sido má ideia – ele devia ter feito tudo sozinho, mas cenários de vingança ficcional não eram exatamente o seu forte. Eric, por outro lado, possuía um conhecimento quase enciclopédico dos elementos mais sinistros da cultura popular. Tibbs havia presenciado algumas coisas, e Dalton era danificado o bastante para contribuir com ideias vindas da própria imaginação. Harting sentia que a maior parte das sugestões não era extremamente realista, mas o cenário criado parecia suficiente. Mesmo assim, realista ou não, para todos os propósitos Bloodshot havia presenciado o sequestro e o subsequente assassinato da esposa. Era tão "real" quanto poderia ser. Harting pelo menos ficava grato por não ter aceitado a ideia de Eric de "ser dada como comida aos porcos".

— Tá zoando? Aquilo é da hora — defendeu Eric.

Harting quase não percebeu Eric murmurando a palavra "cuzão". Logo em seguida, KT entrou no centro. Enquanto entregava a prancheta para ela, o médico adicionou aquilo mentalmente à sua lista de pendências com as quais precisaria lidar depois, dentro da pastinha de "ajustes de conduta". A mulher pegou a prancheta que lhe foi oferecida, mas Harting não a largou. Em vez disso, a puxou na direção dele usando a força do braço mecânico.

— Lembra do que a gente conversou — ele chiou para ela antes de deixar o centro. Dalton o seguiu como o cão de guarda obediente que era.

— Sobre o que vocês conversaram? — perguntou Eric assim que a porta se fechou com um rangido atrás de Harting e Dalton.

— Não é da sua conta — rebateu KT, sem nem se importar em esconder o desgosto.

— Todo mundo sabe — falou Eric. Ele achava que, já que ela não gostava dele, pelo menos podia deixá-la constrangida, mas KT já estava a meio caminho da porta.

— Sabe o que todo mundo também sabe? — disse ela por cima do ombro. — Quinze centímetros não é muita coisa. — A porta se fechou atrás da mulher.

— Não é? — perguntou-se Eric, subitamente forçado a reconsiderar toda a sua visão de mundo. Ficou tão perdido em pensamentos, considerando aquela nova revelação, que mal notou Sarah, sua colega técnica, tentando não rir de sua cara.

CAPÍTULO 23

KT precisou parar na porta da sala de ressurreição e respirar fundo. Não era para isso que fora treinada. Não era a razão pela qual se forçava a ir além, levando repetidamente o corpo ao limite. Ela queria resgatar pessoas do mar, salvar vidas nas situações mais extremas. Agora, ela cumpria um papel secundário na trama psicológica feita sob medida por Harting.

Mais do que tudo, tinha passado a odiar a sala de ressurreição. As paredes de concreto, a iluminação institucional, as máquinas sugadoras de sangue e os aparelhos de tortura neomedievais que eram aquela mesa cheia de facas e o braço robótico com suas agulhas. Ela teve de se forçar a entrar na sala quando os olhos de Bloodshot se abriram.

– Onde... – murmurou Bloodshot.

Ela costumava pensar nele usando seu nome de projeto. Era mais fácil do que pensar nele como Ray Garrison, uma pessoa real que tivera uma vida. Bloodshot era uma coisa, uma ferramenta, uma máquina. Estava tudo bem programar uma máquina. Só que aquilo não a convencia mais já havia muito tempo.

Ele se ergueu na cama.

– Calminha, só respira… – orientou ela, exatamente como havia dito tantas vezes antes. Era melhor fazer o que mandavam para que a RST não arrancasse o aparato de respiração em seu pescoço e a deixasse morrer. Ou pior ainda: para que não a deixassem em um quarto de hospital, conectada a máquinas pelo resto da vida. Ele pousou os pés no chão frio e tentou se erguer, cambaleante. – Você vai cair – disse ela.

Só que não foi o que aconteceu. Ele oscilou um pouco, mas não caiu. Ela o encarou. Era ridículo, mas de alguma forma estava surpresa com o fato de que ele havia desviado nem que fosse um pouquinho do roteiro, do checklist de Harting que controlava a vida deles.

– Tá tudo bem. Você tá bem – disse ela. Talvez aquela fosse a maior mentira. Não estava tudo bem. Ele não estava bem. Nada ali estava bem.

—

Enfim, estavam de acordo com o roteiro.

Harting cortou a mão de Ray – ou melhor, de Bloodshot – e os nanites curaram o ferimento. KT assistiu à cena em silêncio. De alguma maneira, Harting nunca parecia se cansar daquilo. Àquela altura, ela esperava que o doutor só fosse com a maré. Mas talvez manipular Bloodshot alimentasse o complexo de Deus de Harting. KT, por outro lado, não estava indo com a maré. Às vezes, ela se perguntava como Bloodshot não percebia. Parecia óbvio, como se ela tivesse a palavra "mentirosa" estampada na testa.

—

Harting assistia às imagens das câmeras escondidas no quarto de Bloodshot enquanto o brinquedo acordava de seu pesadelo sob medida com visões fantasma de seu próximo alvo. O médico o havia alimentado com memórias falsas para que Bloodshot matasse quem Harting queria. Fez um gesto com a cabeça na direção de KT, que já podia se preparar para atuar na piscina quando "trombasse" com Bloodshot enquanto ele se exercitava.

—

Antes, KT teria tirado satisfação, talvez até prazer, de seus *katas* subaquáticos. Agora, sentia-se uma marionete, com Harting puxando grosseiramente as cordinhas e fazendo-a dançar.

O que mais a afetava era a conexão que estava formando com Bloodshot, algo que transcendia o apagamento das memórias dele. Ela não achava que fosse necessariamente atração. Era mais uma mentalidade de se agrupar por serem as duas pessoas mais vagamente racionais e aproximáveis a existir no mundo que Harting construíra para si mesmo.

Ela já tinha conhecido operativos antes. Bloodshot possuía a arrogância típica deles – provavelmente justificada –, mas ela via que, por baixo da vingança programada, ele queria ser um bom homem. Apesar dos próprios sentimentos, podia entender o que Gina Garrison tinha visto nele. O que mais a machucava era que Harting sabia daquela conexão. Ele não era um homem muito cheio de empatia, mas era um observador treinado – e eles eram parte de seu grande experimento. Ninguém tinha dito nada, mas KT sabia que ele havia percebido a conexão nascendo e que a tinha explorado. Era o que mais doía – que algo real fosse transformado em só mais outra ferramenta de um sistema de mentiras e de opressão.

No entanto, nada daquilo a tinha impedido de dar a moeda a Ray. Uma traição dupla. Uma traição a Ray e uma traição ao próprio passado, à fraternidade que ela encontrara na Marinha, algo que nunca havia experimentado antes e que certamente não existia naquela vida em que ela era um dos brinquedos de Harting.

—

Enfim, sua parte final naquela mentira. Os outros – Dalton, Eric e Harting – gostavam de inventar que se tratava de um cenário psicometricamente planejado, mas aquilo era conversa fiada. Era só crueldade adolescente comendo solta, a emoção do poder que vinha com a ideia de brincar com a vida de alguém, e ela tinha se permitido fazer parte daquilo. De novo, porém, ela se pegava sentada em uma mesa na sala de descanso. Estava brincando com os copinhos das doses, esperando pelo mezcal. Ajudava um pouco.

– Continue a nadar, continue a nadar...

Não sabia quanto tempo havia passado repetindo aquelas três palavras baixinho para si mesma. Sentia-se como a peixinha do filme da Disney que ela amava quando criança. O filme que lhe conferira alguma calma e alegria enquanto era jogada de orfanato em orfanato. Sabia que não seria capaz de fazer aquilo muitas outras vezes. Ela iria surtar. E aí a matariam. O risco era grande demais.

– É pra cá que você vem? – Bloodshot perguntou da porta.

KT fechou os olhos. Quase contou tudo a ele ali mesmo. Havia saltado de helicópteros no meio de mares em chamas para resgatar pilotos abatidos, não tinha nem hesitado na hora de ajudar refugiados na Síria mesmo sabendo dos contaminantes. Não era nenhuma covarde, mas... *Sinto muito, Ray.*

Então ela botou um sorriso no rosto e olhou para ele.

—

No centro de operações, Harting estava assistindo às gravações do circuito fechado de TV da sala de descanso, com muita atenção.

Procurando algum desvio do roteiro. Ele podia ver KT brigando contra o dever. Seria frustrante ter de substituí-la, mas ele sabia que precisaria – e logo.

– Você acha que daria pra instalar alguma tecnologia da RST em mim? – perguntou Eric.

– Pra quê? Tem alguma parte específica do seu corpo que precise ser incrementada? – respondeu Harting, embora não estivesse prestando muita atenção. Eric era um técnico tão irritante quanto competente.

A resposta não foi imediata.

– Não – respondeu Eric, enfim.

Harting se perguntou vagamente por que Sarah, uma das outras técnicas, estava tentando segurar o riso.

– Talvez eu só curta beber sozinha – dizia KT, na tela do monitor.

—

– O que você curte beber? – perguntou KT, e então o observou pensar na pergunta por um momento, mesmo ela já sabendo a resposta. Mesmo podendo dizer as falar dele.

– Não faço a menor ideia – disse ele.

– Beleza, então. Só tem um jeito de descobrir. – Ela teve de forçar um falso entusiasmo em suas palavras.

—

Ela serviu duas fileiras de doses. Bourbon, vodca, uísque, conhaque, tequila e mesmo um pouco do gim de Harting para Bloodshot. Para ela, todas as doses de mezcal.

– *Arriba, abajo, al centro...* – começou ela, propondo um brinde.

– *¡Y pa' dentro!* – completou Bloodshot.

KT parou e o encarou. Tentou não transformar aquilo em algo grande, desejando que Harting não tivesse notado, mas não conseguiu evitar um sorrisinho.

— Você tá ficando melhor nisso – disse ela.

Ele deu uma piscadinha, e ela empurrou a primeira dose na direção dele antes de levantar o próprio copinho. Preparando-se para o que inevitavelmente viria a seguir.

— À descoberta do que você ama de verdade – disse ele. Era outro desvio do roteiro. Era isso. Já era. Parecia que ele estava começando a se lembrar, a se lembrar de verdade de coisas além das memórias programadas.

— Escuta, tem algo que preciso… – começou ela.

Então a música começou a tocar. A batida simples do baixo, os tambores da percussão, a caixa e os pratos, e depois finalmente a guitarra.

Começa uma conversa e você não vai ter nem tempo de terminar… Ela teve um momento para pensar antes de Bloodshot iniciar uma convulsão. Ela sabia que as memórias falsas começariam a atingi-lo como os golpes de um martelo. Ela o viu cambalear como se ele tivesse levado um tiro em seu centro de massa. Viu quando ele atingiu a mesa de costas e a quebrou, mais uma vez. Havia uma razão pela qual aquilo se desenrolava tarde da noite, quando toda a equipe já tinha ido para casa e as únicas testemunhas eram os robôs que trabalhavam na linha de produção da microfábrica adjacente.

— Ei, você não precisa fazer isso – disse ela.

Ele parou. Realmente a estava ouvindo. Ela foi até ele e olhou no fundo de seus olhos, querendo que ele captasse aquilo de verdade.

— Consegue me ouvir? – Estava quase implorando. – Você pode escolher outro caminho.

Por um instante, houve esperança. Por um instante, ele pareceu incerto – mas o que eram as palavras dela, alguém que ele subjetivamente havia acabado de conhecer, perto das memórias de uma esposa assassinada? A motivação da vingança era forte demais, razão pela qual Harting e seus comparsas tinham feito as coisas daquele jeito.

– Me desculpa… Eu não fui esquecido – disse ele, reproduzindo as palavras pré-programadas. – Sei por que tô sozinho.

Então ele a empurrou para o lado e saiu, de novo.

– Não, você não sabe – disse ela para o cômodo vazio.

CAPÍTULO 24

Harting estava de pé diante do seu computador no centro de operações, girando a cabeça para soltar o pescoço e alongar os músculos do maxilar. Estava adiando o momento em que teria de pensar sobre o que fazer com KT. A conexão que ela possuía com Bloodshot havia sido útil. Agora, estava claro que ela era incapaz de lidar com a situação de maneira profissional. Era uma pena — ela era um recurso útil, mas ultimamente estava se provando muito sensível para o trabalho. Ele daria a ela mais uma chance, e se ela não entrasse no prumo…

Tibbs e Dalton esperavam diante da porta do centro de operações, ambos observando as telas centrais enquanto Bloodshot avançava pelo estacionamento subterrâneo que ficava a pouco mais de oitenta níveis abaixo de onde estavam.

— Beleza — disse Harting a si mesmo, então abriu o microfone e adicionou certo "desespero" na voz. — Aonde você tá indo? — exigiu saber.

— Doutor? Como… — começou Bloodshot.

— Você tem bilhões de microprocessadores sem fio no seu cérebro. — Harting nunca sabia se o admirava ou deprimia saber que Bloodshot não conseguia ligar causa e efeito ali. — Volta já.

– Não. Tenho uns negócios mal terminados – disse Bloodshot, como sempre fazia.

– Ah, meu Deus, que filho da mãe implacável – murmurou Dalton pouco antes de se virar para Harting. – Por que você não só coloca essa tecnologia toda em mim?

Harting não podia acreditar. Ele socou o botão de mudo do microfone. O restante da sala caiu em silêncio enquanto os técnicos procuravam alguma coisa – qualquer coisa – na qual se concentrar. Harting deu uma volta no lugar para encarar Dalton.

– Justamente porque ele é implacável! – cuspiu Harting. – Porque são missões suicidas. Porque todos nós sabemos como você acabou desse jeito. Você certamente não estava correndo na direção de nada. Mas se você não tá satisfeito com os dons que te dei, você pode com certeza devolver o que é meu e picar a mula do meu laboratório.

Harting voltou a fitar o monitor, tentando controlar a raiva, perguntando-se por que nenhum dos seus funcionários era capaz de apenas fazer o próprio trabalho sem tanto mimimi e tanta reclamação. Dalton parecia fundamentalmente incapaz de entender que ele não era o operativo que Garrison era. Dada a motivação certa, Bloodshot não podia ligar menos para a autopreservação. Não dava para falar o mesmo sobre Dalton.

Harting notou vagamente quando Dalton soltou um "o que você tá olhando?" para Eric, e o técnico voltou a se debruçar sobre o teclado.

– Vocês dois têm um lugar pra estar – disse Harting a Dalton e Tibbs, e eles deixaram o centro de operações.

O médico tirou um instante para voltar aos eixos e se acalmar. *Outras pessoas são tão exasperadoras*, pensou. *Mesmo assim, segue o baile.* Ele tirou o microfone do mudo.

– Nós somos seu único negócio. As únicas pessoas que você conhece.

Harting percebeu alguns técnicos e técnicas olhando em sua direção. Talvez estivesse exagerando um pouco. Com certeza não era sua melhor performance.

CAPÍTULO 25

Harting olhava para a foto adulterada de Nick Baris por sobre o ombro de Eric. Era a imagem que tinham alimentado nas memórias falsas de Bloodshot. Sempre usavam o mesmo modelo básico, o turista no hotel, e tentavam mudar o mínimo possível de detalhes. Basicamente só o rosto e o tipo de corpo. O Baris falso, o Axe falso e todos os outros gostavam de "Psycho Killer" do Talking Heads – e Harting precisava admitir que tinha começado a apreciar a música também, apesar do que dissera a Eric.

Bloodshot estava em algum lugar sobre o Oceano Índico, pilotando o avião Gulfstream "roubado". Eric digitava em seu teclado, aumentando as imagens de satélite que mostravam uma vista aérea da imponente propriedade rural de Baris, que ficava nas montanhas Hawekwa, a leste da Cidade do Cabo, na África do Sul. A propriedade já tinha sido uma vinícola, servida pelos vinhedos que cercavam a região montanhosa. Agora, todavia, com os muros altos, as patrulhas armadas e a segurança incrementada, parecia menos com uma casa de fazenda e mais com uma construção fortificada. Também estava claro que Baris não dava a mínima para as rígidas leis sul-africanas contra mercenários. Harting tinha interesse em ver como Bloodshot cuidaria da situação. Era, de longe, seu alvo mais desafiador até agora. Harting queria Baris; aquilo melhoraria sua reputação ante os chefes, e Baris era uma barata que merecia ser esmagada. Na pior das hipóteses, o médico já desenhava planos para o sucessor de Bloodshot, uma plataforma melhor, mais eficiente e mais obediente para suas armas microscópicas – e Harlan Dalton não seria essa plataforma, independentemente do que ele dissesse.

– O pessoal da vigilância rastreou Baris até aqui dois dias atrás – informou Eric, interrompendo o devaneio do médico. – Ele não saiu de lá desde então.

– E a segurança? – perguntou Harting.

– Dezoito pessoas em turnos rotativos – respondeu Eric.

Eram números similares àqueles com os quais Bloodshot lidara antes, mas em Budapeste ele tinha sido um elemento surpresa, e Axe era um idiota. Naquele caso, esperava que Baris fosse tudo, menos idiota.

– E nosso cara achou...? – perguntou Harting.

– Exatamente o que a gente queria que ele achasse. – Eric parecia muito satisfeito consigo mesmo. Usando uma trilha falsa com a qual alimentara os nanites, ele tinha fornecido a localização de Baris e uma quantidade de informações sobre a segurança, de um jeito que pareceria verossímil.

– Quero saber quando ele estiver na aproximação final – avisou Harting ao técnico. Eric concordou com a cabeça, e o médico saiu da sala de operações.

É a última chance dela, decidiu Harting. Estava pensando sobre a desobediência de KT. Havia uma possibilidade real de perder Bloodshot naquele dia. E ele não queria, a todo custo, perder também outro investimento.

—

O quarto de KT era tão espartano quanto o restante dos aposentos dos Motosserra. Eles não eram encorajados a personalizá-los. Suspeitava que Harting não queria que se lembrassem do que tinham perdido. O mundo que efetivamente haviam deixado para trás. Tibbs e Dalton o tinham aceitado. Haviam comprado a ideia como alguma merda qualquer de comportamento de monge guerreiro. Para KT, o lugar só parecia uma cela.

Ela estava deitada no catre, mirando o teto, quando a porta do quarto se abriu. Não ficou nem surpresa nem feliz de ver Harting de pé no batente. Perguntou a si mesma se era isso. Teria, enfim, ido longe demais? Teve de resistir ao impulso de tocar o aparelho de respiração no pescoço. A parte dela que lhes pertencia.

– Já posso sair do castigo, papai? – perguntou.

Ela podia vê-lo tentando reprimir a irritação ao entrar no aposento. Sabia que estava agindo como uma adolescente rebelde, e a parte dela que estava interessada em autopreservação gritava, pedindo para parar, mas ela estava muito além do ponto de agir segundo os próprios interesses. Sabia que não poderia fazer aquilo por muito tempo e ainda ser ela mesma. Não enquanto brincassem com a mente de Ray. Não enquanto os corpos fossem se empilhando e ela tivesse a consciência de que o sangue deles estava nas suas próprias mãos também. Estava perfeitamente ciente de que era a única que parecia se importar de fato com qualquer coisa ali.

Tudo isso pra dar ao Ray um pouquinho de livre-arbítrio, ponderou. Independentemente da conexão que sentia com ele, ela só o conhecia dos arquivos. No fim das contas, o único momento em que se viam era durante o ciclo que eles repetiam várias e várias vezes.

Ele realmente vale o risco de você acabar se matando?, pensou consigo mesma. E o maior problema era que ela não sabia, porque ele nunca tivera espaço para agir como si próprio.

Harting apenas ficou parado perto da parede, olhando para ela.

– Você não pode fazer nada por ele – disse. Parecia que ele tinha escolhido uma abordagem conciliatória em vez de confrontadora dessa vez. Pelo menos sugeria que ele não iria matá-la, o que era ótimo. – Você entende isso, né?

Era esse o problema: ela não tinha certeza de que entendia. Na Marinha, treinara para ser parte de um time, mas cada etapa do treinamento como nadadora de resgate mostrara que sim, que ela podia ajudar, podia fazer a diferença – e fizera. Ela fizera a diferença para os pilotos que dera um jeito de arrancar da água antes que a pior parte dos tóxicos agisse. Ela faria algo por Garrison. Se tivesse coragem.

– Ele tá lutando contra a sua programação – falou KT.

Harting ficou quieto por um instante – se ele não pudesse enxergar aquilo sozinho, estava enganando a si mesmo, pensou ela.

– Tá, mesmo que isso seja verdade. Ele não vai lutar para sair, ele vai lutar para permanecer nela – rebateu ele, revirando os olhos. – É por isso que ele se juntou às Forças Armadas, por isso que continuou se alistando. Ele precisa desse senso de propósito.

Não é assim que essa merda funciona, seu lambe-coturno de bosta, pensou ela, emprestando um termo que os fuzileiros gostavam de usar. Ela o encarava, tentando decidir se algum dia havia acreditado na RST. Naquela falsidade toda. No papel parecia ótimo: próteses e implantes de última geração para veteranos feridos. Colocá-los de volta ao jogo, tanto na vida militar quanto na civil. Dar uma segunda chance às pessoas que sacrificaram a vida em serviço ao país. Em vez disso, o que ela havia conseguido era uma cirurgia que a transformara em uma escrava, além de membro do time de assassinos de mau gosto de Harting e sua chefia misteriosa.

– Só me lembra do porquê a gente faz as coisas desse jeito – comentou ela, mais para falar algo do que por qualquer outro motivo. Estava olhando Harting bem de perto. Tinha quase certeza de que ele estava decidindo se a mataria ou não.

– Você tá falando igualzinho a ele agora.

Ela podia vê-lo perdendo a paciência. Sabia o que acontecia com aqueles que se metiam em seu caminho. Talvez ela fosse a próxima pessoa a assassinar Gina Garrison na cabeça de Bloodshot. Trocar o gênero do antagonista. Transformá-la no tipo de pessoa que faria aquilo com uma mulher indefesa.

– Então fala comigo como se eu fosse ele – disse KT. – Me diz quando isso vai acabar. Quando ele pode parar. Quando todos nós podemos parar. – Entretanto, eram só palavras. Axe, Baris e o restante não eram pessoas boas, mas não havia justificativa para o que estavam fazendo.

Mas Harting pareceu ponderar a questão por um tempo, perscrutando ao redor para examinar a cela vazia, sem decoração e sem alma que fazia as vezes de quarto.

– Você sabe o porquê – disse ele por fim, baixinho. – Você sabe quem paga suas contas. E você sabe o que tá lá fora. Ele é nossa melhor chance. Não de ganhar a próxima guerra, mas de sobreviver a ela.

Ela congelou. Havia visto o suficiente para saber a que ele se referia, embora ainda não soubesse se tinha mesmo comprado toda a baboseira sobre chefes escondidos/grande ameaça. Fosse real ou não, KT tinha certeza de uma coisa: Harting acreditava naquilo, o que significava que ele agiria de acordo. Também sabia que aquela conversa era o último recurso desesperado quando ele precisava de servos persistentes e cirurgicamente educados a ultrapassar a linha. Quando a cenoura não atraía mais o cavalinho, aquela era a última gota d'água antes de uma ordem de execução. Ela compreendia aquilo, e ele sabia que ela compreendia.

KT concordou com a cabeça. Estava tudo escrito no rosto de Harting. Ele tinha certeza de que ela estava jogando a toalha. Aquilo, mais do que tudo, ajudou-a na hora de se decidir.

– Qual é… O show tá prestes a começar – disse ele.

— Não tô interessada.

— Tá sim — insistiu ele, saindo do quarto. Tão cheio de certeza.

Tô mesmo, mas não pelos motivos que você imagina, decidiu ela. Ela entraria no jogo, pelo menos por enquanto. Iria tentar ganhar um tempinho. Procurar uma oportunidade. Só então voltaria a nadar nas águas em chamas.

CAPÍTULO 26

Geralmente, Harting não ficava tenso daquele jeito quando Bloodshot estava sem a focinheira. Eles possuíam a cobertura do satélite; Eric tinha até mesmo invadido a segurança interna de Baris, e agora eles tinham acesso ao material do circuito fechado de TV da propriedade, inclusive do interior da casa. Seriam capazes de acompanhar Bloodshot o tempo todo. Mesmo com tudo aquilo, havia algo na operação que deixava Harting desconfortável.

Ele viu Bloodshot se movendo como um predador felino na direção de dois seguranças armados que protegiam o portão da propriedade que continha a mansão em estilo colonial de Baris. Os guardas compartilhavam um cigarro, ainda desavisados sobre a presença de Bloodshot, mesmo que ele parecesse não estar se empenhando muito para se esconder.

Harting espiou KT, mas ela não transparecia nada – tinha os braços cruzados, os olhos no monitor. O médico se inclinou e apertou o botão de transmissão do microfone.

– Qual é o seu plano pra entrar? – perguntou.

Sabia que não era taticamente seguro distrair um operativo durante uma infiltração, mas Harting não estava gostando da abordagem de Bloodshot. Podia sentir os olhos de KT sobre ele.

— Eles vão me encontrar na porta da frente. — A voz de Bloodshot saiu alta e clara pelos alto-falantes do centro de operações. Apesar da fúria que ele devia estar sentindo, Bloodshot parecia calmo, até lacônico.

Harting voltou a atenção para o monitor central, assistindo às imagens de satélite.

— Propriedade privada — informou um dos guardas para Bloodshot.

Se o vigilante estava surpreso em ver alguém ali, não demonstrava qualquer sinal. O outro guarda se aprumava, pronto para reagir e sacar a arma caso necessário.

— Vim falar com Nick Baris — anunciou Bloodshot para os dois seguranças.

— Ah, é? — perguntou um deles, que agora soava surpreso, divertido. — E qual é a natureza da visita?

— Vim pra matar ele — respondeu Bloodshot como se não fosse nada.

Harting piscou, assistindo. Não esperava por aquilo.

— Ele tá…? — começou o médico.

— Exato — respondeu KT.

Bloodshot se moveu com velocidade sobre-humana. Arrancou a arma da mão do primeiro guarda. Pareceu um erro. Fazê-lo deu ao outro segurança tempo para erguer sua arma e apertar o gatilho, com a mira firme apesar do pânico óbvio. Acertou o amigo, mas uma bala também atingiu Bloodshot, e o topo de sua cabeça foi arrancada. Ele caiu no chão.

Harting imediatamente se virou para uma tela que mostrava a silhueta do corpo de Bloodshot. Ela mostrava os pontos com dano estrutural e a energia que restava nos nanites das áreas em questão. A cabeça da silhueta já estava piscando em amarelo enquanto milhões de nanites se moviam para reparar o dano causado pelo fuzil de assalto do guarda. Ele imaginou a massa de nanites se retorcendo dentro do crânio de Bloodshot, como se alguém tivesse chutado um formigueiro.

— Ele já tá sobrecarregando os nanites — pontuou. Um tipo de dano que não seria fácil de reparar, com ou sem a tecnologia milagrosa. — Nesse ritmo, ele nem vai passar da porta.

— Assiste — disse KT, apenas.

No monitor, mais três guardas haviam se juntando ao primeiro, e estavam puxando os corpos de Bloodshot e do guarda morto através do portão, na direção da mansão. Deixavam um rastro ensanguentado pelo caminho. Contudo, o sangue vinha principalmente do vigilante.

— Estão levando ele pra dentro. — KT sorria.

— Ele é mais esperto do que parece — admitiu Harting.

— Não é lá grandes coisas — murmurou Eric diante de sua estação de trabalho.

— Eu não o subestimaria — disse KT ao técnico.

—

O escritório de Baris tinha a aparência de um cômodo que teria cumprido as exigências do escritório de um governante colonial durante a ascensão do império. O que combinava, já que era dali que Baris comprava as autoridades locais para que elas fizessem vista grossa e ele pudesse gerenciar seu próprio império. Um império de operações mercenárias ilegais, drogas cada vez mais lucrativas e, é claro, tecnologia para o mercado paralelo. Era aquele último item que o tinha feito entrar na mira da RST e de Harting: dominar a biotecnologia que, de outro modo, seria ilegal na maior parte dos países. Ele sabia que Harting o procurava havia um tempo. Parecia que o bom doutor queria cobrir seus rastros. Desconfiava que tinha sido aquela ligação descuidada de Axe que o denunciara. Sabia que deveria ter mudado de esconderijo logo depois do assassinato do australiano, mas estava cada vez mais farto de ter que fugir. Além disso, tinha uma contramedida.

— Norte-americano? — perguntou Baris, atrás de sua enorme mesa de teca, falando com dois dos mercenários russos.

— *Da* — confirmou um dos mercenários em seu idioma nativo.

— Vocês têm certeza de que ele tá morto? — perguntou Baris. Os dois mercenários só olharam um para o outro. O norte-americano havia levado um balaço na cabeça. Estava morto. — Deixa pra lá. Chamem o Wigans. Digam pra ele trazer a coisa.

Os mercenários concordaram com a cabeça antes de sair.

Baris disfarçou, mas era evidente que estava nervoso.

—

Wigans andava de um lado para o outro no que considerava ser seu laboratório. Ele o construíra a partir de vários restos e de gambiarras tecnológicas, então a maior parte das ferramentas ali seria considerada obsoleta. Ainda assim, Wigans encontrava uso para elas. Antes de reformar o grande cômodo, o lugar era uma enorme adega. Wigans tinha enchido o espaço com vários computadores, uma impressora 3D sofisticada e seu próprio "cozinhador" de DNA — outra máquina improvisada, usada para fins de *bio-hacking*. Ele se considerava um Frankenstein *geek* — o professor, não o monstro.

Wigans usava um casaco e um jaleco para afastar o frio do cômodo majoritariamente sem aquecimento. Ia de um lado para o outro, acompanhando o sistema interno de TV pelos próprios monitores. Assistia aos guardas arrastando os dois cadáveres na direção da mansão. Wigans não gostava do que estava vendo. Estava tão preocupado que sequer ouviu os mercenários de Baris entrarem em seu domínio antes que um dos homens estalasse os dedos.

A cabeça de Wigans se virou de supetão para encará-lo. Seus olhos estavam apenas um pouco avermelhados pelo efeito do Adderall sintetizado ali mesmo.

– No escritório do Baris, agora – ordenou o mercenário.

Wigans murchou.

– E leva a coisa – adicionou o outro.

Wigans encarou o homem por um instante. Depois, pegou uma maleta rígida e seguiu o mercenário para fora da ex-adega. A mala era volumosa, e Wigans estava tendo dificuldade para arrastá-la enquanto passavam por entre o topo dos tonéis de aço de vinho. Mesmo assim, o mercenário nem ofereceu ajuda. Wigans achava a atitude meio injusta. O cara era um homenzarrão, assim como todos os membros do pequeno exército privado de Baris. O próprio Wigans, por outro lado, havia assumido de vez o estereótipo do cientista nerd e magro. O mercenário ignorou Wigans enquanto o técnico se esforçava para continuar avançando. Era daquele jeito que o mundo funcionava, refletiu Wigans, com os "fortes" passando por cima daqueles que de fato estavam construindo o futuro. Mesmo que, no caso, fosse um tipo particularmente criminoso de futuro.

—

Harting alternava as imagens do circuito interno de tv do interior da mansão de Baris. Na tentativa de ver o que o alvo estava aprontando, tinha dado um jeito de perder o próprio recurso.

– Cadê ele? – perguntou kt com a voz tensa.

– Ali.

Harting clicou na janela para fazê-la ocupar a tela inteira. Os mercenários haviam levado o corpo de Bloodshot até uma cela blindada. A julgar pelos enormes barris metálicos, o espaço já tinha sido usado para estocar vinho, mas agora parecia ser utilizado como estoque de suprimentos para as tropas de mercenários de Baris.

Três deles cercavam o corpo de Bloodshot. O guarda morto estava deitado a seu lado.

De súbito, Bloodshot se sentou.

Chutou as pernas de dois dos homens. E então já estava de pé. Deu um soco no outro mercenário, atirando-o contra os suportes da cela com tanta força que arrebentou sua coluna, matando-o. O terceiro mercenário tentava se erguer sobre uma das pernas quebradas quando Bloodshot o forçou contra o chão de pedra com a sola do coturno e, depois, deu um pisão em seu pescoço.

– Deus do céu... Olha o que isso é pra ele. – Harting não podia evitar a admiração pelo poder de sua própria criação enquanto assistia à carnificina.

KT não se pronunciou.

CAPÍTULO 27

Harting mal podia acreditar no que estava vendo. O que tinha acontecido em Budapeste fora impressionante, mas aquilo era demais! Os mercenários tinham tido tempo de se preparar, pesquisar, ativar as contingências para aquele ataque. Mesmo assim, Bloodshot estava acabando com eles em casa, travando uma guerra de um homem só contra um pequeno exército e dando conta do recado. Parecia que cada vez que Bloodshot agia, ficava ainda mais competente, tinha um pouco mais de entendimento sobre as próprias capacidades e sobre como fazer o melhor para usá-las taticamente. Lá no fundo, isso preocupava Harting um pouco, inclusive porque sugeria algum tipo de lembrança residual, apesar de Bloodshot ter a memória limpa toda vez. Não era, contudo, algo que o médico quisesse analisar em detalhes no momento.

A tela principal mostrava várias imagens do circuito de TV do interior da mansão de Baris enquanto Bloodshot se esgueirava por um corredor com um fuzil de assalto roubado. O cano virava, atirava uma pequena rajada de tiros, um mercenário morria, e então o cano virava para o outro lado e atirava de novo, e assim sucessivamente. Bloodshot chacoalhava a arma, jogava fora um pente vazio, recarregava com agilidade e voltava a atirar. Qualquer resposta dos mercenários só servia para atrair sua atenção mortal.

Bloodshot seguiu até um hall com piso de mármore cuja escada impressionante dava acesso a um segundo andar. Havia acabado de recarregar mais uma vez quando um dos mercenários arriscou correr até ele. Sem tempo de apontar a arma direito, Bloodshot agarrou o homem e deu uma volta no próprio eixo. Ele usou o mercenário como um escudo para se proteger do tiroteio que vinha do patamar acima. Erguendo o fuzil de assalto, Bloodshot devolveu os tiros e se apoiou contra um pilar. O mercenário gritou ao ter o corpo atingido. Bloodshot oscilou à medida que as balas também o atingiam, entrando na pele reforçada enquanto os nanites já tentavam reparar os danos.

Bloodshot conseguiu chegar à cobertura parcial de uma coluna coríntia do outro lado do hall e bateu o segurança cativo contra o chão com força suficiente para arrebentar seu crânio, deixando uma mancha vermelha no mármore. Bloodshot esvaziou o restante do pente em uma saraivada automática de tiros, forçando os mercenários do piso superior a manter as cabeças abaixadas. Chacoalhou a arma com o intuito de descartar o pente para fora do fuzil e se protegeu atrás do pilar enquanto recarregava.

Harting estava tão impressionando com as habilidades de Bloodshot que nem ficou irritado ao perceber Eric brincando de novo com o celular.

Algo em uma tela até então vazia chamou sua atenção. Ele a maximizou. Eram imagens da webcam do laptop de Baris. Harting ficou grato de ver que mesmo o provedor mais implacável de tecnologia ilegal parecia abalado.

— Esse é o Baris — ele anunciou para o restante da sala.

Na tela, Bloodshot tinha gingado para fora do pilar, atirando nos mercenários e correndo na direção das escadas, apenas para ser interrompido por uma grande quantidade de tiros antes de conseguir chegar na metade da subida.

Sorrindo, Harting olhou de relance para KT, que encarava a tela de monitoramento dos nanites de Bloodshot. Boa parte da silhueta dele estava vermelha. Os alarmes começavam a soar. Ela parecia preocupada, e não sem razão. Para Harting, porém, não importava se Bloodshot fosse para o saco. Já havia provado seu argumento algum tempo antes. Bloodshot vinha principalmente tirando lixo do caminho. Embora certamente fosse um bônus se ele conseguisse acabar com Baris antes de morrer.

Harting apertou o botão do microfone.

– Tibbs, Dalton, se preparem para a extração – disse ele aos dois cãezinhos leais.

No monitor, alguns mercenários se moviam cautelosamente na direção do aparente cadáver cravado de balas de Bloodshot. Um dos olhos dele se abriu um pouco, julgando os arredores, e então ele ergueu o fuzil com velocidade sobre-humana e descarregou um tiro único na cabeça de cada inimigo.

– Isso é notável. O impulso, a necessidade de acertar as contas. Não existe algoritmo pra isso – ponderou Harting, a voz cheia de encanto.

Era o suficiente para que ele questionasse sua fé nos sistemas. Aquilo não era ciência e tecnologia. Era arte.

– Espera... quem é aquele? – Ouviu KT perguntar.

Harting ergueu os olhos e viu um homem magro e contraído, que parecia ter uns trinta anos. Estava vestido com uma roupa tão ridícula que ele parecia ser um *geek* da tecnologia fabricado na mesma forma que Eric. Na realidade, poderia ser o gêmeo de Eric, com a única diferença de que o recém-chegado era negro, e não de ascendência indiana. Ele também carregava uma maleta rígida de tamanho considerável.

Com sua visão periférica, Harting percebeu que Eric tinha baixado o telefone e agora prestava bastante atenção. Ele se virou para fitar o técnico. KT estava fazendo a mesma coisa. Eric parecia preocupado, bastante preocupado.

—

Wigans, agarrado à maleta, foi empurrado para dentro do escritório de Baris por sua escolta de mercenários. Baris olhou para o "cientista maluco" de trás de sua mesa enorme.

— Hora do show — disse, tentando ignorar as espalhafatosas calças xadrez de palhaço do cientista.

O homem não parecia nada feliz.

— Você tem certeza absoluta de que é ele, né? — perguntou Wigans. Falava com um sotaque britânico forte e parecia aterrorizado.

Os dois mercenários trocaram um olhar, como se não estivessem acostumados a ouvir as ordens do chefe sendo questionadas daquele jeito.

— É ele. Vai, faz o que tem de fazer. Agora — mandou Baris em um tom que não abria margem para discussão.

— O quê? Agora, *agora*? — balbuciou Wigans. — Preciso carregar ele. Definir os parâmetros. Algum dos seus homens usa marca-passo? Como precaução, você provavelmente deveri…

A saraivada de tiros próxima fez Wigans dar um salto no lugar. Ele já tremia quando começou a ouvir os gritos.

— Carrega. Agora — ordenou Baris.

Wigans depositou a maleta no chão e, com pressa, a abriu.

—

No centro de operações, tanto Harting quanto KT estavam encarando Eric, que propositalmente não os fitava. Na tela central, Bloodshot continuava a se esgueirar pelos corredores da mansão de Baris, derramando sangue e provocando o caos.

– Quem é ele? – perguntou Harting.

Eric não respondeu.

– Eric? – tentou KT com mais delicadeza.

– Ele é como eu. Alguém que curte tecnologia – respondeu Eric.

– Ele é tipo um cara de TI? – perguntou Harting.

Eric fuzilou o chefe com o olhar.

– Ele é um cara bom, ele manda bem – replicou, um tanto na defensiva.

Harting soube que havia algo mais ali. Apenas encarou Eric. Percebeu que KT fazia a mesma coisa.

– Tá bom, tá bom, o cara é uma lenda – admitiu Eric, afundando na cadeira. – Foi o primeiro a descobrir uma interface neural bidirecional estável – completou. Harting não conseguiu afastar a sensação de que havia um grau de adoração de fã vindo de Eric com relação ao técnico sem nome. – Tô falando sério. Ele é tão bom que eu...

Também estava claro que Eric não queria terminar a frase. E igualmente claro que Eric havia feito algo estúpido. De novo. O silêncio no centro de operações foi quebrado pelo barulho dos gritos vindos dos monitores. A gritaria foi imediatamente silenciada pelo som de tiros.

– Tão bom que você o quê? – perguntou KT.

– Que eu... usei parte do código aberto dele nesse programa – respondeu Eric.

Harting tentou processar o que acabara de ouvir. Havia feito o máximo para suprir a equipe com o melhor, inclusive com funcionários de moral adequadamente flexível. E aquele idiota...

– Tem código aberto no meu protótipo de um bilhão de dólares! – berrou Harting.

Eric se encolheu.

– Ele é esperto mesmo, mano – enfatizou Eric.

Harting se imaginou agarrando o técnico pelo pescoço com sua mão mecânica e o apertando.

— Se ele é tão esperto assim, por que raios tá com o Baris? — murmurou Harting.

Estava desejando ter contratado aquele suposto gênio que via pela lente grande angular do laptop de Baris em vez de Eric.

Eric baixou a cabeça diante do brilho de sua estação de trabalho, o rosto ficando vermelho de vergonha.

—

Wigans abriu o recipiente reforçado para revelar um aparelho eletrônico de aparência complexa. Apertou alguns botões enquanto Baris e os outros dois mercenários assistiam. A máquina emitiu um som agudo. No controle remoto do aparelho, uma barra de progresso se acendeu e mostrou uma carga de quinze por cento. O cientista empurrou o controle na direção de Baris.

— Fica com isso. Quando chegar em cem por cento, *puf!* — ele disse a Baris, imitando uma explosão com as mãos.

Baris sorriu.

—

Vendo aquela interação do centro de operações, Harting fez uma careta. Não estava feliz com a maleta nem com a explosão que o herói de Eric parecia sugerir, embora não pudesse identificar qualquer traço de explosivos no recipiente.

— Isso não é nada bom — murmurou KT.

— Eric, que merda é aquela? — exigiu saber Harting. Suspeitava que ele deveria saber, mas ainda estava analisando as implicações de ter código aberto em sua plataforma de arma de um bilhão de dólares.

— Não sei — confessou Eric, baixinho.

– Então descobre! – Harting se sentia a um centímetro de um acesso de raiva. Embora estivesse determinado a estrangular Eric primeiro.

O técnico andou com a cadeira até outro computador. Pegou uma foto do aparelho e aproximou a imagem, analisando-a.

Harting não tinha certeza do que havia atraído sua atenção para KT, mas ela não parecia nem um pouco feliz. Respirava rápido, claramente preocupada com Bloodshot. Aquilo não ajudou muito a melhorar o ânimo de Harting.

O médico procurou Bloodshot nos monitores. Encontrou sua arma de guerra de estimação nas imagens do circuito interno de TV que mostrava o corredor que levava até o escritório de Baris. Tudo o que restava entre Bloodshot, sua raiva falsificada por Baris e outra operação de sucesso – apesar de frágil – eram dois mercenários russos.

– Bora, só mais um pouquinho – soltou Harting. Ele queria acabar de uma vez por todas com aquela bagunça. E então teriam a maior reunião de balanço da história.

Ele ouviu um engasgo vindo da estação de trabalho onde Eric analisava a imagem da máquina que o "cientista maluco" levara até o escritório de Baris.

– Merda. Ai… – começou Eric. Lentamente, Harting virou o pescoço para encarar, no momento, seu técnico menos preferido do mundo. – Esse troço deve ser um PEM.

Harting ficou encarando Eric. KT balançava a cabeça, o rosto pálido e abatido.

– O quê?! – gritou Harting, de novo.

– É um aparelho de PEM. Uma máquina de pulso eletromagnético. Vai fritar os nanites… – explicou Eric.

Harting não podia acreditar no que estava ouvindo.

– Eu sei o a porra de uma máquina de PEM é! – O rosto dele estava vermelho, ele cuspia, e todos os músculos de seu pescoço e maxilar estavam tão tensos que pareciam prestes a arrebentar.

—

Baris contemplou o controle remoto da máquina de PEM. A barra de progresso mostrava setenta e oito por cento.

— Carroça de merda — murmurou.

—

Na tela central do centro de operações, Harting via Bloodshot marchar pelo corredor na direção de Baris. Ele tinha uma pistola em cada mão e trocava tiros com os guardas na porta. Metia rajada atrás de rajada na proteção corporal deles. Os mercenários retaliavam, e a pele agitada de Bloodshot brilhava enquanto os nanites tentavam curar os ferimentos que ele estava recebendo.

Harting apertou desesperadamente o botão do microfone.

— Abortar a missão. Tem um… — A conexão morreu.

Harting ficou encarando o microfone.

— O que aconteceu? — perguntou com um tom de voz baixo e perigoso.

— Acho que ele colocou você no mudo — respondeu Eric, bastante nervoso.

Harting se pegou pensando se a prótese do braço tinha poder para realmente esmagar um crânio humano.

— ENTÃO TIRA ESSA MERDA DO MUDO!

Eric cambaleou até seu computador original e começou a apertar loucamente as teclas, como se forçar o teclado trouxesse resultados melhores.

Harting podia vislumbrar a cabeça de KT balançando de um lado para o outro, a expressão de desgosto em sua face.

— Você fez isso com ele — ela acusou o médico. — Colocou essa história na cabeça dele, e agora ele não vai parar.

— Agora não! — gritou ele.

Bloodshot acertou os dois mercenários com um tiro certeiro na cabeça, e eles desabaram no chão. Ele jogou as pistolas para longe.

—

Baris balançava o controle remoto da máquina de PEM enquanto ouvia os dois mercenários do outro lado da porta morrendo. A barra de progresso mostrava oitenta e cinco por cento.

– Vai... vai... – Ele implorou para que o negócio fosse mais rápido enquanto pegava uma pistola da gaveta da escrivaninha e conferia se ela estava carregada.

—

Bloodshot chutou a porta dupla, arrancando uma das folhas das dobradiças. Viu Baris, o homem que havia assombrado seus sonhos. O homem que havia matado Gina, sentado ali atrás daquela mesa pesada.

– Você matou minha esposa – disse Bloodshot a seu nêmesis.

Baris atirou. Bloodshot mal sentiu o tiro.

– Atirou na cabeça dela – continuou Bloodshot. Seu corpo fervia enquanto os nanites tentavam curar todo o dano recebido.

Baris atirou de novo, acertando o centro de massa de Bloodshot, sem nenhum efeito. A barra de progresso do controle remoto mostrava oitenta e seis por cento.

– Eu nunca nem vi a sua esposa! – gritou Baris.

Foi a mentira deslavada que fez Bloodshot perder as estribeiras, ou pelo menos externar o ódio que sentia.

– Eu estava lá! Eu vi você!

Ele avançou até a mesa pesada atrás da qual seu nêmesis se escondia e a chutou, atirando-a contra a parede, prendendo Baris.

A arma caiu sobre a mesa, assim como o que quer que aquele controle remoto fosse.

— Você nem ligou. Como se ela não importasse nada — ele disse a Baris enquanto se aproximava. Pegou a pistola de cima da mesa, analisando-a. Ficou levemente decepcionado ao ver que não era a .45 que o outro homem havia usado para executá-lo lá atrás, quando ele ainda era Ray Garrison. A arma que conhecia tão intimamente de seus sonhos, nos quais encarava seu cano. — Ela importava pra mim — completou, baixinho, e então fitou Baris.

O outro homem estava aterrorizado. Aquilo era bom. Mas tinha alguma outra coisa ali também. Confusão. Bloodshot podia ver, com o canto do olho, que agora o controle remoto mostrava a barra de energia cheia, os algarismos piscando em cem por cento.

— É tudo baboseira. Estão mentindo pra você. Eu posso te ajudar. Você precisa de ajuda! — Baris implorava.

Tarde demais, Bloodshot percebeu que Baris tinha dado um jeito de chegar até o controle remoto. Ele apertou o botão do aparelho. Nada aconteceu. Ele ergueu o olhar. Estava em seus olhos. O senhor do crime tecnológico sabia que estava prestes a morrer.

— Valeu pela dica — disse Bloodshot.

Ele apontou a arma para Baris e apertou o gatilho. O corpo caiu sobre a mesa. Bloodshot se virou e avançou na direção da porta. As luzes se apagaram. Depois de um breve momento, ele sentiu as pernas cederem. Então, tudo ficou escuro.

Nem teve tempo de desejar que a morte viesse agora que havia terminado seu trabalho.

CAPÍTULO 28

Harting encarava as telas em branco. O circuito fechado de TV, a câmera do laptop de Baris, até as informações dos nanites de Bloodshot – tudo tinha sido desligado, assim como todos os comunicadores.

– Mas que merda… – sussurrou Harting.

Um verdadeiro pandemônio irrompeu no centro de operações enquanto Eric e sua equipe de técnicos tentavam desesperadamente restabelecer contato visual com qualquer um ou qualquer coisa.

– Cadê o Bloodshot? – perguntou KT.

– Me dá alguma coisa… uma imagem – exigiu Harting.

Ele trabalhava no próprio computador agora, indo do sistema de comunicação secundário para o terciário atrás da plataforma Bloodshot. Estava tudo morto, com as várias redundâncias aparentemente inúteis.

– Passando pro satélite – exclamou Eric.

– Não vejo nada! – disparou Harting. Mas então parou para analisar a imagem do satélite. Ele estava funcionando, mostrando imagens reais das montanhas Hawekwa.

– Cacete. Não tem nem uma luzinha acesa por quilômetros – disse Eric, encarando o monitor.

Harting também olhava. Claro que havia sido o PEM. A realidade afundava naquele momento. Bloodshot ter ido pro saco era uma coisa. Já um concorrente botar as mãos na tecnologia… Aquilo era uma coisa completamente diferente.

CAPÍTULO 29

No escritório de Baris, os olhos de Bloodshot se reviraram, e ele caiu no chão. Sua pele ganhou um cadavérico tom cinzento.

—

Sob a proteção óssea do crânio, uma civilização de robôs microscópicos e com aparência de inseto se ligava e desligava enquanto tentava reiniciar o sistema. Lentamente, o liga e desliga ficou cada vez menos frequente, e um por um os robôs jogaram a toalha e permaneceram imóveis.

—

Na escuridão da espera, um sussurro doce: *Meu bem, acorda.*

—

Ele pode sentir o lençol contra a pele. O sol brilhante da manhã vaza pela cortina leve de algodão e ilumina o belo rosto da esposa. É o paraíso, ou o mais próximo que é possível chegar disso. Gina é um anjo com uma auréola de cabelos bagunçados.

—

Depois, Deus aperta o botão de acelerar. Ele quer gritar "não!". Ele está bem ali, poderia ficar por ali mesmo, não precisa de mais nada. Em vez disso:

Sente o vento contra a pele enquanto o Mustang conversível acelera pela estrada costeira, o sol mergulhado em um oceano de ouro líquido. Isso também é bom, ele poderia ficar ali, mas...

Está na cama com a esposa, abraçando-a forte, com suor banhando seus corpos colados. Isso, ali, ele pode muito bem ficar ali...

Baris segura a arma pneumática na cabeça de Gina, provocando-o.

Garrison diz a ela que tudo vai ficar bem.

Ele mente.

Baris diz a verdade:

— Más notícias, gatinha. Não vai ficar nada bem.

Então, Martin Axe diz a verdade:

— Más notícias, gatinha. Não vai ficar nada bem.

Então, um homem chinês mais velho diz a verdade:

— Más notícias, gatinha. Não vai ficar nada bem.

E aí um homem jovem com uma barbicha e óculos diz:

— Más notícias, gatinha. Não vai ficar nada bem.

Cada vez mais rápido, "Psycho Killer" do Talking Heads é tocada. Só que a música parece oca de algum modo, como se ele a ouvisse debaixo d'água.

Um coro de vozes masculinas diz:

— Valeu pela dica.

E enfim, um tiro.

CAPÍTULO 30

Os olhos de Bloodshot abriram de supetão. Ele se sentia péssimo. Meio grogue, fraco, gasto como uma pilha velha. Tentava se mexer, mas logo ficou claro que havia sido amarrado. Apenas por um momento, perguntou-se se estava na sala de ressurreição, mas o cheiro parecia errado – não havia o perfume estéril do antisséptico, e sim um odor de poeira e vinho velho.

Escutava metal se chocando contra metal. Podia sentir a estrutura da cama metálica na qual estava atado forçando suas costas de um jeito desconfortável. Havia um homem de barba de pé ao lado dele. Tudo nele gritava "*geek* das tecnologias", da touca larga de lã às calças ridículas. O *geek* estava segurando um cabo elétrico com um sinal de positivo. O outro, o cabo com o sinal de negativo, estava preso à cabeceira metálica da cama. O *geek* se moveu para encostar o cabo positivo na estrutura. Bloodshot abriu a boca e tentou falar que parasse, mas era tarde demais.

A eletricidade disparou por seu corpo, forçando os músculos a se contraírem, arqueando a coluna para longe do metal que emitia o choque. Ele se contorceu, tentando escapar da eletricidade e da dor, na tentativa de se libertar. Mal podia respirar.

– Ah, que bom. Você tá acordado – observou o *geek*.

Bloodshot gritou na cara dele. Tinha quase certeza de que sentia gosto de sangue.

– Shh, tá tudo bem. Eu tô salvando você.

O *geek* o eletrocutou de novo. Bloodshot teve um espasmo forte o suficiente para ser erguido da cama, mas sentiu algo se mover dentro dele – uma coceirinha na caixa torácica, bem onde ficava o coração, e depois...

—

... estava atado a uma cadeira. Um homem chinês careca apontava uma .45 para ele, o dedo sobre o gatilho, já quase o apertando.

– Valeu...

—

A energia queimando através dele era pura agonia.

– Você ainda tá acordado? – perguntou o *geek*.

Bloodshot tentou listar todas as maneiras com as quais machucaria aquele homem.

O *geek* lhe deu outro choque. Bloodshot sentiu o peito queimar e concluiu se tratar de um ataque cardíaco, mas havia uma luz vermelha saindo da cicatriz que existia ali.

—

O abatedouro de novo. Um homem loiro. Com os olhos no mesmo tom de chumbo da .45 apontada para Bloodshot.

– Valeu – disse, com sotaque alemão. – Valeu pela di...

—

Ele estava de novo na cama. O *geek*-que-logo-sofreria-uma-be-la-dor o contemplava. Bloodshot puxou as amarras, brigando para se libertar de modo a usar algo como arma.

— Alô? Levanta-te e anda! — O *geek* tinha um sotaque britânico. Bloodshot apenas o encarou.

— Talvez uma voltagem maior?

E então Bloodshot começou a berrar de novo.

—

Era um homem jovem usando óculos e uma barbicha. Mal parecia ter idade para apontar a .45 para Bloodshot.

— Valeu pela dica...

Uma arma disparou, e tudo ficou escuro.

—

Com um berro, Bloodshot se libertou da cama, arrebentando a corrente da algema e cambaleando pelo chão frio de pedra.

— Funcionou! — gritou o *geek* britânico.

— Sim... Desde a primeira vez, seu cuzão — cuspiu Bloodshot, esfregando os pulsos. Teve que suprimir o impulso de pegar o homem pelo pescoço e o chacoalhar. — Quem caralhos é você?

— Foi mal, que grosseiro da minha parte. — Ele estendeu uma mão que Bloodshot ignorou descaradamente. Todavia, isso não pareceu incomodar o *geek*. — Wilfred Wigans. O nome é meio que de super-herói, e acho que meu superpoder é escrever códigos. Não é o poder mais empolgante do mundo, mas o Baris achou ele útil. Infelizmente.

Bloodshot repassou as palavras que acabara de ouvir enquanto tentava encontrar o prumo.

— Você… Você trabalha pro Baris? — conseguiu perguntar.

Investigando ao redor, ele parecia estar em algum tipo de laboratório montado na base da gambiarra, embora parecesse menos com um espaço de trabalho e mais com um covil tecnológico. Achou que a RST se pareceria com aquilo caso tivessem comprado seus equipamentos em lojas de internet e feiras de garagem.

— Bom, não. Quer dizer, sim. Defina "trabalhar para" — pediu Wigans. Bloodshot começou a repensar a ideia de socá-lo. — Minha situação é mais a de uma servidão contratada. "Drogas? Tô fora!", dizem. Mas eu ouvi? Não. — Bloodshot particularmente também não queria ouvir nada daquilo, mas isso não pareceu deter Wigans. — Adderall ou anfetaminas. Estimulantes. Não são drogas *drogas* de verdade, só uma coisinha pra me manter acordado enquanto escrevo códigos. Só que elas são drogas de verdade, acho. A próxima coisa que eu soube era que devia muitos, muitos milhares de dólares ao Baris. — Bloodshot se perguntava se aquilo iria chegar em algum lugar. — Eu estava há tempos procurando uma saída, e aí você veio, tipo um cavaleiro de armadura brilhante. — Parecia que não iria chegar a lugar algum. — Só que você não usa mesmo uma armadura, né? Você meio que só deixa te darem uns tiros. Direto. Por acaso já pensou em usar uma? — Agora, Bloodshot se perguntava se Wigans teria um botão de desligar. — Foi duro de ver, inclusive. Coisa pesadona. Especialmente a parte em que atiraram na sua cabeça e os seus miolos se espalharam e formaram uma pocinha no chão. — Bloodshot supôs que sempre poderia nocautear Wigans. — Você é bem bom em não morrer, aliás.

— Senti como se tivesse morrido — conseguiu dizer Bloodshot, aproveitando a breve pausa na verborragia.

— Sim, foi mal sobre isso. O Baris me fez construir aquele treco. É uma máquina de PEM. Eu construo coisas também. Sou meio que útil assim. Não útil do jeito que você imagina, mas… Bom… — Wigans apontou para as telas dos monitores, todas apagadas, e então fez um gesto na direção de um controle remoto que era uma cópia do que Baris carregava. – Eu não ia deixar ele fazer nada até a hora em que você terminasse o seu serviço. Coisa que você certamente fez.

Bloodshot se sentia um merda. Estava se esforçando para acompanhar o falatório de Wigans, mas parecia que Wigans tinha permitido que ele matasse Baris e depois havia ligado a máquina de PEM para derrubá-lo. O mundo começava a girar; apesar dos choques elétricos, ou talvez por causa deles, Bloodshot se sentia fraco como um filhotinho de gato.

– Tá tudo bem? – perguntou Wigans.

– Eu revi minha esposa – contou Bloodshot. Não sabia por que tinha falado aquilo, talvez porque não parecesse que Wigans queria lhe causar dor ou sofrimento; não naquele momento específico, pelo menos. – Como num sonho.

– Ah, que bom – tentou Wigans, sorrindo para encorajá-lo.

– Eu a vi ser assassinada na minha frente.

O sorriso de Wigans desapareceu do rosto.

– Isso não é nada bom, né?

– Mas é uma pessoa diferente cada vez. – Bloodshot realmente mal entendia por que falava tanto com Wigans enquanto tentava decifrar o sonho de quase-morte que repassava em sua cabeça.

– Então é assim que eles faziam! – Wigans soou triunfante, como se tivesse feito uma descoberta significativa. Conseguiu a atenção de Bloodshot.

– Faziam o quê?

Wigans parecia relutante em revelar qualquer informação. Bloodshot tinha certeza de que não ia gostar nadinha do que o *geek* tinha a dizer.

– Me conta – exigiu.

Wigans se largou sobre uma cadeira de escritório. Pela primeira vez, Bloodshot percebeu como o *geek* das tecnologias parecia abatido. Perguntou-se desde quando ele estaria vivendo à base de café de má qualidade, de drogas baratas e dos próprios nervos.

– Andaram espalhando umas histórias. Umas histórias tensas. Sobre um matador de aluguel. Que estava acabando com os inimigos da RST. Mas toda vez o motivo parecia vingança. Como se fosse, tipo, realmente pessoal – contou Wigans.

Bloodshot o encarou. Agora tudo começava a fazer sentido.

– Quantas pessoas eu matei? – perguntou ele.

– Pelo menos seis – respondeu Wigans.

Seis alvos… Não, seis vítimas, pessoas que ele tinha assassinado. Se somasse os pequenos exércitos de guarda-costas e mercenários, e se aquela aventura na mansão de Baris fosse um modelo, suspeitava que a contagem de mortos já se equiparava à de uma pequena guerra. As últimas palavras de Baris foram verdadeiras. Ele estava contando a verdade.

Bloodshot se levantou e começou a circular de um lado para o outro. Sentia-se um animal enjaulado. Quase podia sentir o cheiro do sangue. Seu maxilar se apertou enquanto ele começava a pensar nas implicações. Sentiu o olhar de Wigans sobre si.

– O Harting, ele me usou – soltou Bloodshot por entre os dentes.

– Sim – respondeu Wigans, simplesmente.

– Ele mentiu pra mim. Na minha cara. Várias vezes.

Bloodshot estava apenas cutucando a ferida. Porque, se Harting tinha mentido, aquilo significava que os Motosserra também tinham. Tibbs e Dalton faziam sentido. Tibbs era leal, e Dalton era um cuzão, mas KT? De várias maneiras, a traição dela era a pior de todas.

– Sim. Várias vezes – confirmou Wigans. – Ele parece bastante convincente.

– Ele me disse que minha esposa estava… – Então, ele entendeu. Parou de andar. – Gina… Eu nunca a procurei porque via ela morrendo. Mas e se…? Preciso saber se ela tá por aí.

Wigans se levantou e entrou na frente dele, os braços erguidos.

– Opa, opa, opa… ainda não. Eu trouxe você de volta, então você me deve uma – interferiu Wigans.

Aparentemente, o *geek* havia encontrado algum estoque escondido de coragem. Ou só não tinha percebido o tamanho do perigo que corria.

– Te devo o quê? – exigiu saber Bloodshot.

– Talvez – começou Wigans, como se refletisse – uma amostra do seu sangue…

Ele só precisou de um instante de consideração. Bloodshot agarrou uma faca de uma bancada próxima e cortou a palma da própria mão. Foi tudo tão rápido que Wigans se sobressaltou. Com uma leve careta, embora mal sentisse a dor, Bloodshot revirou a faca no machucado e então apertou a mão sobre um béquer vazio. Com um pensamento, ordenou que os nanites não curassem o ferimento de imediato. Mal chegou a sangrar o líquido vermelho com aparência de mercúrio; apenas exsudou um pouco dele.

– Tá bom esse tanto? – perguntou Bloodshot.

– Sei lá… Sim?

Os olhos de Wigans haviam se acendido em um orgasmo de deleite nerd, encarando o machucado na mão cinzenta de Bloodshot, mas que já começava a se fechar. Por fim, Wigans pegou o béquer quase que com reverência, contemplando o sangue metálico com admiração.

– Incrível. Eu tinha ouvido histórias. Seu sistema todo é programável… – Ele mais falava sobre do que para Bloodshot.

– Aparentemente – respondeu Bloodshot. Então, algo mais lhe ocorreu. – É como eles me controlam…

Wigans afastou o olhar do béquer cheio de sangue com nanites e encarou Bloodshot.

– Não – disse, simplesmente. – É isso o que eles querem que você pense. Você não entendeu ainda? Você tem um exército dentro de si. O seu exército. É você quem o controla. Se quiser um conselho: use a criatividade.

Bloodshot ponderou a respeito. Não tinha muita certeza sobre o que fazer com Wigans. Parecia um homenzinho esquisito, que não estava de verdade do lado de ninguém, mas que amava a tecnologia em si. Bloodshot cogitou brevemente quão má era a ideia de lhe dar uma amostra de sangue, mas decidiu que tinha preocupações mais urgentes. Virou-se e marchou em direção à porta da meio-adega-meio-laboratório-improvisado.

– Pera aí – chamou Wigans. – Tenho uma coisinha pra você.

Ele correu na direção de uma geladeira enorme, com cara de antiga, revestida de chumbo, e a abriu. Ela estava cheia de todo tipo de tecnologia que o chumbo e as propriedades de Gaiola de Faraday da geladeira metálica haviam protegido do PEM. Wigans tirou um celular lá de dentro. Bloodshot, no entanto, já estava na porta.

—

A garagem subterrânea de Baris era claramente o antigo depósito de vinho da propriedade. Entre os pilares de concreto, havia diversos suportes cheios de garrafas de vinho, várias peças de contrabando – incluindo obras de arte –, pilhas de caixas repletas de drogas e armas de todos os tipos, e até mesmo uma estátua de cavalo esculpida em ouro. Também havia uma fileira de carros esportivos caríssimos, majoritariamente europeus: Lamborghinis, Maseratis, um velho Porsche e até um Saracen envelhecido de seis rodas, um blindado destinado ao transporte de pessoas. Bloodshot parou diante da Lamborghini com um sorrisinho no rosto.

Ouviu alguém correndo até ele e virou-se para ver Wigans carregando uma lanterna – porque, ao contrário de Bloodshot, ele não podia enxergar no escuro –, em busca de alcançá-lo.

— Será que posso recomendar pra você uma coisinha um pouco mais *vintage*, e possivelmente sem partes eletrônicas? – perguntou Wigans, sem fôlego.

Claro, o PEM provavelmente havia transformado em lixo todos os eletrônicos dos veículos modernos.

Wigans apontou para um Porsche antigo e bem pequeno.

Bloodshot suspirou.

Wigans tentou entregar o telefone para ele depois de Bloodshot conseguir se enfiar no Porschezinho antigo.

— Você pode usar quando sair daqui.

— Não preciso disso – respondeu Bloodshot. – Os nanites vão me conectar à internet.

Mas Wigans já chacoalhava a cabeça.

— Não, os nanites vão conectar você a um servidor da RST. Eles podem te rastrear. Encher sua cabeça de abobrinha. Você não vai querer isso.

Enfiado nas entranhas do banco do motorista do Porsche, Bloodshot olhou para o *geek* das tecnologias.

— Como você sabe tanto assim sobre esses caras?

O bom humor nervoso do *geek* pareceu desaparecer.

— O que eu sei ia aterrorizar você – respondeu ele, soando subitamente sério. Wigans olhou para Bloodshot, como se reconsiderando as próprias palavras. – Pensando bem, não acho que tem muita coisa que aterroriza você, né?

Bloodshot bateu a porta.

— Valeu – disse ele.

— Valeu? – ecoou Wigans, sorrindo. – Tá me zoando? O Baris era um cuzão. Eles são um bando de cuzões. Se você não tivesse vindo, eu nunca ia ter deixado aquele porão. Eu salvei você, mas na verdade foi você quem me salvou mesmo. Eu sou a sua Sandra Bullock. Ou você é a minha. Com a diferença que a gente é negro. A gente é negro, né? Eu, definitivamente, sou negro. De qualquer forma, tchau e bênção, meu amigo. — Parecia que a verborragia havia retornado.

Bloodshot deu a partida no Porsche, trocando um sorriso com Wigans, depois engatou o carro antigo e pisou no acelerador. O esportivo disparou como se tivesse sido picado por um bicho, e Bloodshot o manobrou para fora da garagem em direção ao amanhecer africano.

Foi impossível não notar que a pele da mão que apertava o volante agora era cinza.

—

Wigans assistiu ao Porsche cantar pneu para fora da garagem, envolto em uma nuvem totalmente desnecessária de fumaça. Quando se virou para refazer o caminho até seu laboratório-covil, um rastro da lanterna correu pelos paletes cheios de pacotes embalados firmemente em celofane. Primeiro, achou que seriam só mais tijolos de cocaína ou de algum opiáceo destinado à distribuição na África do Sul. Mas os pacotes pareciam um tanto irregulares, com ângulos muito pontudos para isso.

Wigans se pegou olhando à sua volta, apesar de estar totalmente consciente do fato de que se encontrava sozinho em uma mansão lotada de gente morta — algo que, para ser honesto, estava deixando-o nervoso. Mas depois de ver que nada se movia, ele tirou um canivetinho do bolso e, aproximando-se de um dos paletes, abriu um tijolo de celofane. Estava cheio do que ele presumia ser dinheiro ainda não lavado, várias libras esterlinas.

— Eita.

CAPÍTULO 31

Um bilhão de dólares. O valor continuava ricocheteando dentro da cabeça de Harting. Em muitos sentidos, era um valor insignificante perto do que ele havia alcançado com o programa Bloodshot, e aqueles a quem ele respondia estavam cientes disso. Mas a consideração mudava com Bloodshot caindo nas mãos de outra pessoa – ou pior, rebelando-se. Aquilo eles não tolerariam, já que resultaria em proliferação, e eles precisavam ser os únicos com aquela tecnologia em particular para levarem vantagem no que os esperava. A próxima corrida armamentista, afinal de contas, seria no ramo das melhorias de humanos.

O que era pior era que aquilo havia colocado um ponto-final na fusão que tinham com Baris, Axe e a rede de subvidas de ambos. Baris tinha se provado útil no fornecimento de recursos que seriam difíceis de conseguir por canais normais. O operador do mercado paralelo tinha botado as asinhas de fora, porém, e contratado mercenários russos para roubar uma companhia de biotecnologia situada no Vale do Silício, que estava se negando a fornecer sua tecnologia a Harting independentemente do valor que ele oferecia. O que era pra ter sido um furto simples resultara numa batalha armada com várias mortes, e como consequência a RST tivera de ser realocada para Kuala Lumpur. Se Harting não tivesse vendido o acontecimento como uma bênção disfarçada, como uma oportunidade para testar a plataforma Bloodshot no campo de batalha, com certeza teriam dado um sumiço nele.

Observando ao redor do centro de operações, ele notou Eric e o restante dos técnicos parecendo gastos, exaustos, e para quê? Um PEM era um PEM. Toda a superioridade tecnológica da qual eles se vangloriavam não servia de nada se não pudessem usar Bloodshot, porque não havia nenhum sistema eletrônico funcionando na área alvo que pudessem acessar. A restauração feita pelo PEM os havia efetivamente levado de volta à Idade da Pedra em termos de tecnologia. Tudo o que eles tinham eram satélites – e nada se movia no momento – e agentes em campo na forma de Dalton e Tibbs – que não dispunham de imaginação, embora fossem leais. O resto era só baboseira.

Harting bebericava seu terceiro café da noite. Cada um tinha o gosto pior que o anterior. Ele podia ver Eric se aprumando em sua estação de trabalho, estudando o monitor que mostrava as imagens de um satélite espião da NSA.

– Olha lá, movimento – anunciou Eric.

Harting chegou mais perto do computador de Eric enquanto o técnico aproximava a imagem, um par de faróis em uma paisagem mergulhada na escuridão. O médico percebeu que KT também prestava atenção.

– É ele? – perguntou Harting.

– Tem que ser – sugeriu Eric.

Havia mais do que um pouco de desespero em sua voz. Não era necessariamente Bloodshot. Poderia ser qualquer pessoa. Harting sentia o mesmo pânico. Não havia como voltar atrás se tivessem perdido a plataforma Bloodshot. Afinal de contas, outros gênios estavam a postos. Podiam não ser do mesmo calibre que ele, mas seriam capazes de construir algo a partir do que ele já havia feito. Enquanto isso, seu próprio plano de aposentadoria viria na forma de uma bala de nove milímetros silenciada metida em sua nuca. Sabia que aquilo já acontecera antes.

– Conecta com ele – ordenou Harting ao técnico.

Eric digitou algo. Nada aconteceu. Ele tentou de novo.

– A gente tá sem conexão, a rede não tá respondendo – informou Eric. Ele parecia totalmente desencorajado.

Harting podia ver KT o observando ao passo que ele agarrava o microfone.

Isso não é bom, pensou. *Não é nada bom.*

—

Tibbs estava derretendo sob o primeiro sol matutino da cálida Cidade do Cabo, à espera na pista de pouso de asfalto. Dalton estava ao seu lado. Ambos usavam o uniforme tático completo. Estavam apoiados contra a cabine de um caminhão blindado, construído sob medida para que a RST lidasse com ameaças de sistemas armamentistas de última geração. Pelo menos, tinham dito a eles que era essa a função, mas Tibbs deu uma risadinha ao pensar no assunto. Sabia havia muito tempo que o caminhão tinha sido planejado para capturar e conter projetos RST rebeldes que tivessem saído dos limites.

Tibbs não havia falado nada sobre o Projeto Bloodshot. Não era trabalho de um soldado interferir na política da coisa. Sabia que a RST era privada, mas que eles tinham conexões inexoráveis com o governo dos EUA. E sentia que de alguma maneira ainda estava servindo ao país. Estava grato pela segunda chance. Poucos soldados tinham uma. Em paralelo a isso, via os malabarismos que

Harting e a RST tinham de fazer para levar Bloodshot a executar o que queriam. Por que Bloodshot era tão especialzinho se precisava ser enganado para fazer o próprio trabalho? Entendia que a tecnologia devia ser testada, mas será mesmo que não havia ninguém mais preparado para servir, para entender a dádiva de uma segunda chance? Ele era capaz de pensar em uma dezena de irmãos que mereciam mais aquela oportunidade do que Bloodshot. Além disso, se a RST realmente queria pessoas como Axe e Baris mortas, por que não colocar ele mesmo e uma *railgun* a uma distância de três quilômetros dos caras? Se isso não resolvesse, era só deixá-lo chegar a poucos metros do alvo com uma lâmina e Tibbs acabaria com eles de forma próxima e pessoal.

— Dalton. Tibbs. O cachorro escapou da coleira — anunciou Harting pelos comunicadores.

Tibbs se virou para Dalton. O ex-SEAL exibia um sorriso maníaco no rosto à medida que subia na boleia do caminhão, dando partida nele. Tibbs achava que Dalton era um operativo competente o suficiente, mas que gostava muito da ação — ou então, que se deleitava com a dor que distribuía por aí. Aquilo deixava Tibbs nervoso, ou tão nervoso quanto poderia ficar. Havia conhecido caras como Dalton. Ou eles tinham queimado ou se tornado monstros irremediáveis.

Tibbs subiu depois de Dalton e se acomodou no banco do passageiro do caminhão blindado.

— Lembra que ele é um de nós — disse o atirador de elite ao ex-SEAL.

Apesar da inquietação com toda aquela história de Bloodshot ser tão precioso, sabia que ele havia sido um irmão soldado algum dia. Embora estivesse começando a desconfiar de que Bloodshot tinha sido fuzileiro naval, o que de algum modo explicaria por que ele era tão difícil de lidar.

– Era. Agora ele é um problema – respondeu Dalton. Só que, a julgar pela expressão do ex-SEAL, ele estava se deleitando com o tal problema. – Se anima aí, pô. A gente finalmente vai poder usar essas merdas.

Ele gesticulou na direção do baú de carga do caminhão: suporte atrás de suporte de equipamentos de combate de última geração, lâminas, armaduras, drones, armas pequenas e armas não tão pequenas assim. Naquele caminhão, havia armamento sofisticado o bastante para nocautear um pequeno país. Protegido no centro da área de carga, coberto por uma lona, estava O Espectro.

CAPÍTULO 32

O Porsche acelerou para fora da escuridão e caiu em uma estrada iluminada enquanto Bloodshot voava na direção da Cidade do Cabo. Podia vislumbrar o topo plano da montanha da Mesa se erguendo acima da cidade à distância.

Julgando que ver as luzes da estrada acesas significava estar fora do alcance do PEM, Bloodshot tentou usar o telefone que Wigans havia lhe dado. O celular piscou e começou a funcionar. Dirigindo com uma mão só, Bloodshot navegou pelo menu do telefone até encontrar uma tela de busca, e depois digitou: *Gina Garrison*. Várias opções diferentes apareceram. Então ele a viu. Suas mãos tremeram quando ele apertou a miniatura da foto, e a imagem dela ocupou toda a tela do telefone.

O alívio e a alegria de saber que ela não estava morta eram quase primitivos. Ele queria berrar. Gina estava viva!

—

Bloodshot tinha um plano agora. Sabia com exatidão aonde estava indo e o que faria a seguir enquanto tocava o Porsche ao longo da série de casinhas apertadas e encharcadas pela chuva que formavam um dos subúrbios orientais da Cidade do Cabo. Encontrou uma pista de pouso privada. Não seria muito difícil enfiar um plano de voo falso no meio do sistema de controle de tráfego aéreo.

Vou ver a Gina!, pensou ao mesmo tempo que o Porsche passava por uma poça antes de parar num semáforo. Ele se pegou sorrindo, curvado sobre o volante dentro do carrinho esportivo.

Alguém passou à frente do Porsche, atravessando a rua escorregadia por causa da chuva. Por um instante, Bloodshot achou que fosse Gina, mas logo depois a mulher sumiu.

O semáforo mudou de vermelho para verde. Bloodshot pisou fundo no acelerador, e o carro saiu do cruzamento. Ele teve apenas um breve momento para registrar algo grande, branco e reforçado em sua visão periférica antes de sentir um impacto que provavelmente teria quebrado a coluna de um humano sem melhorias. Ele ouviu o guincho do metal danificado, e então o carro estava no ar, revirando-se e chacoalhando.

—

Dalton assistiu aos destroços do Porsche antigo rolando através do cruzamento, sentado no banco do motorista do caminhão blindado. Olhou de soslaio para Tibbs, depois desceu da cabine e marchou pelas poças até as ferragens. O Porsche amassado tombara sobre o capô. Dalton se ajoelhou para dar uma olhada no interior do carro. Bloodshot havia sumido.

– Ele não tá aí? – perguntou Tibbs pelo rádio tático.

Dalton se aprumou e olhou ao redor antes de virar para encarar Tibbs, que ainda estava na boleia do caminhão.

– Que inferno! Esses robozinhos consertam ele muito rápido – disse a Tibbs.

– Ele tá ficando cada vez melhor – respondeu o atirador de elite pelos comunicadores.

Dalton sacou uma arma eletrônica volumosa e intimidadora do cós da calça. Parecia um fuzil de assalto gigante e futurístico. Com um zumbido eletrônico seguido por um clique, ele a carregou com munição antinanite. Hora de caçar.

– Bom, isso a gente vai ver – respondeu Dalton. – Fica de olho no céu.

—

Tibbs passou da cabine para o baú de carga do caminhão. Tirou um capacete inteligente preto e anguloso de uma prateleira, colocou-o na cabeça e o prendeu no lugar com as regulagens. Pegou de um dos suportes uma arma de cano largo com aparência de canhão, e depois arrancou a lona d'O Espectro. Parecia que alguém havia pegado um caça-bombardeiro furtivo F-117 Nighthawk e o remodelado para viajar sobre duas rodas, em forma de motocicleta. Painéis angulosos de policarbonato, repletos de pequenas câmeras, protegiam quem estivesse pilotando. As câmeras se conectavam ao sistema óptico sofisticado do capacete, que por sua vez se ligava, sem fio, aos próprios implantes óticos cibernéticos de Tibbs.

Tibbs subiu na moto enquanto a porta traseira do caminhão blindado se abria. Fez o motor d'O Espectro rugir, e a moto pulou do fundo do caminhão tal qual um cavalo selvagem. Tibbs apertou os freios com força, escorregando com a moto antes de fazê-la parar. Era por aquele tipo de coisa que ele vivia, pela emoção da caçada. Com um movimento suave, Tibbs destravou o canhão. Com o pente em forma de tambor, a arma parecia uma versão aumentada da submetralhadora que um gângster usaria na Chicago de

Al Capone. Atirou com a arma dez vezes, em rápida sucessão. Os projéteis cilíndricos desenharam arcos no ar, como as granadas de um lançador. Por um momento, pareceu que tinham explodido, mas as carcaças cilíndricas apenas abriram e caíram para os lados, hélices começaram a girar e os drones de vigilância Soul Seeker foram revelados. Se aquilo era uma caçada, então os drones eram os perdigueiros.

– Mas que inferno, Tibbs. Cadê meu coelhinho? – exigiu Dalton pelos comunicadores.

O capacete jogou uma série de perspectivas aéreas estonteantes vindas dos drones direto no sistema óptico de Tibbs. Então as imagens se juntaram para formar uma simulação esférica, cobrindo trezentos e sessenta graus da área ao redor. Tibbs encontrou Bloodshot com facilidade. Era o único humano que corria com velocidade ao redor dos quarenta e oito quilômetros por hora – ou seria, pelo menos até que Dalton começasse a correr também.

– Tá fugindo. Dez quadras a oeste – informou Tibbs ao ex-SEAL.

Perto do Porsche detonado, Dalton disparou em uma corrida de velocidade máxima. Desapareceu no sentido oeste, aprofundando-se na cidade com rapidez assustadora – era para aquele tipo de tarefa que ele literalmente havia sido (re)feito.

CAPÍTULO 33

Os pulmões de Bloodshot queimavam enquanto ele corria pela rua, com os veículos e as construções passando como borrões, a mente tão rápida quanto as pernas. Havia visto o caminhão blindado de alta tecnologia. Tinha que ser coisa da RST. Aquilo significava que Dalton e Tibbs o estavam caçando. Perguntou-se se KT estaria com eles também enquanto cruzava uma estrada secundária, saltando por cima do capô de um carro que freava rápido. Ouviu o tiro, o som substancioso como o de uma espingarda, e algo atingiu a parede de tijolos ao seu lado. Enxergou de relance o brilho vermelho vindo de um LCD com a inscrição "ERRO" ao longo do comprimento do projétil que o havia acabado de errar.

Bloodshot disparou pela estrada e se misturou ao trânsito. Pneus cantaram quando os motoristas frearam a fim de evitá-lo, e depois ele ouviu o impacto dos carros se chocando. Saltou por cima de outro veículo. Algo o atingiu com força no ombro, fazendo-o girar, e de repente ele estava tropeçando a uma velocidade de quase cinquenta quilômetros por hora.

Bloodshot atingiu com força a porta da frente de uma casa na beira da estrada e a derrubou. Destruiu paredes internas em explosões de gesso enquanto trombava contra elas, quicando com força o suficiente para bater no teto antes de parar com um rolamento.

Seu corpo gritava, cheio de dores. Os nanites se apressavam à procura de consertar contusões e fraturas enquanto ele se forçava a permanecer de joelhos no meio da poeira. Podia sentir algo alojado doloridamente na carne do ombro. Identificou o brilho vermelho vindo do projétil. Tateou a região. Os dedos encontraram algo do tamanho de uma bala calibre doze enfiada no ombro. E então ele assistiu, horrorizado, ao membro superior ficando pálido, com as veias escurecendo e os músculos e a pele tremendo enquanto o braço murchava diante de seus olhos. Gritou com a dor e arrancou o projétil do ombro. A tela de LCD na munição exibia uma contagem regressiva. Três. Dois. Bloodshot destroçou a bala antes que a contagem chegasse a "um". Cerrou os dentes, e os nanites se apressaram em reconstruir dolorosamente seu braço.

—

Tibbs fazia O Espectro rugir pela cidade. Sua visão de trezentos e sessenta graus o fazia se sentir onisciente. O último *voyeur*. Um deus.

— Me diz que você ainda tá com ele no seu campo de visão — pediu Dalton pelos comunicadores.

Tibbs conferiu a filmagem do drone Soul Seeker mais próximo do alvo. Traçou o caminho de destruição da fuga de Bloodshot pelo subúrbio.

— Ele ainda tá na construção, se preparando pra sair pela esquerda — anunciou Tibbs ao ex-SEAL.

Só que Tibbs não esperava que Bloodshot fosse sair pela parede de estuque. A máquina de matar em forma de ciborgue calculara certinho. Tibbs enxergou tudo de todos os ângulos quando

Bloodshot trombou contra ele como um trem desgovernado. O impacto fez o atirador de elite ficar sem ar, enquanto o ombro de Bloodshot bateu tão forte contra a moto que a fez rodar na direção de um muro, e depois disso Tibbs não conseguiu ver mais nada.

—

Bloodshot correu. Dalton estava atrás dele agora. O ex-SEAL havia praticamente passado por cima do companheiro desacordado, soterrado pelas ferragens da moto destruída. Por mais rápido que Bloodshot pudesse correr, as pernas mecânicas de Dalton faziam com que o ex-SEAL diminuísse cada vez mais a distância entre ambos. Bloodshot acelerou, forçando os braços e as pernas o mais rápido que podia, a despeito dos avisos sussurrados em sua mente por seus nanites já sobrecarregados. Estava chegando ao limite do que a pele humana, apesar de todas as maravilhas tecnológicas que ele possuía dentro de si, era capaz de tolerar. Aquilo não era um problema para Dalton – as pernas dele eram feitas de metal e outros componentes.

Bloodshot dobrou a esquina. Vislumbrou a picape da polícia estacionada ali. Tentou desviar dela, mas corpos humanos não foram feitos para a referida velocidade. Bloodshot se perdeu e atingiu a viatura com força o bastante para amassar a porta, quebrar as janelas laterais e fazê-la balançar nas suspensões. Os nanites reagiram tão rápido quanto possível, reforçando as áreas de impacto do corpo para evitar que os ossos se quebrassem.

A expressão de choque dos dois policiais que estavam no carro, àquela altura cobertos de café, rapidamente se transformou em raiva.

– Que merda você acha que tá fazendo? – gritou um deles em africâner, e os nanites traduziram as palavras para ele.

Bloodshot enfiou a mão pela janela quebrada e empurrou a cabeça do policial para baixo. O homem tentou resistir, mas Bloodshot já era forte desde quando era Garrison, mesmo antes de o encherem de tecnologia. Ele puxou uma das carabinas R5 do suporte de armas que ficava entre os dois bancos da frente.

– Pegando isto aqui emprestado – respondeu aos policiais, também em africâner.

O oficial mais próximo tentou agarrá-lo ao passo que o outro já sacava a pistola. Bloodshot chutou a picape com força suficiente para arremessá-la girando no meio da estrada pela qual viera. Depois andou atrás do carro, seguindo o ritmo do veículo para usá-lo como cobertura ao mesmo tempo que atirava rajada após rajada de R5 em Dalton, que ainda o perseguia. Os tiros da arma automática ecoavam pelas ruas enquanto as pessoas corriam para se proteger. O ex-SEAL mergulhou atrás de um carro estacionado, com balas atingindo seu corpo, quebrando janelas e furando pneus. A última cápsula do pente de trinta balas caiu no chão, e o cão da arma encontrou uma câmara vazia. Os dois policiais aterrorizados encaravam Bloodshot. Ele agradeceu com um gesto de cabeça e devolveu a carabina para eles. Depois, voltou a correr. Frustrado. Tinha certeza de que havia acertado Dalton, mas suspeitava que seus perseguidores estavam usando algum tipo de armadura corporal de última geração da RST. Fora que o cara era tão rápido, se não mais rápido ainda, quanto o próprio Bloodshot.

—

Dalton saiu de trás do carro alvejado pelos tiros.

– Ele tá na escadaria do hotel. – Tibbs ainda estava meio grogue por causa da colisão contra o muro, mas pelo menos estava acordado e contribuindo de novo.

Dalton pendurou a arma eletrônica no ombro e correu na direção da viatura policial que agora bloqueava o meio da rua. Viu de relance os dois policiais paralisados pelo choque enquanto saltava pelo ar. Um dos pés mecânicos acertou o capô da picape, amassando-a e estilhaçando o para-brisa.

Dalton podia entender a surpresa deles, decidiu, enquanto alcançava o beco entre o hotel e o prédio de escritórios ao lado. Eles deviam parecer deuses da guerra para os dois policiais.

As engrenagens nas pernas de Dalton o impulsionaram pelo ar. O pé mecânico girou em um ângulo inexistente na natureza, e garras similares às de velocirraptor surgiram para garantir uma pegada melhor à medida que Dalton subia por entre os dois prédios, usando movimentos de *parkour* para escalar a lateral do hotel.

—

Bloodshot disparou para o telhado da construção. Taticamente falando, não era a melhor das ideias, mas, se pudesse ter um momento de descanso para avaliar a situação de cima e descobrir como eles o estavam rastreando, talvez pudesse se livrar dos Motosserra. Embora não fosse ter problema algum em matar Dalton caso a oportunidade surgisse.

Podia ver a cidade se espalhando abaixo de si, em direção ao azul do oceano a leste. Começou a correr para verificar o telhado. Tarde demais, descobriu que não estava sozinho.

– Surpresa!

Dalton atirou com a espingarda quase à queima-roupa. Bloodshot viu a chama saindo do cano da arma. Ouviu o som do tiro ecoando pela cidade.

Parecia que seu peito havia explodido, literalmente, como se as entranhas tivessem vazado além da pele enquanto uma civilização de milhões de maquininhas brotava dos poros. Os nanites rapidamente formaram estruturas geométricas, que se estenderam para dentro das chamas do estouro do cano da espingarda. Elas se conectaram à bala eletromagneticamente impulsionada da arma e a desarmaram em pleno voo. Foram apenas as partes constituintes do projétil que atingiram a pele reforçada por nanites do peito de Bloodshot, para depois quicarem na laje de concreto do hotel.

Por não mais do que um instante, Dalton olhou para a arma, confuso.

Um instante era tudo de que Bloodshot precisava. Seus olhos reluziram vermelhos, e ele disparou na direção do ex-SEAL, pulando para abraçar suas pernas. Uma força sobre-humana ergueu Dalton, e ele o empurrou até a beira do telhado, fazendo ambos mergulharem na direção da rua dura e quente, oito andares abaixo.

A queda pareceu durar para sempre. Os sentidos aguçados de Bloodshot o fizeram sentir Dalton atingindo a rua pouco antes dele próprio. O ex-SEAL caiu com os pés para baixo, o que estilhaçou suas próteses. Bloodshot ouviu Dalton gritar, depois o viu cuspir sangue, e enfim a rua acelerou na direção dele.

De alguma maneira, ainda estava consciente. Havia sentido o impacto nauseante. Sentido o corpo mudar de forma enquanto seus ossos se quebravam e perfuravam os órgãos, atravessando a pele, enquanto ele virava uma massa de carne deformada e danificada demais até para gritar. Os nanites queimaram cintilantes e vermelhos sob sua pele, por todos os seus músculos, reparando-o com tanta agilidade quanto podiam, reconstruindo seu corpo segundo a forma humana, sugando de volta o sangue para o interior das veias. O processo foi quase tão doloroso quanto o impacto, e durou mais tempo.

Enfim, a dor desapareceu. Estava inteiro de novo, momentos depois de tentar transformar a si mesmo em uma panqueca humana. Bloodshot se ergueu e fitou Dalton, que agonizava e se retorcia na rua. Quase sentiu pena daquele homenzinho frágil.

– Isso não parece nada bom.

Dalton ergueu o olhar para encarar Bloodshot acima dele.

– Você que é o esquisito – cuspiu. Bloodshot foi incapaz de não pensar que aquilo era Dalton tentando convencer a si mesmo.

Ele podia ouvir o lamento das sirenes se aproximando, podia ver as luzes ao longe. Sequer dedicou um segundo olhar a Dalton antes de começar a correr. De novo.

CAPÍTULO 34

Harting socou os monitores do centro de operações com o punho mecânico, o rosto retorcido em uma máscara de fúria. Foi a gota d'água para KT. Ela marchou na direção da saída. Não sabia o que faria depois, só sabia que precisava encontrar Bloodshot.

— Aonde você tá indo? — exigiu saber Harting.

KT sabia que aquele não era o seu tom de voz aberto-para-uma--discussão-civilizada. Ela parou e se virou para ele, muito consciente de que o restante dos técnicos do centro de operações ouviam enquanto tentavam não chamar muita atenção para si mesmos.

— Todo mundo aqui sabe pra onde ele tá indo... — retorquiu ela, tentando manter o tom neutro e nada desafiador.

— Sem chance — disse Harting. — Quero você atrás do Wigans.

— Do Wigans! — Ela não estava mais nem aí para o tom de voz que usava; aquilo era uma jogada de poder de Harting, e ele sabia. Ele estava tentando colocá-la no devido lugar.

— Preciso que ele esteja fora do jogo — continuou Harting. — Claramente, ele sabe demais.

— Então manda um dos meninos. Eu tô indo atrás do Garrison.

Não era para aquilo que ela servia. Ela era uma nadadora de resgate, não uma assassina. Continuou em direção à porta.

Levou um momento para ela perceber que os barulhinhos eram Harting digitando uma senha na tela sensível ao toque embutida em sua prótese de braço. Os canais no aparato de respiração dela se fecharam e travaram. De uma hora para a outra, o oxigênio sumiu. Ela sentiu o pânico a atingir como um balde de água fria na cara. Ela se virou para encarar Harting.

— Você deve se lembrar de que eu não preciso pedir — disse ele. Parecia calmo, como se nada estivesse acontecendo. Mas, mesmo enquanto ela se sentia sufocar, mesmo enquanto a rotina de punição sobre o implante sugava o oxigênio remanescente do sistema dela, podia ouvir o fluxo de raiva na voz de Harting. Ele não gostava de ser desafiado, e havia sido muito desafiado nos últimos tempos. — O que peço é respeito mútuo. Mas se você não tem esse respeito, então não vou ter também.

KT sentiu-se ficar roxa e tentou se segurar em uma das mesas para permanecer de pé, mas não conseguiu impedir o corpo de cair. Harting chegou mais perto dela; não sabia se era a falta de oxigênio sabotando sua percepção, mas ele parecia maníaco, insano, mau. Ela agarrava as válvulas do implante. Harting digitou na tela da prótese de novo, e o oxigênio voltou a entrar em seu sistema. Ela se engasgou, buscando o ar aos pés dele ao mesmo tempo que ele sorria, todo benevolente.

— Boa garota — falou, dando um passo largo para passar por cima do corpo caído dela.

KT se sentou e lhe assistiu voltar para seu computador. Não se sentia muito como uma "boa garota". Até então, considerava Harting um mal necessário. Considerava seu potencial para fazer o bem, o progresso que estavam construindo ali, os benefícios superando as merdas que precisavam aguentar, até mesmo o trabalho sujo. Só que desde a destruição em massa, desde o massacre, aquilo não era mais tão ocasional. Agora ela começava a perceber como odiava aquele cara obcecado por controle e com complexo de Deus.

—

KT se sentou na cama do aposento monástico que era seu quarto. Um cabo ligava seu tablet à porta de conexão do aparato de respiração. Sarah, que trabalhava no centro de operações, havia passado o programa para KT. Era algo que a técnica tinha encontrado na Dark Web. KT não sabia muito sobre aquele tipo de coisa, mas se tratava de um mero clicar-e-instalar. Na teoria, tudo o que ela tinha de fazer era abrir o programa e, se ele conseguisse, derrubaria os protocolos de segurança do aparato de respiração, os protocolos que Harting acabara de usar para sufocá-la. Ela clicou no ícone para abrir o programa e o deixou rodar. Esperava que a medida a libertasse, que a livrasse do controle cada vez mais tirânico de Harting.

Acesso negado.

Não era uma surpresa completa. Os protocolos de segurança da RST eram fornecidos de cima para baixo, vindos dos chefes, da organização superior que controlava Harting – quem quer que fossem. KT suspeitava que os protocolos estavam par a par com a criptografia de última geração da NSA. Talvez alguém como Eric, trabalhando em tempo integral, pudesse quebrar a barreira do protocolo de segurança, mas não uma ferramenta de código aberto de algum hacker da Dark Web. Não deveria ser uma surpresa, mas não impediu o grito de raiva subindo rasgado pela garganta nem o movimento para socar o tablet contra a aresta da mesinha ao lado da cama.

O pior de tudo, decidiu KT, era que Harting provavelmente já sabia sobre a brecha de segurança. Ela sentiu a pele se arrepiar ao pensar na possibilidade de que ele poderia estar assistindo a tudo que ela fazia através de câmeras de *voyeur* escondidas, deleitando-se com o conhecimento de que tinha quebrado só mais um pouquinho da força de vontade dela.

KT se obrigou a se acalmar, controlando a respiração com um exercício que a terapeuta havia ensinado tantos anos atrás no abrigo. Uma vez sob controle, virou para olhar o envelope com as informações sobre Wigans, o alvo, que deveriam ser lidas e destruídas. Seria como buscar uma agulha no palheiro, e Harting sabia disso. O cara era alguém envolvido em um negócio escuso, havia sumido muito rápido e tinha o mundo inteiro para se esconder. Se ele fosse esperto, teria levado consigo um monte do dinheiro de Baris. KT vira as pilhas de dinheiro e outros bens que poderiam ser vendidos nas imagens das câmeras durante o ataque de Bloodshot.

Ela pegou o envelope com as informações sobre o alvo e o girou entre os dedos antes de abri-lo. Olhou para a foto de Wigans. Uma ideia começou a ganhar forma.

—

KT estava apoiada no canto do corredor que levava aos dormitórios dos técnicos. Estava ali fazia um tempo. Harting vinha sugando toda a energia dos funcionários diante da bagunça que havia sido o ataque ao território de Baris. Ela sabia que Harting queria que eles fornecessem suporte técnico para os Motosserra quando eles fossem atrás de Bloodshot. Aquilo significava que mesmo Harting teria de sossegar um pouco e deixar que eles descansassem. A teoria foi confirmada quando ela viu Eric praticamente cambalear ao longo do corredor. Ele conseguiu parar pouco antes de trombar com KT.

— Fala, Eric — saudou ela.

— O que você quer? — disparou ele.

Eric parecia ter duas abordagens para lidar com ela. Ou usava uma condescendência escrota, principalmente quando tinha audiência, ou ficava completamente intimidado por ela e era incapaz de olhá-la nos olhos. KT não gostava de nenhuma das duas abordagens, e não parecia existir um meio-termo ali. No momento, ele aparentava estar preso na segunda. Por outro lado, estava cansado.

— Quero saber mais sobre a sua adoraçãozinha de fã pelo Wigans — respondeu ela.

Eric só negou com a cabeça e começou a passar por ela, mas KT o bloqueou com o braço, apoiando a mão na parede. Ele parou e a encarou, claramente irritado.

— Você e esse seu pessoal são tudo farinha do mesmo saco, né? — disse ele.

Não era exatamente o que ela estava esperando.

— Que pessoal? — perguntou. Será que ele queria dizer pessoas latinas? Mulheres? Ex-militares?

— Desfilam por aí como se fossem os reis da cocada preta, intimidando os outros pra conseguir o que querem — continuou ele, fazendo um gesto na direção do braço que bloqueava a passagem —, empurrando as pessoas pra lá e pra cá pra se sentirem bem às custas das demais.

Ela cruzou os braços.

— É assim que você se sente? — perguntou. Ele concordou com a cabeça. — Você sabe que não sou como o Dalton, né?

— E tem diferença? — perguntou ele. *Ai*, pensou ela. Estava claríssimo que Eric vinha remoendo a questão fazia um tempo. — Vocês parecem pensar que são incríveis, tratando a gente como um bando de peões ou algo assim — continuou.

— Passou por poucas e boas na época da escola, Eric? — indagou ela.

Suas próprias experiências haviam sido um bom treinamento para o combate. Até onde sabia, podia muito bem ter frequentado uma escola em zona de guerra.

Eric apenas a fitou.

— Não é assim que me sinto com relação aos técnicos e técnicas — acrescentou KT.

— É como você age.

— Criei respeito pela ação de vocês no centro de operações. Admiro a expertise em qualquer área — disse ela.

— Conversa pra boi dormir — rebateu ele. Dessa vez, foi Eric quem cruzou os braços.

Ela estava começando a ficar irritada. A perspectiva de Eric era baseada em tantos achismos que ela não sabia nem por onde começar.

— Não me sinto superior à galera técnica, talvez só a um ou outro nerdzinho triste que, a julgar pela contribuição na programação de vingança do Garrison, tá mais do que obcecado pelo próprio micropênis.

Eric a encarou por um momento ou dois, e depois, de cabeça baixa, desviou dela e foi para o quarto.

Imediatamente após dizer aquilo, KT se sentiu um lixo. Fosse verdade ou não, falar aquilo era como chutar um cachorrinho. Era algo que Dalton faria. Como se ela fosse a criança que maltratava as mais fracas, e aquele não fora seu papel na escola. Ela suspirou e se virou para vê-lo se afastar.

— Eric, espera. Eu mandei mal.

Ele parou, mas não se virou.

— Você só tá falando isso porque quer algo de mim — respondeu ele.

— Não. Tô falando isso porque eu tô errada, mas você tá ligado que também não é muito legal comigo, né?

Dessa vez, ele virou.

— É por causa do que você é... — começou ele, mas vacilou. Ela ficou satisfeita ao ver que, pelo menos, ele tinha aquele pouco de noção.

— A gente não se conhece direito — disse ela.

— Mulheres... Mulheres atraentes... — começou ele.

— Elas não odeiam os nerds, principalmente não hoje em dia. Elas odeiam os embustes. Por que você acha que o Dalton gasta tanto tempo assim batendo punheta em uma meia? – perguntou ela.

Aquilo, pelo menos, o fez abrir um sorriso.

— Você viu o que o Harting fez lá – continuou ela, tentando não deixar a raiva assumir. Harting havia cortado o ar de seu aparato de respiração para demonstrar poder sobre ela, e lá estava KT tentando sarar os sentimentos doloridos de Eric. – É isso o que você quer? Eu no meu lugar?

A cabeça dele tombou. Ela podia ver a vergonha em seu rosto. Mais uma vez, ficou aliviada diante da demonstração de noção por parte dele.

— Não, isso é uma baita de uma sacanagem – murmurou ele. – Do que você precisa? – disse enfim, após alguns momentos de reflexão.

— O Harting me mandou atrás do Wigans. Ele espera que eu falhe, porque não sei nada sobre o cara e pouco sobre o universo dele. Não tenho a menor ideia de pra onde ir. – Ela apontou para Eric. — Mas você tem. Você sabe como ele pensa. Pra onde ele iria correr?

Eric não parecia feliz. KT podia ver o conflito no rosto dele, tinha quase certeza de que o técnico não sabia jogar pôquer. E suspeitava que também sabia o porquê – todos tinham suas escapatórias, os planos sobre o que fazer caso a RST caísse. Ela tinha a sensação de que a resposta de Eric talvez mostrasse muito das suas próprias contingências de escape.

— Qual é, Eric, todos nós temos nossas rotas de fuga, as ideias sobre como escapar. Isso aqui são só dois colegas conversando.

Eric tombou contra a parede e bateu de leve a cabeça no concreto reforçado.

— Agora que o *sugar daddy* Baris já era, se eu estivesse no lugar dele, e com isso quero dizer desesperado de verdade, eu iria atrás dos Gêmeos – afirmou ele.

— Onde? – perguntou ela.

— Ciudad del Este.

— No Paraguai?

Eric concordou com a cabeça.

— Na fronteira tríplice — acrescentou ele.

Fazia sentido. A fronteira tríplice entre Paraguai, Brasil e Argentina era um lugar conhecido por ser complicado para a polícia, e havia se tornado tipo um Velho Oeste para os criminosos do ramo da tecnologia. Isso era devido, em parte, à natureza bastante porosa das três fronteiras da região.

— Valeu — disse ela. — Isso fica entre nós.

Ele apertou os lábios, mas não chegou a olhar para ela. KT se virou e começou a se afastar.

— Boa sorte — desejou ele.

CAPÍTULO 35

Gina sempre falava da Europa. Fazia sentido ela ter se mudado para lá se quisesse sair de San Diego, fugir das memórias. Bloodshot havia estado na Inglaterra antes, como parte de um intercâmbio de treinamento com as Forças Especiais do Reino Unido. Membros do SAS e do SBS o haviam buscado em Londres. Fora legal, mas suas recordações acerca da capital inglesa eram de uma cidade cinzenta e chuvosa. Não era o caso naquele dia – ao passo que descia pelas vias largas e cheias de folhas do Soho, deixando para trás os bares e cafés na calçada, fazia um dia bonito de verão. O Soho era um dos lugares onde ele havia bebido com os rapazes da UKSF, e ele sabia que os arredores podiam ficar bem hedonísticos e tensos, sobretudo tarde da noite. Naquele dia, porém, parecia apenas um bairro gentrificado na parte central da cidade, prazerosamente vibrante. Ele se pegou absurdamente preocupado com o fato de que, em Londres, Gina estaria longe demais do oceano. Como se ela pudesse se ressecar e ser soprada para longe, escorrendo por entre seus dedos tal qual poeira, uma sereia de algum conto de fadas distante.

Encontrou a casa dela, número 71 na Soho Terrace, logo depois de uma das famosas cabines telefônicas vermelhas britânicas. Era uma velha casa com varanda, pintada de branco, com cruzetas de madeira nas janelas do piso térreo e uma bandeirinha da Inglaterra flutuando nas de cima. Ele parou à frente das portas duplas de madeira maciça, hesitante. Era exatamente o tipo de lugar no qual Gina gostaria de viver em outra vida. Bloodshot mal podia esperar, era incapaz de conter a empolgação. Aquilo era o que fazia valer todo o sangue e a dor. Havia lutado uma guerra para chegar até ali. Mas houve um momento de hesitação quando ele ergueu a mão para apertar a campainha. Um táxi preto passou. Ele não conseguia nem encarar a ideia de que tudo fosse uma mentira, outra das piadas cruéis de Harting. A mão tremeu apenas um pouco quando ele tocou o botão.

Ela não o fez esperar muito.

Gina abriu a porta.

Ela parecia diferente, mais velha. Só alguns meses poderiam ter se passado, mas o luto causava tal efeito nas pessoas. Ela também usava o cabelo em um penteado diferente, e estava vestida de qualquer jeito, com um moletom verde que ele não conhecia, jeans e tênis. No passado, mesmo quando se vestia de modo casual, ela tendia a fazer certo esforço para se arrumar, por suas próprias razões. De novo, aquilo podia ser culpa do luto, ou talvez fossem as lembranças carinhosas que tinha dela, um efeito do pedestal em que a colocara. Houve um momento horrível em que Bloodshot começou a se perguntar o quanto de sua memória era implantada, falsa. Presumira que a maior parte era real, mas e se não fosse? Ele tentou aplacar o pânico. Ela estava ali, diante dele.

A expressão dela era de neutralidade fechada, de alguém abrindo a porta para um estranho. Aquilo doía. Então, ela o reconheceu.

– Ray?

Ele quase havia se esquecido de seu nome real.

– Gina.

Ele deu um passo adiante e a abraçou. Parecia errado, no entanto. Ela tentava se afastar. Era um abraço de amiga, não o abraço de uma esposa, de uma amante, de uma alma gêmea.

– O que você tá fazendo aqui? – perguntou ela.

– Gina, você não tem ideia das coisas pelas quais passei.

Por um instante, ele não sabia por onde começar. Tinha sido loucura demais. Era difícil demais de explicar. Não fazia sentido nem para ele, e ele tinha vivido aquilo.

– Bom, se eu bem te conheço, são coisas secretas.

Aquilo não estava se desenrolando do modo como ele imaginara. Ela parecia na defensiva de alguma maneira – mais surpresa em vê-lo do que aliviada, ou do que feliz.

– Isso mesmo. Coisas mais loucas do que o normal. Mas tô de novo em casa agora.

Ela só olhou para ele. Bloodshot sentiu as primeiras rachaduras. Havia algo errado ali, mas ele não queria reconhecer.

– Em casa? – perguntou ela.

– Isso – respondeu ele. – Tô de volta. – Aquilo não estava funcionando. – Com você. – *Por que não tá funcionando?*

Gina apenas o encarou, confusa, claramente incerta sobre a situação.

– O que foi? – perguntou ele. Podia sentir algo desmoronando dentro de si.

– Ray, qual é? A gente já superou isso.

Cair de cara depois de um mergulho de oito andares no hotel na Cidade do Cabo tinha doído menos.

Ele engoliu em seco e tentou manter a compostura. Depois de tudo o que havia feito para chegar ali, podia sentir as lágrimas acumulando-se atrás dos olhos.

– Como assim a gente já superou isso? Por quê? A gente se ama. – Ele estava quase implorando para que ela entendesse.

– A gente já se amou, mas a gente resolveu que ia ser melhor assim – disse ela. Aquilo não fazia sentido. Ela estava falando como se eles tivessem terminado, não como se ela pensasse que ele havia morrido. – O que tá acontecendo? Você tá bem?

– Mas eu voltei pra casa – ele falou. Ele não estava nem um pouco bem. – Eu sempre volto pra casa.

Ela o encarou com cuidado por um instante ou dois.

– Eu não queria que você voltasse pra casa. Eu queria que você ficasse em casa – disse ela.

Tinha sido a velha conversa. *Não, chama a coisa pelo nome certo*, pensou ele. *A velha discussão.* Ele queria dizer para Gina que aquilo era o que ele queria também. Era tudo o que ele queria, mas conseguia ouvir a fatalidade na voz dela.

– Mas… o Harting me disse que você tinha morrido, e eu…

– Do que você tá falando? Quem te disse que eu morri?

Ele podia ouvir algo na voz dela. Ela ainda se importava com ele. Mas, amor…?

Bloodshot se encostou na soleira da porta.

– Tinha esse médico… Ele colocou maquininhas no meu sangue. Bagunçou a minha memória. Você não sabe como foi difícil pra mim voltar até você. O quanto eu lutei pra achar você de novo.

Mesmo ali, enquanto falava as palavras, ele sabia que devia estar soando como uma pessoa louca. O ex-namorado mais louco de todos, aparecendo na porta dela com a história mais maluca. Dava para ver na expressão de Gina. Preocupação, e só um toquinho de medo, algo que ele esperava jamais provocar na vida dela. *Não, você só não queria ver o medo. Ela tinha medo toda vez que você partia. Toda vez que você voltava com uma cicatriz nova.* Ele sabia que uma pessoa só conseguia viver em constante estado de medo por um tempo determinado.

– Mamãe? – disse uma voz infantil.

Bloodshot fechou os olhos. *Claro que ela tem filhos, como sempre quis. Claro que ela vive sua nova vida em um bairro de uma parte rica de Londres, com sua nova família.*

Uma menininha linda e loira, com olhos iguaizinhos aos de Gina, andava curiosa na direção deles, atraída pela preocupação da mãe. Bloodshot apenas olhou para ela. Sentiu-se como se estivesse colapsando. Ele não tinha ninguém além de Gina.

— Daisy, vai pra dentro, chuchuzinha — Gina disse à filha.

Bloodshot observou a menina se afastar, olhando desconfiada por cima do ombro para o homem que chateava sua mamãe.

— Gina, quando foi a última vez que você me viu? — ele conseguiu dizer.

— Não sei. Foi ainda na época de San Diego — respondeu ela.

— Quando foi isso, Gina? — perguntou ele, soando muito mais calmo do que se sentia enquanto seu mundo desmoronava.

— Há uns cinco anos.

Ele a encarou. Com os olhos arregalados. Incapaz de processar o que tinha acabado de ouvir. Cambaleou para trás.

— Ray? — tentou Gina. Era óbvio que ela estava preocupada com ele, mas também que não queria chegar mais perto, não queria tocá-lo.

— Cinco anos…

— Mamãe, vem pra cá… — Ele ouviu Daisy dizer. Agora ele estava assustando a menina também.

— Só um segundinho, tá, chuchu? — confortou-a Gina antes de se virar de novo para ele. — Ray, você tá bem?

Ray deu um passo para trás e quase caiu na calçada de pedra. Sua âncora já era. O mundo para o qual achava estar voltando também já era, se é que um dia existira.

— Tem alguém que eu possa chamar? — perguntou Gina.

Ele sabia que não era a intenção dela, mas a pergunta parecia uma piada de mau gosto. Chamar quem? Os Motosserra? Harting?

— Mamãe, por favor… Mãe. Mãezinha. — A menina assustada estava cada vez mais insistente. Gina alternou o olhar entre Bloodshot e a filha dentro de casa, dividida.

– Daisy, por favor. Entra e vai brincar com o seu irmão – pediu ela, virando-se para olhar a menina.

Ele não podia mais aguentar.

—

Gina se virou para a rua, mas Ray havia ido embora.

Ela viu o filho de cinco anos pegando Daisy pela mão e a levando de volta para a sala.

CAPÍTULO 36

A NSA, a CIA e o FBI, todos tinham arquivos sobre os Gêmeos. Ela os havia estudado no voo de Kuala Lumpur com destino ao Aeroporto Internacional Guaraní. Manu Gonzalez e Gan Tae-Yung não eram, obviamente, gêmeos. Mas tinham ganhado o apelido porque, embora um deles fosse um paraguaio criado nos Estados Unidos e o outro fosse norte-coreano, eles eram surpreendentemente parecidos. Crescendo na Flórida, Gonzalez fora um programador de alto nível, que tinha cansado de trabalhar para outras pessoas e decidido voltar para sua terra natal. E o boato era de que Tae-Yung era um desertor da Sala 39 – a operação de crime organizado patrocinada pelo governo da Coreia do Norte. Ambos eram cruéis, bem protegidos, e peixes grandes no mundo do mercado paralelo de tecnologia agora que Baris estava fora do jogo. Aparentemente, tinham ficado longe da RST, provável razão pela qual o paranoico do Harting não mandara Bloodshot atrás deles.

– Não mandou ele, mas me mandou – disse KT para si mesma, sentada no avião que sobrevoava a névoa formada pelas maravilhosas Cataratas do Iguaçu antes de se inclinar na direção do sol e da neblina da cidade.

Cercado por fazendas e por florestas, o aglomerado urbano se espalhava lá embaixo, com os rios Paraná e Acaray correndo atrás dele como se fossem duas fitas azuis brilhando sob o sol.

—

O hotel era uma construção barroca pintada de ocre, que datava do século XIX e que estava coberta por algum tipo de trepadeira esquisita que KT desconhecia. Ficava na beira de um penhasco que dava para o rio Paraná. KT atravessou a ampla recepção simplesmente fazendo de conta que aquele era o seu lugar e que ela sabia aonde estava indo. A RST havia feito contato com um recurso local da CIA, explicando a presença de KT, e ele tinha dito que os Gêmeos poderiam ser encontrados reunidos com algumas pessoas em uma das salas de conferência no quinto andar do hotel.

Ela passou algum tempo analisando a área, acostumando-se com a planta do prédio antes de subir até o andar de cima.

—

Foram os seguranças dos próprios Gêmeos que finalmente a pararam. Eram homens corpulentos, em ternos volumosos, com um certo ar de propriedade que vinha do fato de terem a faca e o queijo na mão na hora de cometer atos de violência.

Ela caminhava por um corredor acarpetado na direção das portas duplas da sala de conferência que tinha a vista do rio, usada pelos Gêmeos para uma de suas reuniões, quando um dos guardas ergueu a mão diante do rosto dela.

– Perdão, senhorita, esse corredor tá fechado, a senhorita vai ter que ir pelo outro lado – disse ele. Ela não conseguia ignorar a sensação de que ele estava sendo polido apenas porque alguém tinha dito que ele deveria ser. Afinal, aquele era um hotel chique.

— Vim pra ver os Gêmeos — disse ela. Falhou ao tentar manter a expressão de descontentamento longe do rosto enquanto o media de cima a baixo.

— O que você quer com eles, mocinha? — perguntou o homem.

— Não é da sua conta — retrucou ela, deixando a irritação contaminar sua voz.

Ele sorriu como se estivesse se divertindo.

— E o que você quer comigo? — Ele jogou baixo. Mas era legal da parte dele se voluntariar para ser o alvo da lição.

— Só isso — disse ela, exibindo um dos bastões com uma jogada de pulso.

O homem hesitou, distraído pelo bastão, e isso era tudo o que ela queria. Ela deu uma joelhada na garganta dele. Ele cambaleou, já se engasgando. KT ergueu ainda mais a perna já levantada e chutou, chocando a sola da bota bem contra a ponte do nariz dele. O homem desfaleceu como uma árvore cortada. Os outros três guardas sacaram as pistolas e a cercaram. Ela ergueu as mãos.

— Ei, não vim pra bagunçar o coreto. Diz pros Gêmeos que o Harting me mandou. — Irritava-a mais ainda ter que falar o nome dele.

Os guardas se entreolharam, incertos sobre o que fazer. O que tivera a laringe esmagada estava esparramado no chão, imóvel. KT tinha quase certeza de que não o havia matado.

—

Menos de um minuto depois, ela estava diante dos Gêmeos. Era verdade, eles realmente eram muito parecidos. Tinham mais ou menos a mesma idade, cabelo preto liso e escorrido, maçãs e estrutura do rosto quase idênticas e os mesmos olhos escuros. Obviamente, estarem vestidos com blazers e gravatas combinando reforçava o efeito, mas fora o fato de um ser latino-americano e o outro ser asiático, ela podia mesmo ver de onde o apelido havia nascido. Estavam ambos sentados atrás de uma longa mesa, coberta por uma toalha branca impecável. Atrás deles, uma sacada dava para o rio. Havia mais guardas andando de um lado para o outro, alguns se servindo do café da manhã posto em mesas sobre cavaletes montados perto da parede. Tae-Yung bebericou sua xícara de café. Gonzalez se levantou, movendo-se até o batente das janelas francesas, com as cortinas etéreas soprando ao seu redor e as mãos atrás das costas. KT podia sentir o cheiro do rio.

— A gente não gosta de negociar com o Harting — anunciou Tae-Yung.

Ela ficou um pouco surpresa pela falta de delicadeza, ou mesmo de ameaças. Eram só negócios, aparentemente — ou, no caso de Harting, a falta de negócios.

Gonzalez se virou para olhar para ela.

— Porque ele é um controlador psicopata por quem, cedo ou tarde, todo mundo acaba sendo traído — acrescentou.

Tae-Yung fez um gesto de cabeça para concordar com seu "gêmeo" ao mesmo tempo que limpava o cantinho da boca em um guardanapo.

— Você não tá negociando com ele, tá negociando comigo — corrigiu KT.

Ambos suspiraram. Ela se questionou se por acaso eles precisavam treinar os maneirismos sincronizados. Era meio esquisito.

— A gente é muito ocupado — começou Tae-Yung. — E você nos interrompeu.

— Talvez você possa ir direto ao ponto — sugeriu Gonzalez.

— É o Wigans — disse KT. Aquilo era o mais "direto ao ponto" que ela podia ir.

Nenhum dos dois denunciou algo através da expressão.

– A gente não vai insultar a sua inteligência... – começou Tae-Yung.

– ... mentindo pra você. Mas temos uma reputação a zelar – continuou Gonzalez.

– Se a gente entregasse o Wigans pro Harting... – disse Tae-Yung.

– Pra mim – interveio KT.

Tae-Yung pareceu ferido pela interrupção.

– Ninguém mais ia confiar em nós – completou Gonzalez.

– E iam parar de fazer negócios com a gente – acrescentou Tae-Yung.

– Vocês sabem como Harting lida com decepções? – perguntou KT. Ela odiava soar como a porta-voz de Harting.

– Ah, não, senhorita Tor – começou Gonzalez, caminhando de um lado para o outro em frente às janelas francesas.

– Você estava indo tão bem – adicionou Tae-Yung.

– Fala do cenário de vingança sob medida de Harting? – perguntou Gonzalez.

– O fantasma dele? – seguiu Tae-Yung.

– Não – disseram eles ao mesmo tempo. A coordenação das falas era realmente incômoda.

– Não nos ameace – disse Gonzalez.

Os quitutes do café da manhã haviam sido deixados de lado, e agora os guardas na sala estavam prestando bastante atenção nela. Uma submetralhadora parruda surgiu nas mãos de um deles.

KT ficou tensa, observando Gonzalez com muita atenção.

– Quanto vocês querem? – perguntou ela.

Eles balançaram a cabeça simultaneamente.

– A gente já tem muito dinheiro – disse Tae-Yung.

– Existem outras coisas que são valiosas pra gente – acrescentou Gonzalez.

– Seu aparato de respiração, por exemplo – finalizou Tae-Yung.

Esse é exatamente o tipo de coisa que vai acabar causando uma visita do Bloodshot, pensou KT. Não importava, porém, porque Gonzalez tinha se movido exatamente para onde ela queria.

KT começou a correr. Os guardas sacaram as armas. O que portava a submetralhadora se preparou. KT saltou por cima da mesa. A submetralhadora começou a atirar. Tae-Yung mergulhou para longe da mesa enquanto as balas perfuravam a madeira. Os guardas sacaram as pistolas. KT atingiu Gonzalez, que estava muito surpreso, e o carregou através da sacada em meio a uma rajada de tiros.

Eles despencaram de uma altura de quatro andares, direto na piscina da varanda suspensa além do penhasco. Caíram na parte funda, que era a razão pela qual KT tinha esperado até que Gonzalez ficasse exatamente no lugar certo. O impacto da queda os carregou para o fundo da piscina. Quicaram nos azulejos. KT soltou Gonzalez; já podia ver as balas atingindo a piscina, formando redemoinhos na água. KT entendia a ciência balística de objetos em alta velocidade impactando um meio sete mil e oitenta vezes mais denso que o ar. As balas literalmente submergiam até o fundo, apenas.

Gonzalez tentava nadar em direção à beira da piscina. Ela o seguiu como se fosse um tubarão.

— Por que estão atirando? — Gonzalez gritava para os homens na sacada quando KT irrompeu na superfície ao lado dele. Ela podia ouvir os gritos vindos lá de cima. Parecia coreano, mas depois mudaram bruscamente para o espanhol.

— Cadê o Wigans? — exigiu saber.

— Você tá maluca?! — gritou ele, consideravelmente menos pomposo sem seu "gêmeo" e depois de um mergulho de uma altura de quatro andares. — Meus homens e as armas deles não evaporaram!

KT o agarrou e deu um chute na parede da piscina, mergulhando na direção de uma grade no fundo. Gonzalez se agitou de um lado para o outro, mas ela o estava segurando firme. Ele estava entre a mulher e o fundo da piscina. Dependendo do grau de pânico que sentisse, também estaria vendo as balas atingindo a água. Parecia que Tae-Yung não havia conseguido controlar completamente seus homens doidos para atirar. Ela ponderou se Gonzalez sabia tanto quanto ela sobre propriedades balísticas na água. Se não, imaginava que aquela chuva de balas perdidas pareceria bem assustadora.

Quando sentiu a resistência dele diminuir, ela o soltou. Ele se agitou pela água de novo. Quando ela o alcançou, na beirada da piscina, ele estava tossindo, totalmente esculhambado, com catarro escorrendo pelo rosto.

— O Wigans! — gritou ela.

Olhou ao redor. As poucas pessoas perto da piscina que não haviam fugido tinham corrido para se proteger quando os tiros começaram. Compreensivelmente, não demonstravam muito interesse em interferir. Mas o tiroteio havia parado. O que era bom por um lado, mas ruim por outro, pois...

— Você sabe que eles estão vindo pra cá, né? — perguntou Gonzalez.

— Acha que eles conseguem chegar antes de você se afogar? — perguntou ela, e o agarrou de novo.

— Escuta, eu não sei. A gente seguiu o melhor caminho pra manter um segredo: só demos os recursos que ele precisava pra se esconder, os seguranças... Esse tipo de coisa. A gente nem tem como entrar em contato com ele!

— Isso não serve pra mim — disse ela, e o empurrou para baixo d'água, segurando-o lá.

— Espera! — soltou ele em um dos breves momentos em que ela o deixou subir. — Eu sei onde ele vai estar!

— Chega de conversa fiada! Me diz agora, ou você vai morrer com os pulmões cheios de água de piscina, e eu vou tentar mais um pouco com o seu irmão.

Ele lhe contou tudo. Havia acabado de terminar quando os guardas irromperam do interior do hotel e correram na direção da área da piscina. KT se puxou pela borda e se levantou, correndo na direção da varanda virada para o precipício. Ouviu o som de tiros, sentiu as balas zunindo ao seu redor. Depois escutou os gritos dos hóspedes aterrorizados do hotel. Sentiu um impacto no músculo da coxa direita, mas não caiu. De repente, estava em um mergulho consideravelmente mais gracioso do que o outro, o da sacada da sala de conferência. O paredão de pedra passou como um *flash* ao lado dela enquanto o rio Paraná se apressava ao seu encontro.

Depois, mais balas se perderam pela água. Seu ferimento não era grave, mas ela não gostava nadinha do sangue que se esvaía dele. Tentou lembrar que tipo de predadores poderia atrair em um rio da América do Sul. Crocodilos – ou será que ali eram jacarés? Piranhas? Anacondas? Não tinha um peixinho cheio de espinhos que subia pela uretra?

CAPÍTULO 37

Bloodshot cambaleou para longe da casa de Gina, de sua família perfeita, de sua realidade perfeita e imperturbada por sua presença.

—

O Mustang conversível ano 1964 estacionado no asfalto quente da base aérea. Gina, em meio a um mormaço de calor, encostada contra o carro, parecendo uma pin-up *da década de 1960, linda sem fazer esforço.*

—

Ele se sentia um invasor, um corpo estranho, uma célula corrupta. Existia em um mundo de violência e insanidade. O mundo dela era um mundo de domesticidade e calma, a vida tranquila e pacífica que humanos adultos deveriam viver.

—

O sol cintilava dourado onde o céu encontrava o mar enquanto o Mustang acelerava pelo trecho quase vazio da estrada litorânea. A água do Pacífico apresentava uma coloração de metal líquido quando se chocava contra as pedras lá embaixo, mas Garrison não dava a mínima. Estava assistindo à esposa trocar as marchas do velho possante, manejando o câmbio como uma profissional, o vento cálido soprando seus cabelos.

—

Ele se sentiu enjoado, febril, o corpo cheio de melhorias coberto pelo suor frio. Uma voz no fundo de sua mente gritava: *O que você tem agora? O que você tem?*

Nada.

—

O suor cobria a pele de Garrison sob a luz acinzentada enquanto ele se deitava ao lado de Gina em meio aos lençóis bagunçados. Ele estava no limiar do sono depois de recuperar o fôlego, com a euforia do pós-sexo transformando-se em contentamento confortável. Sob a luz bruxuleante das velas, não conseguia pensar em um único lugar em que preferisse estar do que ali, deitado ao lado da esposa em um quarto de hotel.

—

O mundo girava ao seu redor. Os arredores do bairro europeu modorninho, cheio de cafés, bares e homens de coque onde se encontrava eram tão diferentes das próprias experiências de vida que ele poderia muito bem estar em outra simulação, outra viagem dentro da própria cabeça.

A vida dele era uma mentira.

—

Gina amarrada à cadeira no abatedouro. Aterrorizada, mas dizendo a Garrison com os olhos que o amava, mesmo enquanto Baris colocava uma pistola pneumática na cabeça dela.

—

Ele não era uma pessoa real. Era uma simulação inventada por Harting, construído a partir dos fragmentos de Ray Garrison.

—

O aço inoxidável da pistola pneumática contra a pele suave de Gina. Martin Axe lançando aquela expressão de desdém na direção dele, com prazer no rosto.

—

Ele era só uma plataforma de arma experimental. Uma arma com a memória de uma esposa morta implantada como gatilho.

—

Agora, um homem chinês mais velho e anônimo segurava a pistola pneumática contra a cabeça da esposa dele.

—

Ex-esposa. Gina não o amava mais. Tinha esperado tempo demais e recebido muito pouco em troca.

Quem Ray Garrison era mesmo?

O estalo hidráulico da pistola pneumática. O ruído do aço encontrando o crânio. O jato de sangue.

—

Não havia Ray Garrison.

—

Só havia Bloodshot.

—

A faca esguia de policarbonato, de alta tecnologia e lâmina preta, atravessou a pele de Bloodshot. A lâmina desapareceu dentro da carne com pouca resistência. Ele atingiu o chão com força, sofrendo espasmos como se estivesse tendo uma convulsão. As veias escureceram e os músculos se retorceram enquanto a carne atrofiava, enquanto os nanites em seu sangue eram hackeados pela carga da faca.

Tibbs saiu do beco escuro que ladeava a casa de Gina, olhando desapaixonadamente para sua presa. Aquele era o problema com Dalton. Tudo para ele era performance. O cara era louco por glória, mesmo que a glória fosse apenas a aprovação do mestre. Às vezes, só era preciso ir até lá, fazer o trabalho e vazar. Sem escândalo, sem bagunça.

— Acabei com ele — avisou Tibbs, falando no microfone embutido. — Você deve receber o sinal na contagem de três.

CAPÍTULO 38

Harting não conseguia evitar o sorriso. Mais um pouquinho e sua criação o desafiaria. O médico estava sentado no centro de operações com um Eric nervoso a seu lado. Estavam banhados pela luz artificial dos computadores. O monitor central piscou, voltando à vida, recebendo as informações da faca antinanite. A tela mostrou os sinais vitais sofridos de Bloodshot, além do diagnóstico vindo da tecnologia que ele tinha no corpo enquanto os nanites lutavam uma batalha perdida contra a carga invasora da faca.

— E aqui vamos nós. Desliga ele — disse Harting aos técnicos.

Ele teria de decidir o que dava ou não para salvar, e se isso incluiria o saco de ossos e o *hard drive* defeituoso que costumava ser Ray Garrison. Aquilo não era Pinóquio, ele não precisava do seu boneco descobrindo que, no fim das contas, não era um menino de verdade.

—

Tibbs olhou para baixo, para o pequeno transmissor no punho da faca antinanite que se abriu como uma flor de alta tecnologia. Uma pequena tela de LCD mostrava uma contagem regressiva. Três. Dois. Um. Bloodshot se retorceu, a coluna arqueada. Parecia estar tendo uma convulsão, não fosse o relâmpago azul que corria por sob sua pele. Então, Bloodshot ficou imóvel, completamente imóvel. Seus olhos se reviraram ao passo que suas veias e músculos voltavam lentamente ao normal, com a atrofia aparentemente desaparecendo.

O atirador de elite se aproximou dele, parando bem ao lado da vítima, satisfeito com o fato de que Bloodshot havia enfim beijado a lona.

CAPÍTULO 39

Chovia, e muito. Bueiros transbordavam, o vapor emergia das grades. KT se apoiou contra um pilar de concreto. A bala tinha acertado sua perna apenas de raspão. Doía, mas não afetava os movimentos. Ela fechou o zíper de sua jaqueta branca, canelada e com gola alta o suficiente para cobrir o implante de respiração. De um dos lados da rua, havia um depósito em forma de silo, e do outro uma série de prédios comerciais caindo aos pedaços. De acordo com Gonzalez, Wigans estaria ali para fazer uma reunião com os chineses, a fim de discutir a possibilidade de eles lhe providenciarem refúgio e financiamento. KT não tinha nada pessoal contra Wigans, mas não gostava da ideia de um cara como aquele trabalhando com uma nação adversária.

KT derrubou algo próximo ao bueiro cheio de vapor quando viu a porta traseira do depósito abrindo. Colocou um cigarro entre os lábios e começou a vasculhar os bolsos da jaqueta. Wigans, acompanhado por três guarda-costas, saiu na chuva abundante. O *geek* das tecnologias usava touca, blusa de lã com uma estampa ridícula e calças listradas que não fariam feio se fossem usadas por um palhaço de circo.

Wigans e seus seguranças desceram a rua na direção dela. KT tinha parado entre a entrada do depósito e as duas Mercedes Classe G que, segundo a observação anterior que havia feito de Wigans, eles usavam. Ela o viu notá-la, mas baixou os olhos. *É isso*, pensou KT, *sou só uma garotinha, de jeito nenhum uma ameaça*. Os seguranças mal olharam em sua direção.

– Licença, moço. Tem um isqueiro? – perguntou KT quando eles passaram por ela. Se a segurança fosse boa, apenas a empurrariam para longe, ignorando-a, e ela teria de recorrer ao plano B.

Mas a segurança não era boa.

Wigans parou. Os três guardas não pareceram nada satisfeitos, mas assumiram suas posições para vigiar a rua. Olhavam para tudo, menos para a donzela em perigo que precisava de um isqueiro.

– Se me permite… – disse Wigans. Tirou um isqueiro do bolso e fez uma concha com a outra mão para acender o cigarro.

KT inalou profundamente, e o aparato de respiração implantado em seu pescoço filtrou todos os venenos da fumaça cancerígena. Ela sorriu. Wigans sorriu de volta. Ela suspeitou de que ele não costumava receber muita atenção das mulheres. KT soprou a fumaça nele. Wigans piscou. Ela podia vê-lo tentando pagar uma de legalzão. Depois ele tossiu, e passou a respirar menos profundamente.

– É, isso não faz bem – atestou ela.

Os olhos de Wigans se reviraram, seus joelhos se dobraram e ele caiu perto do bueiro, bem ao lado da granada de gás. Nem Wigans nem os seguranças haviam notado a granada de vapor de halotano misturada ao vapor que já saía do bueiro. Ela deu uma piscadinha quando ele desmaiou.

Os guardas começaram a se mexer.

KT enfiou o cigarro dentro do olho do primeiro, distraindo-o em uma explosão de faíscas. *Habitozinho nojento*, pensou. Ele se encolheu, cobrindo o olho com a mão, mas foi tarde demais. Houve um clique metálico quando ela estendeu o bastão acionado por molas. Atingiu o joelho do primeiro guarda, que gritou e caiu sobre a junta então quebrada. Depois o acertou no rosto com o golpe seguinte, quebrando seu maxilar e fazendo a cabeça girar no pescoço. Ele caiu no chão com força, o rosto enfiado no bueiro. KT se pegou desejando, vagamente, que ele não se afogasse.

O segundo segurança disparou na direção dela, que deu uma volta, saindo do caminho dele, girando o bastão para trás a fim de atingi-lo no calcanhar. O bastão se quebrou e o desequilibrou. Ele voou pelo ar antes de se arrebentar de cara na rua. KT ficou um pouco surpresa de vê-lo tentando se levantar. Atingiu-o na nuca com força o suficiente para rachar o crânio. Ele caiu estatelado no chão.

O terceiro guarda chegou até ela disparando ganchos a torto e a direito. Eram lentos, mas pareciam poderosos o suficiente para arrancar sua cabeça caso algum deles chegasse a acertar. O chute no peito a pegou de surpresa, porém. Ela caiu no chão, mas rolou para trás até ficar de pé em um movimento suave. O guarda a havia seguido até o vapor de halotano. Os socos dele ficaram cada vez mais descontrolados, fáceis de evitar. Ela desviou de um deles e empurrou o braço do homem, fazendo-o rodar no lugar. Ele cambaleou, tropeçando como um boxeador bêbado de tanta porrada. Ela agarrou o braço, usando-o para se içar até em cima e envolver o pescoço dele com as pernas, e enfim o jogou no chão. A tesoura dela o estrangulou até que o sangue fosse drenado de seu rosto e ele caísse desmaiado.

KT se levantou e observou o guarda.

– Lamentável – murmurou.

Estava precisando de um exerciciozinho. Ela obviamente estava com certa agressividade reprimida, mas a segurança de Wigans não havia imposto o desafio que procurava.

Ela se abaixou e agarrou Wigans pelo colarinho. Arrancou-o de sob um dos guardas desacordados e começou a arrastá-lo pela rua.

CAPÍTULO 40

Bloodshot estava de pé em um quarto branco, sem janelas nem portas. Estava descalço, mas trajava calças brancas e uma camiseta do tipo encontrado em alas psiquiátricas. Só por um instante, imaginou se era maluco, se toda a insanidade envolvendo ciborgues e nanites era só ilusão. O resultado de muito tempo no campo de batalha. Operativos raramente falavam sobre o assunto, mas todos sabiam, lá no fundo, que o corpo e a mente tinham limites. Com frequência demais eles trabalhavam muito perto desses limites, e só dava para fazer aquele tipo de coisa por pouco tempo antes de algo quebrar. O único problema com a ideia de tudo ser ilusão era descobrir de onde todos os detalhes haviam vindo. Ele entendia da tecnologia aplicada a seu trabalho, mas a RST era coisa de ficção científica.

– Garrison.

Bloodshot se virou. Harting estava ali. Ele odiou o fato de o médico ter usado seu nome real. Soava obsceno de alguma maneira, depois de tudo que ele tinha passado. Dos joguinhos que o médico fizera com sua memória, da tortura de ver a esposa ser assassinada várias vezes.

Só que ela não é mais a sua esposa.

— Você fez isso — soltou Bloodshot.

E então correu na direção de Harting. Mas passou direto por ele, quase perdendo o equilíbrio no processo. Harting era um fantasma.

— Você tá dentro da sua própria cabeça — esclareceu Harting devagar. Claro que estava.

— Que merda é essa? — exigiu saber Bloodshot.

—

Harting estava sentado no meio de uma série de câmeras planejadas para captar imagens em trezentos e sessenta graus de seu corpo. O registro era então digitalizado e projetado no boneco mental e virtual que os microprocessadores dos nanites de Bloodshot, agora escravizados, haviam criado. As telas ao redor mostravam o retorno para Harting, uma sala de espelhos tecnológica.

— Um espaço neural onde podemos conversar a sós. — Harting parecia estar falando sozinho com o laboratório vazio, mas, no "espaço neural", Bloodshot era capaz de vê-lo e ouvi-lo.

—

Bloodshot chacoalhou a cabeça, avançando em Harting como um animal selvagem. Todo o seu treinamento e cada parte de seus instintos procuravam por uma fraqueza — alguma coisa, qualquer coisa, que pudesse usar.

— Nossa, que sorte a sua — grunhiu.

A imagem de Harting franziu os lábios.

— Calma, deixa eu facilitar, vou ajudar você a ver a situação sob a minha perspectiva.

Harting digitou algo na tela do braço mecânico.

As paredes brancas do não quarto se desfizeram ao passo que figuras geométricas parecidas com bloquinhos de montar apareceram e explodiram, empilhando-se para formar um rascunho digital. O chão cedeu, esticando-se e delineando novas formas. A geometria primitiva foi ficando mais refinada, mais detalhada, foi ganhando mais resolução enquanto se transformava em barcos, banquinhas de feira, casas de praia, hotéis e restaurantes exóticos. Tudo era tão estranhamente familiar quanto a sensação de que nada na vida de Bloodshot era real. Cordilheiras se ergueram no horizonte como vídeos acelerados de um crescimento fúngico. Água começou a inundar o espaço, e o mundo ficou texturizado, detalhado, cheio de luzes e sombras, até que Bloodshot estivesse diante de um píer de pesca na cidadezinha costeira da Califórnia que visitara com Gina logo depois do trabalho em Mombaça. Mas agora parecia que não visitara o lugar de verdade – o que explicava por que não sabia, ou não se lembrava, do nome da cidade.

A cena inteira estava perfeitamente imóvel, nada nem ninguém se movia. Era como estar em uma foto. As pessoas trabalhando nas barracas, os outros visitantes, as crianças brincando, as ondas do oceano – tudo estava congelado, até as gaivotas no ar. Harting tocou de novo a tela do braço prostético e, como se fosse um deus, soprou vida dentro daquele mundo. Bloodshot escutou as ondas batendo na praia, as gaivotas voando, sentiu a brisa contra a pele. A verossimilhança era quase perfeita. Seus sentidos eram incapazes de diferenciar aquele lugar do mundo real.

– Tudo isto é pra você – disse Harting. Ele quase soava como se achasse que Bloodshot deveria ser grato. Afinal de contas, não é todo mundo que ganha seu próprio mundo customizado.

– Você me usava. Pra matar.

E era isso que ele não entendia. O trabalho como operativo era praticamente o mesmo. Ele caçava os caras maus. Pessoas que ameaçavam o estilo de vida deles. Harting só precisaria fazer aquele circo todo se quisesse que Bloodshot matasse as pessoas erradas. Pessoas que não necessariamente mereciam. Se bem que, pelo que havia visto de Axe e Baris, eles não eram nenhum anjo. Então por que fazer aquilo tudo? *A menos que Harting goste de brincar de Deus.*

— Isso. Você é bom demais nisso — falou Harting.

A presença dele ali, naquele lugar, era uma violação às memórias a respeito de Gina, por mais falsas que elas se provassem ser.

— Você me fez pensar que eles mataram minha esposa. — *Só que eu já era bom em matar antes disso*, pensou. Embora bem menos motivado.

— Vingança é uma parte importante da alquimia do seu personagem — explicou Harting.

Aquilo fazia certo sentido. Ele tinha sido um dos que haviam se alistado nas Forças Armadas logo depois do Onze de Setembro. Um soldado na guerra contra o terror. Embora agora se perguntasse se aquilo tinha mesmo acontecido, ou se era só mais uma programação. Será que ele era mesmo uma folha em branco, uma máquina criada do zero? Será que os outros seres humanos se sentiam daquele jeito? No fim, não havia base para comparação. A arma que era Bloodshot era tudo o que ele havia sido, afinal de contas?

— Quem sou eu? – exigiu saber Bloodshot. – Cadê a minha família?

— A razão do sucesso desse projeto é, em parte, devida ao fato de que muito do que eu falei pra você é verdade — explicou Harting.

Apesar dos pesares, Bloodshot estava pateticamente grato por algum relance de sua identidade real, por algo verdadeiro. Mas aquilo só o deixou mais furioso. Harting brincando de Deus de novo. Dosando a realidade verdadeira a conta-gotas. Bloodshot queria matá-lo tanto quanto, se não mais, quisera matar Baris e Axe. Pegou-se questionando se aquilo era só mais um truque, outra peça de simulação.

— Seu corpo foi doado pelos militares porque nenhum familiar o reclamou — continuou Harting. — A guerra era a sua droga, Ray. Você a amava.

– Bom, então, as coisas mudam – retrucou Bloodshot, bem na defensiva.

De algum modo, sabia que era verdade. Aquilo era real. Era a razão pela qual Gina o havia deixado – porque, lá no fundo, lutar em sua guerra, sentir tal emoção e estar no olho do furacão era mais importante para ele do que ela.

– Claro. Coisas como o clima. As estações. Mas sabe o que não muda? – perguntou Harting. Bloodshot não tinha certeza se gostaria de saber a resposta para aquela pergunta retórica. – Caras como você. Você gosta de viver dentro da sua caixinha, Ray. Você gosta da estrutura... Você precisa da estrutura.

– Não me diz do que eu preciso – disparou Bloodshot.

De certa forma, estava aliviado porque Harting não tinha dito que ele gostava da matança. Não queria examinar o pensamento perto demais.

– Não tem mais nada pra você lá fora. Quer saber onde você brilha? – perguntou Harting. Era outra questão cuja resposta Bloodshot não queria ouvir. – O lugar em que você sempre é a sua melhor versão? – continuou Harting, e lá no fundo Bloodshot sabia a resposta, mas não queria reconhecer. – Comigo. Aqui. Neste mundo que construí pra você.

Bloodshot o encarou, tentando desesperadamente suprimir a tentação pelo que Harting oferecia.

– Não é real... – conseguiu verbalizar.

Harting sorriu, como se soubesse que o tinha nas mãos.

– Você resgata o refém. Passa a noite com a mulher que te ama. E acorda em um novo corpo, com um propósito claro.

Bloodshot se pôs a andar de um lado para o outro, tentando processar a informação. Harting estava certo. Bloodshot sabia que ele estava certo. Servia aos dois Ray Garrison: ao marido amoroso, à pessoa normal que ele... *fingia que queria ser?* E ao guerreiro honesto que precisava de uma razão (*uma desculpa?*) para guerrear.

Só havia um problema.

Só um probleminha.

Livre-arbítrio.

Bloodshot parou de andar e virou-se para olhar Harting. Avançou na direção dele até encará-lo de frente.

– Chega. Tô cansado disso. Tô cansado de você – disse Bloodshot. Ele saberia se não fosse real. Saberia caso só estivesse se deixando levar pela maré.

Harting soltou um suspiro cansado. Um pai decepcionado com o filho. Um deus exasperado com a sua criação.

– Eu não estava pedindo – respondeu para Bloodshot.

Ele ergueu a mão. Brotando aparentemente do nada, um controle remoto apareceu. Harting apertou um botão.

–

E Bloodshot acordou para a gélida realidade da sala de ressurreição. Gritou quando as lâminas entraram em sua carne, procurando as artérias vitais, e as máquinas vampíricas sugaram o sangue rico em tecnologia da carcaça que era o seu corpo.

CAPÍTULO 41

Wigans acordou com uma dor de cabeça horrorosa e o entendimento de que estava em um avião.

– Então… Ai – reclamou ele, abrindo os olhos.

Ficou positivamente surpreso ao descobrir que o avião em questão era um modelo executivo confortável, e que ele não tinha sido amarrado, algemado ou preso de um jeito ou de outro. A mulher que o havia drogado estava sentada no banco à sua frente. Era muito bonita, mas o Wigans de depois da intoxicação por gás se sentia bem menos afável do que o Wigans de antes da intoxicação por gás, aquele que oferecera um isqueiro para ela.

– Você é… – começou ele.

Ela colocou um dedo sobre os lábios, e ele ficou quieto, o que era incomum. Gostava de falar quando estava nervoso, e estava positivamente assustado no momento. O silêncio se estendeu até que ele não mais fosse capaz de suportar.

– E os meus seguranças? – soltou. – Porque, sabe, por mais que fossem uns estrupícios, eles eram bem gente boa. Quer dizer, você não espera que gente daquela laia se dê bem com pessoas como eu, mas...

— Estão vivos — interrompeu ela.

A mulher colocou algum tipo de aparelho na mesa entre os dois. Ele não reconheceu o dispositivo de imediato, mas um pouco de raciocínio e extrapolação sugeriram se tratar de algum tipo de gerador de ruído branco de alta frequência.

— Estão ouvindo a gente? — perguntou ele.

Ela o olhou, mas não respondeu.

— Porque, assim, se estiverem ouvindo a gente no avião que você tá usando pra transportar um prisioneiro, e se o avião pertence aos seus empregadores... Por que você não ia querer seus empregadores ouvindo?

Ela continuou sem se pronunciar. Em vez disso, puxou a gola da blusa um pouco para baixo, e Wigans pôde ver o implante violando sua pele. A julgar pela localização, imaginou que fosse um tipo de aparato de respiração, o que explicava como ela havia conseguido não ser afetada pelo — ele agora presumia — vapor de halotano. A sofisticação do implante também significava que ele sabia para quem ela trabalhava. Foi quando ficou com medo de verdade.

— Você trabalha pra RST, não? — perguntou Wigans. Ela tinha aberto uma tampinha no implante e conectado um plugue nele. O cabo ia do plugue a um tablet barato, meio detonado, presumivelmente comprado nas ruas de Ciudad del Este. — Você é uma das criações do Harting, não é? — A pergunta capturou a atenção dela, que lhe dirigiu um olhar afiado. — Olha, não quero te ofender, mas isso meio que aconteceu do nada, e não tenho qualquer intenção de brincar dessa coisa de algema tecnológica...

— Wigans — KT tentou interromper, mas ele só estava começando.

— Quer dizer, talvez brincar com outras algemas, dependendo das circunstâncias, se for a pessoa certa, no ambiente certo... Quer dizer, você gosta de... Não, não, esquece que eu perguntei isso. Tipo, não tô dando em cima de você. Quer dizer, não é que você não seja… Olha, isso não é assédio no ambiente de trabalho… Não que eu pudesse, porque, tipo, você arregaçou todo mundo. Eu literalmente não ia poder parar você porque tô aterrorizado e não quero ser escravo do Harting – ele terminou, um tanto amuado.

Ela digitava no tablet.

– Acabou? – perguntou ela.

– Olha, entendo que a sua pergunta não é um convite pra eu falar mais, mas o que você precisa entender, o que precisa *saber* é que ele é um monstro.

– Eu sei – disse ela. Então ergueu o tablet para que ele pudesse ver a tela. As palavras "acesso negado" estavam estampadas nela. – Será que você pode me ajudar?

Wigans olhou para a tela e depois para a mulher.

– E se eu ajudar? – perguntou ele.

– Vou queimar essa merda – replicou ela. – Isso tudo.

Wigans se esforçou para manter a boca fechada enquanto ponderava a informação.

– Então isso é uma negociação? – perguntou ele.

– Acho que sim – disse ela –, se bem que, se você não puder me ajudar, aí vou ter que entregar você pra ele.

– Não quero isso – murmurou, mais para si mesmo do que para ela.

– E o que você quer? – ela perguntou.

Era uma pergunta que não lhe faziam havia muito tempo. Seus empregadores mais recentes tinham se preocupado principalmente com o que eles próprios queriam – era como se o vissem apenas como um servo tecnológico, um peão. Apesar da velocidade de sua mente, mesmo sem o uso de drogas, ele precisou de um instante ou dois para juntar a resposta.

– Quero estar por aqui quando acontecer – concluiu, enfim.

A mulher só concordou com a cabeça.

CAPÍTULO 42

Dalton estava esperando por ela quando a porta do elevador se abriu para o *lobby* minimalista e corporativo da RST. KT saiu do elevador com a mochila pendurada no ombro. Dalton estampava um sorriso maníaco no rosto. Aquilo tendia a significar que alguém, em algum lugar, estava sofrendo.

— Bem a tempo de ver seu namoradinho — anunciou ele.

KT murchou, sentindo o coração apertar. O sorriso de Dalton apenas se alargou. Ela gostaria bastante de poder arrancá-lo daquele rosto na base da porrada.

— Ele tá de volta? — perguntou em vez disso.

— Na mesa agorinha mesmo — falou ele.

Aquela era a parte preferida de Dalton no ciclo de Bloodshot. Denunciava como ele era doente. Era uma pena que ele tivesse sobrevivido à ocasião em que Bloodshot o atirou do telhado de um hotel.

Ela se afastou do ex-SEAL.

—

KT entrou no centro médico e observou o corpo agora sem sangue de Bloodshot, estirado na mesa da sala de ressurreição.

— Acorda ele de novo — disse KT para Harting. O médico estava trabalhando em seu computador, monitorando o processo.

— Por quê? — ele perguntou, a voz um pouco alterada.

Eric e os demais técnicos e técnicas baixaram a cabeça, desesperados para não serem notados enquanto retomavam suas tarefas. KT entendia; todas as pessoas que trabalhavam na RST sabiam que Harting não gostava de ser desafiado, e sabiam o que acontecia a quem tentava fazê-lo.

— Você sabe o porquê — respondeu KT, cruzando os braços, determinada a não ceder.

— O que não sei é o porquê de a gente continuar falando a respeito. — Harting bateu em mais algumas teclas, terminando o processo atual antes de se mover pelo centro até onde ela estava. O médico ergueu os olhos em busca de encará-la, o semblante cheio de ameaças. — Eu trouxe um homem de volta da morte, KT. Você parece se esquecer disso às vezes. — Ficou claro que ele estava curtindo o próprio complexo de Deus mais do que o normal naquele dia. Parecia pensar que, como havia trazido Ray Garrison da morte, era o dono de Bloodshot. Ele olhou descaradamente para o implante dela. — Parece que você esquece um monte de coisas — acrescentou antes de se virar de novo para os monitores. — Então, sim, pode ser que algum dia ele possa escolher fazer diferente. Se servir para um bem maior. Até lá, vamos continuar seguindo o roteiro.

KT apenas o encarou com o rosto sem expressão.

Harting digitou mais alguns códigos antes de voltar a olhá-la.

— Hora do quarto — ele ordenou a ela.

Ela o encarou por mais um instante ou dois. Ele não baixou os olhos. Sabia que o médico estava esperando que ela cedesse. Que, no mundo dele, Harting ganharia qualquer desafio porque tinha todas as peças, todo o poder.

KT desviou o olhar primeiro.

Harting voltou a mirar o próprio monitor, aparentemente satisfeito.

Mas, enquanto KT deixava o centro médico, sabia que era hora de queimar o império de Harting.

CAPÍTULO 43

Harting encarou a imagem ampliada do rosto pálido e sem vida de Bloodshot exibida em seu monitor.

– Iniciar a sequência – disse para os ocupantes da sala.

Ainda era empolgante. Toda vez. Criar uma centelha de vida a partir de matéria morta.

—

Garrison estava casualmente encostado contra a parede do beco. Estava escondido pelas sombras profundas, vendo um vira-lata trotar por entre as poças formadas pela chuva da noite anterior.

Estava cobrindo uma porta na parede de um cortiço decadente de dois andares, que ficava do outro lado do beco onde ele se escondia. O chão do lado externo da porta estava pontilhado de bitucas de cigarro. Sabia que era só uma questão de tempo até que um dos tangos, o código usado para designar os alvos, precisasse fumar um cigarrinho.

—

Harting conferiu outra tela. A inscrição mostrava que a sequência estava doze por cento completa.

A genialidade da coisa não era apenas a ciência de fazer os mortos serem funcionais de novo. Era o controle do ambiente da plataforma Bloodshot. Ele afiava o homem que um dia havia sido Ray Garrison, da mesma maneira que os mestres artífices do Japão feudal tinham um dia afiado suas espadas quase perfeitas.

—

Garrison tirou uma granada de atordoamento de um dos bolsos do colete tático. Puxou o pino e liberou a alavanca, mas a manteve na mão. Deixou a granada cozinhando enquanto ele contava. No último instante, atirou-a pelo buraco que o tiroteio descontrolado havia aberto na porta. A granada detonou em pleno ar, e a luz fosforescente vazou pelas pálpebras fechadas de Garrison enquanto o estrondo esmagador o ensurdecia temporariamente. Depois de um mínimo instante para se recuperar, Garrison deu a volta e avançou pela porta perfurada, novamente com a M4 no ombro.

Uma rápida análise situacional: estava em um tipo de depósito espaçoso, com cadeiras dobráveis espalhadas ao redor de um tonel onde provavelmente eles acendiam uma fogueira para se protegerem contra a friagem das noites africanas. O sol do comecinho da manhã vazava pelas claraboias, iluminando grãos de poeira que flutuavam no ar e os dois atiradores atordoados cambaleando de um lado para o outro, seus fuzis de assalto sem munição.

O coice da M4, que fazia a coronha dobrável da arma se chocar contra seu ombro, era reconfortante de algum modo. Ray precisou apenas de duas rajadas eficientes, os lampejos do quebra-chamas iluminando o depósito, e as balas atingiram o centro de massa dos atiradores. Ele prosseguiu, passando por cima dos cadáveres.

—

KT entrou a passos largos no cubículo destinado ao laboratório de processamento de imagens, anexo ao laboratório principal. Fechou a porta e a trancou atrás de si. Virou-se para contemplar a hélice complexa de câmeras e os monitores que as cercavam. Era o aparato que Harting usava para invadir a mente de Bloodshot. Ela largou a mala de equipamentos no chão.

—

No centro médico, Harting conferiu de novo o progresso. Vinte e dois por cento.

O médico sabia que haviam tido problemas no caminho, mas fazer ciência não era um processo exato e preciso como as pessoas imaginavam ser. Sempre havia um elemento de tentativa e erro. Sim, Bloodshot tinha passado por aquele processo algumas vezes, mas era para isso que contingências serviam — e, até o momento, as contingências haviam dado conta direitinho.

—

No corredor do segundo andar, uma AK-47 empunhada de qualquer jeito apareceu através de uma porta próxima, e um terceiro atirador disparou sem olhar, enchendo o ar de balas. Garrison não retrocedeu à medida que os buracos surgiam nas paredes à sua volta. Um disparo perdido o atingiu no ombro. Ele gemeu de dor e fez uma careta, mas era um tiro limpo, só na carne — ele sabia a diferença. Amadores imprevisíveis, *pensou, reprimindo a dor. Conseguiu um bom ângulo do atacante, apertou o gatilho e, em mais uma rajada de três tiros, outro corpo caiu no chão.*

Movendo-se rápido — com as pernas dobradas e garantindo um apoio estável para a arma enquanto tentava ignorar a dor no ombro, com o sangue pingando pelo peitoral da armadura —, Garrison fez a curva no corredor e entrou em um apartamento maltrapilho. Réstias de luz passavam pelos buracos da janela fechada por tábuas, revelando tinta descascada e reboco, blocos de concreto expostos e uma mulher parada no centro do cômodo. Desarmada, sem reféns. Ela tinha cabelos e olhos escuros e um corpo atlético. Ele havia convivido o bastante com operativos da Marinha para reconhecer o corpo de uma nadadora. Ela possuía algum tipo de aparato fundido à pele do pescoço. Garrison ergueu a carabina M4A1 *em sua direção. O corpo dela tremulou. Era como as interferências nas* TVs *antigas de tubo. Ou como se ela não estivesse totalmente manifestada naquela realidade.*

Ele ficou surpreso. Não tinha dúvidas quanto àquilo, mas ainda era profissional o suficiente para conferir o restante dos arredores.

— Alpha One... — disse ele no rádio tático.

— Ninguém vai vir, Ray — falou a mulher. Ela era claramente norte-americana.

— Como você sabe meu nome? — perguntou. Aquilo não era bom. Se ela fosse do mal, saber o nome dele significava que ela poderia chegar até Gina, e ele não podia permitir isso.

— Porque a gente se conhece. Porque andei mentindo pra você. Mas não consigo mais fazer isso.

E, por mais estranho que parecesse, algo no que ela disse soava verdadeiro.

—

KT estava sozinha no meio da hélice de câmeras. Os monitores estavam ligados, mostrando a imagem dela projetada no apartamento detonado de Mombaça, conversando com Ray Garrison. Ela apertou o controle remoto que tinha nas mãos.

—

No centro médico, alarmes começavam a soar. Harting alternou janelas em seu monitor, conferindo a biometria de Bloodshot; os sinais vitais estavam disparando massivamente.

— Mas que merda tá acontecendo lá? — exigiu saber.

Olhou pelo chão de vidro do centro médico, mas Bloodshot ainda parecia só um cadáver. Sua expressão morta e neutra não denunciava nada.

— As ondas cerebrais dele estão tendo um siricutico — disse Eric, de seu computador.

—

As paredes do apartamento se retorceram, oscilando como alguém sofrendo espasmos. Garrison tentou manter o olhar na mulher fantasma. Tentou suprimir o pânico crescente ao enfim se deparar com uma situação que mal podia entender, quanto mais lidar.

— Ray, eu sinto muito — falou a mulher.

— Eu te conheço...? — perguntou, só para dizer alguma coisa.

Ele se aproximou dela, embora não tivesse a menor ideia do que estava acontecendo.

—

No centro médico, um alarme — um com som muito específico — disparou acima da cacofonia de todos os outros alertas que soavam. Eric se virou para olhar o monitor que exibia as informações de diagnóstico da simulação.

— Alguém tá alterando a simulação — afirmou ele, relutante.

Harting se virou para observar a mesma tela, e depois conferiu as informações no próprio computador.

— Mas como isso...? — começou, e então caiu em si. — KT. — Ele se virou para uma das técnicas. — Chama o Tibbs e o Dalton até o Comando — disparou, marchando em direção à porta. — Fala pra irem armados! — acrescentou. E por fim apontou para o corpo inerte de Bloodshot na sala de ressurreição abaixo deles. — E desliga ele! — completou, enquanto sentia o controle do qual se gabava tanto indo embora.

—

Garrison estava a centímetros da mulher. Não estava tentando intimidá-la ou invadir seu espaço pessoal. Não havia nada parecido com medo em seu olhar, apesar de ele estar portando armas e armaduras de guerra. De alguma maneira, aquilo parecia certo, se não normal. Um pensamento começava a abrir caminho pelo tecido danificado de seu cérebro. Reconhecimento.

— KT? — perguntou.

— Isso — respondeu ela.

Ele podia ouvir alguém batendo em uma porta à distância.

— KT! Abre a porta!

Era a voz de um homem. Ele soava nervoso. Vinha do mundo dela. Ele também reconhecia a voz do homem. Um nome lhe ocorreu: Harting. Garrison tinha quase certeza de que não gostava do tal Harting. Não gostava dele nem um pouco.

— O que você tá fazendo aqui? — perguntou Bloodshot a KT.

Era estranho demais. Ele ainda podia sentir a umidade na pele, sentir o cheiro do beco lá fora, enxergar os três corpos que havia deixado para trás.

Notou que KT segurava algum tipo de controle remoto.

— Deixando você fazer uma escolha de verdade — anunciou ela. E apertou o botão no controle remoto.

Tudo o atingiu ao mesmo tempo: a sensação de acordar da morte, a lembrança de KT, da RST, dos laboratórios, do centro de comando, do assassinato da esposa, dos acessos de violência, de Baris, de Axe, de todos os outros que havia matado — todos giravam ao redor dele como um exército de fantasmas. Tudo voltou em uma única onda. Todos os lapsos violentos de atividade, o tempo que passou consciente, e então Gina dizendo que não o tinha visto por cinco anos. Os filhos dela, e com isso a compreensão de que nada que ele conhecia era real. E, no meio daquilo tudo, como uma aranha com rosto humano tecendo uma teia de mentiras, rei do próprio reino de conversa fiada, estava ele: Harting.

—

No centro médico, Eric observava os sinais vitais de Bloodshot. Se antes eles dispararam, agora estavam completamente loucos. Ele olhou através do chão de vidro e da névoa de nitrogênio líquido para notar Bloodshot chacoalhando e se retorcendo com violência na mesa. Cada um de seus músculos estava retesado, e todas as veias começavam a saltar. Horrorizado, Eric se virou para o computador, digitando freneticamente uma sequência de códigos que esperava e rezava para que derrubassem Bloodshot da simulação invadida. Ele apertou "enter" e olhou de novo para baixo. Bloodshot despencou de volta na mesa de aço, imóvel como um cadáver.

— Meu Jesus — soltou Eric, aliviado.

—

No apartamento em Mombaça, Garrison oscilou um pouco, sem fôlego, a pulsação acelerando como se tivesse recebido um pico de adrena-

lina. Como se estivesse em combate. Ele tentava desesperadamente processar o volume de informação que acabara de receber direto no cérebro.

Então KT *foi puxada para longe, como se tivesse sido rasgada da realidade.*

O mundo explodiu. Paredes desmoronaram, com os móveis oscilando tal qual uma TV *sendo desligada, as roupas dele se dissolvendo para virarem uma camiseta branca e um par de calças – e, do nada, ele estava sozinho em uma sala sem qualquer outra característica além de ser totalmente branca.*

– Lembre de mim. – A voz de KT *ecoou de algum outro lugar, muito além da realidade daquela pequena salinha entre quatro paredes.*

—

Os olhos de Bloodshot – não, os de Ray Garrison – abriram-se na mesa de aço da sala de ressurreição. Ele se sentou. Não caiu ou cambaleou de um lado para o outro. Estava forte, completamente hábil, e muito além de saber quem era. O que era. Tinha um propósito.

Ele se ergueu e, então, muito devagar, olhou ao redor. Através da névoa, além dos focos de luz e do braço robótico com aparência de inseto montado no teto, mirando os painéis espelhados. Fitou através deles, encarando o centro médico que ficava do outro lado.

—

Eric, levantando a cabeça do computador, mirou através do chão de vidro para a sala de ressurreição e encontrou Bloodshot o encarando de volta, os olhos vermelhos. De alguma maneira, o técnico sabia que o ciborgue matador o estava encarando diretamente.

– Meu Jesus amado!

CAPÍTULO 44

Entre os armários pretos cheios de materiais do arsenal da RST, Dalton se equipava. Armas eram colocadas em seus coldres, armaduras presas ao corpo, bolsos conferidos para garantir que os pentes estavam no lugar certo.

Tibbs, totalmente focado, fazia o mesmo, enfiando faca atrás de faca nas bainhas e nos coletes que vestia. Todas as lâminas eram do mesmo tipo que ele havia usado em Bloodshot no Reino Unido. Eram armas esguias e de alta tecnologia.

Ainda incomodava Dalton saber que Tibbs fora a pessoa a abater Bloodshot em Londres. Tibbs não havia falado nada, mas Dalton quase podia sentir a presunção do atirador de elite. Mesmo enquanto se preparava, não conseguia parar de pensar sobre o que havia acontecido na África do Sul, sobre ter caído de oito andares em direção ao concreto. Ele ganhara aquela batalha sob qualquer ótica razoável. Tinha caçado e encontrado Bloodshot. Não era racional se jogar do telhado de um prédio. Os tiros com a munição antinanite deveriam ter funcionado, não fossem os "superpoderes" de Bloodshot. Não era culpa dele. Harting poderia ter lhe avisado sobre o alcance total das capacidades dos nanites na corrente sanguínea de Garrison.

Situações como aquela pareciam ser a história de sua vida. Ele mandava bem. As merdas dos outros caras o derrubavam. Fora assim na queda do helicóptero. A gasolina de aviação em chamas impedira que ele voltasse para resgatar Bobby e Jem. O negócio estava quase explodindo. Que bem faria três mortes em vez de duas? Ele acreditava que, se você não cuidar de si mesmo, não serve pra mais ninguém. Era por isso que estava correndo quando pisou na mina improvisada. Isso não foi o suficiente para fazer a equipe parar de culpá-lo. Haviam o ignorado. Nenhum deles tinha ido vê-lo no hospital.

Essa merda acaba agora mesmo, decidiu. Virou-se para contemplar o exoesqueleto no armário. O traje experimental blindado e cheio de membros ajudaria a equiparar as forças no campo de batalha. Dessa vez, em vez de fazer piadinhas idiotas sobre não estar "correndo na direção" das coisas, Harting entenderia seu valor. Compreenderia que ele merecia receber a tecnologia de Bloodshot – porque, a menos que lhe passassem a perna, não havia nenhum outro operativo com algo próximo à capacidade que ele próprio possuía. Ele também iria machucar Bloodshot, e muito. Não era questão de ser doente, sádico ou coisa assim. Era só que as pessoas precisavam entender o lugar delas na cadeia alimentar, fato que Bloodshot não entendia. Ele era um perdedor, uma vítima, um inseto, e estava prestes a ser esmagado.

Dalton virou de costas e entrou de ré no exoesqueleto. Sorriu com a sensação estranha e desconfortável dos parafusos de suporte do exoesqueleto entrando nos nódulos implantados ao longo da coluna, entre as tatuagens de esqueletos reptilianos que decoravam sua pele. A conexão foi dolorosa por um momento. Quando se tornou totalmente fundido ao exoesqueleto, fechou os punhos e sentiu o poder da máquina, aproveitando-o e deleitando-se com ele. Dalton arrancaria os membros de Bloodshot como um menininho malvado faria com uma aranha, e iria gostar de fazê-lo.

—

Harting usou o painel de controle no braço mecânico para arrombar a trava eletrônica do laboratório de processamento de imagens. Entrou correndo e encontrou KT vestindo um colete à prova de balas sobre a armadura. Ele estava fervilhando de ódio. A mulher parecia uma criança correndo de um lado para o outro, botando fogo nas coisas, sem entendimento real da importância do que estavam fazendo ali, do futuro que estavam construindo. Mais do que tudo, era a expressão de desafio no rosto de KT que o deixava furioso. Ela realmente achava que tinha feito a escolha certa, algo inteligente.

— Por quê? – soltou ele.

— Ele merecia a verdade – respondeu KT.

Era algo que uma criança falaria. Harting não podia acreditar que, depois de tudo, depois todas as coisas que ela tinha visto no mundo, ela de algum modo ainda fosse tão inocente.

— A verdade! Qual verdade? – ele exigiu saber. Estava vagamente ciente de que cuspia enquanto falava. Não ligava; não lembrava de algum dia ter ficado tão bravo. KT fundamentalmente não entendia o mundo em que vivia, o mundo além do reino luxurioso que ele, doutor Emil Harting, construíra para aquelas criancinhas mimadas e mal-agradecidas. Até uma olhada nos jornais tornaria aquela afirmação absurda. – Ninguém liga mais pra verdade, as pessoas só querem que lhes digam o que devem amar ou odiar... É isso que tô fazendo! Elas não querem tomar decisões reais! – As decisões reais tinham de ser deixadas com aqueles que, como ele (ou, mais exatamente, seus chefes) não eram gado. – Elas só querem ter a sensação de que estão tomando as decisões!

Depois, pensou em por que ainda se importava. Era como explicar as palavras cruzadas do *The Times* para um bebê especialmente boboca. A única parte legal era quando acabava.

KT tentou passar por ele, mas Harting moveu o braço com força suficiente para fazer doer a conexão da prótese com seu ombro. A mão mecânica agarrou a armadura, e, com um grito de esforço, ele a atirou pelo cômodo, fazendo-a se chocar contra dezenas de milhares de dólares em câmeras sofisticadas e equipamentos de processamento de imagem. Ela se erguia com dificuldade quando ele avançou em sua direção, empurrando a manga para cima a fim de acessar o painel de controle no braço. Abriu a sequência para controlar o aparato de respiração e apertou o comando para bloqueá-lo. Nada aconteceu. As passagens de ar no implante não se fecharam. Mais uma utensílio que lhe pertencia e que deveria estar sob seu controle não funcionou como deveria. Harting tinha vontade de berrar de pura frustração.

– Como se eu fosse deixar você fazer isso de novo – disse ela.

Aquilo não fazia sentido – KT não possuía nada próximo à habilidade necessária para derrubar os protocolos prioritários que ele tinha inserido no implante. Não importava, porém – mais tarde, arrancaria a resposta direto daquele corpinho sofredor. Harting avançou na direção da mulher com o braço prostético de novo, mas ela desviou e, depois de derrubar uma de suas granadas de vapor de halotano no chão, agarrou a bolsa cheia de equipamentos no caminho até a porta e partiu.

Harting já começava a se sentir fraco por causa do vapor de halotano. Cobriu o rosto com a camisa e, tossindo, fugiu do laboratório de processamento de imagens.

CAPÍTULO 45

Tibbs podia ver tudo. Estava recebendo imagens diretamente de todas as câmeras de segurança das instalações da RST. O software que controlava os implantes oculares capturava toda a inundação de dados e a traduzia em informações úteis, que o cérebro humano era capaz de entender.

Por uma das câmeras do circuito interno de TV, Tibbs assistia a Bloodshot emergir de uma escadaria e vestir uma camiseta roubada.

— Andar setenta e dois — anunciou Tibbs pelo rádio tático. — No *lobby*.

— Tô indo — respondeu Dalton.

Tibbs sorriu. Dalton estava agindo estranho desde que Bloodshot o derrubara do telhado. Não era surpreendente, na verdade. O ex-SEAL perdera as pernas uma primeira vez só para depois perdê-las de novo. Tibbs podia entender como aquilo irritaria qualquer um. Agora, entretanto, Dalton estava sem a focinheira e poderia brincar com os melhores brinquedinhos — e um certo fuzileiro teria a cabeça servida numa bandeja para ele.

Bloodshot atravessou com cuidado o escritório corporativo minimalista, indo na direção dos elevadores. Ouviu primeiro os estalos e o barulho da correia, o som de engrenagens e de elementos hidráulicos poderosos. Depois avistou Dalton dobrando a esquina na ponta do *lobby*. Bloodshot deu um passo involuntário para trás. O ex-SEAL usava um exoesqueleto completo. Parecia que tinha se anexado a um robô de combate de um filme de ficção científica. Bloodshot não sabia muito sobre a tecnologia envolvida, mas imaginava que o exoesqueleto melhorava radicalmente a força de Dalton, além de fornecer proteção equivalente a um veículo de combate blindado leve. Em poucas palavras: não era nada bom.

Mas ficou pior.

Dois pares extras de braços se desenrolaram das costas do exoesqueleto, esticando-se na direção das paredes brancas e vazias. Mais do que nunca, ele parecia um inseto alienígena robótico. Dedos brutos de metal destroçaram a parede de gesso enquanto o exoesqueleto se movia na direção de Bloodshot.

Dalton puxou um dos braços do exoesqueleto dos pedaços demolidos da parede, segurando-o na frente do rosto com o punho fechado. Gás comprimido ejetou um pino de aço de quarenta e cinco centímetros para fora do punho metálico do exoesqueleto.

—

Axe se virou para Garrison e apertou o gatilho do insensibilizador. Um pino de mais de quinze centímetros foi revelado.

—

O pino de metal parecia um dedo do meio estendido.

Dalton o retraiu e aproximou o punho da própria cabeça.

Bloodshot se pegou desejando que Dalton disparasse para poupá-lo do trabalho.

—

Quando ele encostou a pistola contra a cabeça de Gina, Garrison entendeu o que era desespero verdadeiro.

— Será que ela aguenta os quinze centímetros? — perguntou Axe, olhando para ela, claramente empolgado com a perspectiva.

—

O fato era: Bloodshot sabia que nada daquilo era real, que nada havia acontecido. Mas não importava. Ele ainda tinha visto a mulher que amava morrer várias e várias vezes. Ainda tinha sido bem real para ele. Agora, Dalton parecia estar demonstrando que também sabia algo sobre aquilo.

—

Baris encostou a pistola na cabeça dela. Quinze centímetros de aço inoxidável penetraram seu crânio com um estalo nauseante, e depois o pino se retraiu. Em um piscar de olhos, a esposa forte, vibrante, esperta e linda de Garrison deixou de existir. Demorou um momento — um momento que se prolongou para sempre enquanto o tempo desacelerava — para que Garrison absorvesse a morte de Gina em detalhes excruciantes. Ela caiu no chão como um monte de carne morta, outra carcaça abatida.

O mundo de Garrison se transformou em puro ódio enquanto ele puxava as amarras, tentando se libertar. Mataria Baris com as próprias mãos, com os próprios dentes, saboreando o sangue do outro homem.

—

Dalton estava sorrindo.

Bloodshot percebeu que se sentia estranhamente calmo.

– Sim, foi ideia minha – disse Dalton.

Bloodshot quase sorriu também. Aquele povo não parecia entender o real significado de motivação. Ele disparou na direção do exoesqueleto.

Passou deslizando por baixo do primeiro braço robótico. Já estava de pé de novo, saltando para socar Dalton no rosto com um punho de bate-estacas quando o segundo braço robótico o acertou com um cruzado poderoso. Era como ser atingido por uma bola de demolição. Teria matado qualquer pessoa normal. O soco o fez voar e bater contra o teto. O exoesqueleto o agarrou ainda no ar e o empurrou contra o chão. Bloodshot rolou para o lado quando um dos punhos metálicos arrebentou o piso onde ele estivera um milissegundo antes. Ouviu o ruído do pino de aço esmigalhando o concreto.

Bloodshot se recolocou de pé. Cerrou os dentes ao quebrar o próprio braço bloqueando outro cruzado de um dos membros do exoesqueleto. Os nanites reluziam vermelhos sob sua pele ao passo que reparavam rapidamente o dano. Ele chutou com força o bastante para entortar o aço altamente resistente, mandando Dalton e o exoesqueleto cambaleando para trás. Depois de agachar a fim de evitar mais um dos golpes dos exobraços, Bloodshot disparou de novo, amassando o metal reforçado a cada soco. Seu mundo se resumia a uma fúria branca e focada. Tudo o que podia ver era o homem que queria matar. Para cada golpe que acertava, contudo, levava outros dois, puramente porque estava em desvantagem numérica de três para um em termos de quantidade de membros.

Dalton envolveu Bloodshot com os exobraços na tentativa de esmagá-lo. Bloodshot gritou, a pele queimando ao toque enquanto os nanites se apressavam para construir massa muscular até conseguir libertá-lo. Depois, com a cabeça baixa, Bloodshot disparou na direção de Dalton como se fosse um jogador de futebol americano. Atingiu o homem no baixo ventre, erguendo o exoesqueleto do chão. Os braços metálicos chicotearam, arrancando pedaços do teto, do chão e das paredes. Bloodshot carregou o exoesqueleto pelo *lobby*. Ambos os combatentes atingiram a porta de um dos elevadores como um trem sem freio. Metal guinchou, retorceu-se e depois rompeu, jogando-os no vazio.

Bloodshot sentiu uma breve vertigem à medida que eles despencavam pelo poço do elevador externo de vidro. Kuala Lumpur girava ao redor de Bloodshot ao mesmo tempo que ele tentava uma pegada melhor, com a morte iminente não o impedindo de acertar golpes no exoesqueleto de Dalton. Ele era uma vespa ferroando um louva-deus maior e mais poderoso, até que atingiram o topo de um dos três elevadores. Estavam a quase duzentos e cinquenta metros acima do nível da rua. Bloodshot agarrou-se ao exoesqueleto com uma mão, socando repetidamente. Os nanites aumentaram a resistência dos ossos do punho, reforçando os nós dos dedos até que parecessem feitos de titânio, fazendo a armadura do exoesqueleto entortar a cada impacto.

De repente, algo aterrissou ao lado dele, e Bloodshot sentiu um chute nos rins que o arremessou para longe de Dalton. Continuou rolando, evitando golpes de faca. Em pé de novo, bloqueou outra facada, prendendo a mão de Tibbs. O ex-atirador de elite da Delta apenas arremessou a lâmina antinanite para a outra mão. Bloodshot se jogou para trás, saindo do caminho de um novo ataque. Tibbs era bom, mas seu sangue não estava cheio de nanites. Ele não tinha a velocidade de Bloodshot, que bloqueou outro golpe de faca, socando Tibbs com a parte de trás do punho à procura de desequilibrá-lo. Depois o chutou no abdômen e no rosto, em rápida sucessão. Tibbs tropeçou para trás até onde Dalton mal e mal se mantinha de pé no meio da bagunça de membros em que aterrissara. Dalton sorria. Tibbs tentava recuperar o fôlego. Bloodshot arrancou o sorriso do rosto de Dalton disparando na direção dele. Atingiu os dois em cheio e os carregou para fora, para além da beirada do teto do elevador.

Bloodshot sentiu um pouco mais do que prazer ao ouvir os gritos de choque de Dalton e Tibbs enquanto os três despencavam pelo poço triplo dos elevadores em uma bagunça de membros agitados. Bloodshot sabia que detinha a vantagem ali. Haviam lhe tirado todas as suas razões para viver. Como resultado, ele não se importava se vivia ou morria. A rua vinha rápido na direção dele, mas a cabine do segundo elevador interrompeu a queda primeiro. Os ossos de Bloodshot mal tiveram tempo de se quebrar, e a pele mal teve tempo de se ferir antes que os nanites reparassem o dano. Ele estava de pé, pronto, esperando mais confusão enquanto Tibbs e Dalton ainda se erguiam com dificuldade.

– Vocês estão indo longe demais – disse a eles.

Atrás de Dalton e Tibbs, através do vidro grosso do poço triplo do elevador, a paisagem urbana futurística se estendia lá embaixo. Àquela altura, era como se Bloodshot estivesse de pé em meio ao brilhante céu azul.

Dalton se ajeitou. Ficou olhando para Bloodshot ao mesmo tempo que recolhia os membros extras. Então deu um passo para o lado. Bloodshot o imitou. Eram dois predadores no topo da cadeia alimentar encarando um ao outro, prontos para o desafio. Cada movimento era preciso e deliberado enquanto procuravam fraquezas um no outro.

– A gente só tá querendo de volta o que não pertence a você – anunciou Dalton. Ele parecia desejar remover o sangue cheio de nanites com as próprias mãos, com os próprios dentes. – Você pode ficar com o que sobrar, ninguém quer mesmo. Ninguém.

Aquilo bateu fundo. Bloodshot sentiu porque Dalton estava certo. Ninguém o queria. Ele mal tinha uma família. E Gina...

Você precisa focar, disse a si mesmo. Tudo o que importava era lidar com aqueles dois cuzões.

— Você não vai querer o que eu tenho – alegou Bloodshot.

— Ah, vou sim. A gente vai levar – respondeu Dalton.

Ele era estúpido demais para entender o que Bloodshot sugeria, mas era isso: ele era o cachorrinho de Harting. Servir era uma coisa boa, algo que valia a pena, algo honrado. Ser servil não era tão bom assim.

— Última chance de recuar – ofereceu Bloodshot, embora soubesse que aquilo era uma perda de tempo. Os caras já tinham vendido a alma ao diabo muito tempo antes.

— Essa é boa – cuspiu Dalton, interpretando a oferta de misericórdia como uma bravata de machão. – Tibbs. Prepara as baionetas.

Tibbs já estava girando uma das facas de alta tecnologia nos dedos.

— Nem vem – avisou Bloodshot ao atirador de elite. Ele realmente não queria ser atingido por uma daquelas facas de novo.

Tibbs jogou a lâmina na direção dele. Ela girou e girou ao redor do eixo. Por pouco, Bloodshot conseguiu escapar se agachando. A faca acertou o concreto da torre atrás dele, mas ela havia sido apenas uma distração. Com um salto auxiliado pelo exoesqueleto, Dalton atravessou voando o elevador e caiu em cima dele. Bloodshot deu um jeito de colocar as próprias pernas entre seu corpo e Dalton, fazendo o peito do exoesqueleto aterrissar nas solas de seus pés. Aquilo fez pouca diferença quando os seis membros dispararam para socá-lo com força. A visão de Bloodshot ficou estourada, e ele se sentiu enjoado enquanto uma inconsciência escura o clamava. A percepção fornecida pelos nanites que corriam em suas veias significava que ele podia sentir cada golpe esmagador dos braços hidráulicos rompendo seus órgãos internos. Mal conseguia permanecer consciente. Nanites fluíram para suas pernas, reconstruindo rapidamente a massa muscular. Bloodshot ouviu o som dos pinos de quarenta e cinco centímetros se estendendo dos punhos metálicos. Com um grito de raiva, ele deu um chute. Dalton voou por cima do elevador e caiu no poço. Aproveitando o mesmo movimento, Bloodshot ficou de pé e gingou na direção de Tibbs, mas o atirador de elite se desviou do caminho e brandiu a faca para Bloodshot, forçando-o na trajetória do pé metálico de Dalton – o ex-SEAL agora estava pendurado em um dos suportes do poço do elevador tal qual um macaco aracnídeo, e se jogou de volta para cima da cabine. Tibbs se agachou para fora do caminho quando o punho incrementado atingiu Bloodshot em cheio, atirando-o na direção da parede da torre do outro lado do vão. Ele escorregou pela parede de concreto reforçado e caiu pelo poço do elevador.

CAPÍTULO 46

KT marchou centro de operações adentro, com uma granada em cada mão, ambas emitindo uma nuvem constante de gás vermelho. Eric e os outros técnicos e técnicas, surpresos, giraram nas cadeiras a fim de observar enquanto ela andava entre as fileiras, rapidamente enchendo de gás o centro de operações. Eric e as outras pessoas fugiram tossindo, com os olhos queimando, procurando cobrir a boca.

KT abriu a porta para a sala refrigerada do servidor com um chute. Andou a passos largos por entre as torres murmurantes, com o gás saindo das granadas até que ela mesma fosse envolvida pela nuvem vermelha.

KT emergiu da névoa e voltou para o centro de operações. Pegou um isqueiro e o acendeu, fazendo surgir uma pequena chama antes de arremessar o objeto dentro da sala dos servidores. O isqueiro causou a ignição do gás. As chamas fluíram por entre as torres, fileira por fileira, transformando a sala dos servidores em um inferno furioso antes de partirem na direção do centro de operações e de KT. Portas de segurança de vidro reforçado com cinco centímetros de espessura se fecharam no instante em que as chamas alcançaram a nadadora, selando o fogo do lado de dentro. As torres lembravam uma cidade em meio a um mar de fogo, um horror tecnológico pós-moderno. KT observou a sala queimar. Era lindo. Era o reino de Harting em chamas.

—

Dalton espiou pela beirada do teto do elevador. Franziu as sobrancelhas; queria ver Bloodshot cair. Assistir enquanto ele quicava pelo poço dos elevadores antes de atingir a base quase duzentos e cinquenta metros abaixo, onde ficava a academia. E então os nanites poderiam tentar reconstruir o homem a partir da pasta vermelha na qual um impacto daquele inevitavelmente o transformaria. O problema era que Bloodshot não estava à vista.

O terceiro elevador subia na direção deles. Dalton conferiu o teto da cabine, mas não achou nada. Tibbs parou ao lado dele. Dalton assumiu que o atirador de elite conferia as várias imagens do circuito interno de TV. Se Tibbs encontrasse qualquer coisa, ele sabia que o atirador de elite o avisaria.

Dalton analisou o terceiro elevador quando este terminou de passar por eles. Bloodshot estava pendurado na parte de baixo. O ex-SEAL quase grunhiu. *Por que esse cuzão simplesmente não morre?*

Ele saltou para alcançar as vigas que suportavam o elevador de vidro, subindo por elas atrás da cabine onde estava Bloodshot. Movia-se rápido, usando todos os oito membros disponíveis, deslocando-se como uma aranha atrás de uma mosca particularmente irritante.

—

Bloodshot olhou para baixo enquanto Dalton chegava cada vez mais perto do elevador que ele estava usando do jeito mais difícil.

Tentava não pensar muito na queda. Presumia que havia um limite para a habilidade dos nanites em curá-lo. Sabia que o *timing* ali seria decisivo.

Esperou que Dalton se aproximasse, estendendo os braços mecânicos poderosos na direção dele, e então se soltou da cabine. No mesmo instante, entendeu o que era medo. Não havia nada entre ele e uma queda muito longa. Fosse ou não uma máquina de matar cheia de nanites, seu coração ainda parecia estar querendo sair pela boca. Ele quase errou o salto, mas aterrissou nas costas de Dalton. Agarrou-se com apenas uma mão, lutando para conseguir se segurar melhor. Enfim pegou o jeito, e escalou o exoesqueleto enquanto os braços extras de Dalton chicoteavam de um lado para o outro em busca de segurá-lo. Bloodshot agarrou os dois braços de verdade do homem e apoiou os joelhos contra a parte de trás do exoesqueleto. Gritou com o esforço. Todos os músculos inchavam, as veias saltando nos braços e no rosto à medida que os nanites construíam mais massa muscular – inchavam tanto enquanto tentava prender os braços de Dalton para trás que a pele ameaçava se romper. Peças hidráulicas e engrenagens poderosas mediam forças com carne e músculos incrementados pelos nanites. Lentamente, porém, funcionou – Bloodshot continuou puxando os membros de Dalton para trás, ameaçando deslocá-los, embora ele na verdade quisesse quebrá-los como gravetos, arrancá-los do corpo e usá-los para arrebentar Dalton até a morte. Não tinha muita certeza do que procurava fazer ali; só queria – precisava – acabar com Dalton. O ex-SEAL gritava, tentando resistir com a própria força formidável, amplificada pelo exoesqueleto, mas Bloodshot tinha a vantagem em termos de posição. Os quatro braços de inseto e as duas pernas de Dalton se dobraram, e com um grito o ex-SEAL se jogou para trás com toda a força que podia em direção ao vazio, acima do elevador onde Tibbs ainda estava, observando a batalha de baixo.

O peso e o momentum do exoesqueleto esmagaram Bloodshot contra o vidro do poço, deixando-o sem ar. Os exobraços de Dalton o agarraram e o jogaram para baixo, na direção do teto de uma das cabines, na direção de Tibbs. Depois, Dalton escalou pelo vidro e disparou para alcançar Bloodshot.

Tibbs já se movia quando Bloodshot caiu em cima do elevador com uma força que parecia o bastante para fundi-lo à superfície. Tudo isso apesar dos nanites tentando reforçar as áreas de impacto. Não importava. Ele já estava se levantando. Não havia acabado ainda. Tinha conseguido se erguer até ficar agachado quando Dalton aterrissou sobre ele, chocando-se com força suficiente para balançar o elevador enquanto os braços extras se empenhavam em prendê-lo ao chão.

Bloodshot tentava empurrá-lo para longe, mas só o peso do exoesqueleto, fora o joelho metálico contra sua coluna, já era suficiente para mantê-lo onde estava. Sentiu as lâminas entrando na carne, as duas como cortesia de Tibbs. Podia sentir os nanites morrendo, os músculos atrofiando, a carne murchando. *Não!* Não podia acabar daquele jeito. Precisava pelo menos matar Dalton. Bloodshot deu um jeito de conseguir apoio com um dos coturnos na parte de cima da cabine, os nanites restantes reforçando os músculos da perna. Com um último grito de esforço supremo, chutou, derrubando Dalton de costas. Os membros oscilantes acertaram Tibbs, e os três saíram voando do teto do elevador.

Enquanto girava de novo pelo poço, a atenção reforçada pelos nanites de Bloodshot permitiu que conseguisse usar um dos exobraços de Dalton para laçar uma das vigas pelas quais passaram voando. O ex-SEAL girou como um macaquinho, sem encontrar um lugar para se segurar entre as vigas. Bloodshot teve um milissegundo para registrar isso até que viu o primeiro elevador subindo para encontrá-lo.

Bloodshot se sentia como se tivesse sido atropelado por um caminhão, mas se forçou a ficar de pé apesar dos nanites defeituosos.

Estava impressionado de ver que Tibbs ainda se movia, que ainda se esforçava para levantar, com determinação e resistência louváveis. Bloodshot podia até respeitar a atitude, mas o respeito não o impediu de atingir Tibbs no ponto onde a prótese violava a carne na nuca do atirador de elite, quebrando a conexão. Era o que alimentava os implantes oculares de Tibbs, capturando informações visuais de várias câmeras e as enviando diretamente para o centro de processamento visual do cérebro. Ele sabia que Tibbs estava cego agora, mas o atirador de elite continuava tentando se reerguer. Bloodshot empurrou Tibbs com o pé e colocou o coturno sobre seu peito para segurá-lo no lugar.

– Só fica quieto – falou a Tibbs. Não tinha nada pessoal entre ele e o atirador; ele era só outro soldado quebrado tentando fazer o melhor com o que tinha em mãos. – Você não precisa disso. – Esperava que Tibbs o ouvisse e se entregasse, que não forçasse Bloodshot a matá-lo.

– Isso é tudo o que eu tenho! – gritou Tibbs.

Ele havia sido um homem de ação, dono do próprio destino, membro de uma das famílias mais exclusivas e empolgantes do mundo. Ter ficado cego provavelmente tinha roubado boa parte daquilo. Era a crueldade maior da oferta de Harting. Era como ele escravizava as pessoas.

– Harting não pode consertar a parte de nós que tá quebrada – disse Bloodshot.

Não sabia de onde as palavras tinham vindo, mas pareciam ser a coisa certa a dizer. Todos haviam sido quebrados, de um jeito ou de outro. Sem Gina, o que ele tinha? O que qualquer um deles tinha? O serviço, apenas – e Harting havia tirado até mesmo isso deles. Operações especiais não raro eram trabalho sujo, mas o médico tinha pervertido aquilo, transformado o esforço em algo que só servia a si mesmo.

Tibbs estava deitado no topo do elevador parado. Bloodshot podia ler a derrota na linguagem corporal do homem, em seu olhar vago.

— Você não entende — disse ele a Bloodshot. — Nós não somos iguais. Você não sabe o que perdeu.

As palavras de Tibbs o fizeram pensar. O que ele tinha perdido? Tinha perdido Gina antes de morrer. Nunca haviam tido uma família. Ele perdera tudo, menos a vida. Por um instante, perguntou-se quando foi que passara a dar tão pouco valor a ela.

De repente, faíscas choveram sobre ele. Bloodshot olhou para cima. Dalton escorregava pelo cabo do elevador em sua direção, rasgando enquanto descia, os dedos poderosos de metal danificando tudo em que encostavam.

— Bom... Acho que por essa você não esperava — disse ele.

Bloodshot assistiu, horrorizado, ao cabo se romper e se dividir em vários fiapos de metal. Dalton se apoiou na parede quando os últimos deles arrebentaram.

E então, estavam caindo. Rodopiando tão rápido para baixo que nem a gravidade era capaz de acompanhar. As roldanas dos freios de emergência criaram uma fonte de faíscas, mas os freios não serviam de nada depois do dano gerado por Dalton, incapazes de interromper o momentum. As ruas da cidade corriam para encontrá-los ao mesmo tempo que dezenas de andares passavam, e eles enfim atingiram o chão.

Tudo escureceu.

CAPÍTULO 47

Dalton abriu espaço por entre os destroços do elevador. O impacto havia quebrado e atravessado a base do poço, espalhando detritos por toda a academia. O brilho radioativo e gentil que vinha da piscina contrastava com o massacre de metal e carne.

Dalton fitou Tibbs, o corpo quebrado jogado no meio dos destroços. Era uma pena – ele não desgostava totalmente do ex-atirador de elite da Delta, mas no fim Tibbs tinha se provado fraco demais para aquele admirável mundo novo.

O corpo de Bloodshot estava igualmente quebrado, mas Dalton se abaixou, envolvendo o pescoço do ciborgue com os dedos de metal, e o levantou no ar com facilidade. Mercúrio cobria a pele de Bloodshot. Dalton aproximou um dos exobraços do líquido vermelho-metálico acumulado no pescoço de Bloodshot. Pequenos dedos secundários, destinados a trabalhos de precisão, abriram-se a partir dos dedos principais do exobraço e mergulharam no líquido. Ele observou o fluido, aproximando-o do rosto. Dava para ver as maquininhas se movendo nele, como germes. Se os nanites ainda estavam vivos...

— Porra. Você é um cara duro de matar — reclamou Dalton.

Não era isso que o impressionava em Bloodshot, nem mesmo a tecnologia. Era só o fato de que aquilo era o que Dalton merecia. Com aquilo, ele jamais falharia de novo.

Dalton deixou o corpo cair no meio dos destroços, mas não o soltou. Arrastou o corpo destruído pelo meio da bagunça como uma criança arrastando uma boneca de pano atrás de si. Caminhou na direção da piscina, tomando o cuidado de manter Bloodshot fora da água. Afinal de contas, não queria que o ciborgue se afogasse por acidente. Dalton se pegou sorrindo com o pensamento.

Os dois braços de cima do exoesqueleto ergueram Bloodshot da piscina e depois penduraram seu corpo tenso pelos pulsos. Contra a iluminação azul, havia um aspecto quase religioso na cena, como se ele tivesse crucificado Bloodshot. Dalton hesitou. Sentiu um momento de desconforto, de dúvida. Mas percebeu como estava sendo ridículo e voltou a ser só sorrisos. Ele era um sobrevivente, o vitorioso, o campeão, e tudo por pura força de vontade. Merecia a recompensa tecnológica, o poder que, de uma maneira ou de outra, tiraria de Bloodshot. Ele iria aproveitar aquilo.

— Tá, agora… — começou. Os braços de verdade, revestidos em placas de proteção, buscaram um par de socos ingleses presos em um compartimento da parte de trás do exoesqueleto. — … vamos fazer um teste de resistência da sua regeneração.

Dalton estalou o pescoço e girou os ombros, relaxando. Depois, começou a tratar Bloodshot como queria. Começou com quatro socos rápidos no rosto, seguidos de um murro e de dois golpes simultâneos com ambos os punhos, quebrando a cabeça de Bloodshot com os socos ingleses antes de terminar com um golpe devastador vindo de baixo para cima. Dalton pôde ouvir as vértebras do pescoço de Bloodshot se quebrando com o último movimento. Enquanto caminhava para dentro da piscina, acertava o corpo de Bloodshot como se ele fosse um saco de pancadas cheio de carne.

– Olha só pra você, heroizinho – desdenhou, dando um gancho no fígado. – O grande fantasma. – Um soco. – Capaz de mudar o jogo. – Um cruzado no rosto. – Você é uma porcaria... – Um golpe que deveria ter arrancado a cabeça já amassada de Bloodshot. – De uma perda... – Ele pontuava cada palavra com outra pancada. – De tempo!

Dalton terminou sem ar, exultante, coberto de sangue – e, se alguém perguntasse para ele ali mesmo a razão pela qual odiava tanto Bloodshot, ele seria incapaz de responder. Ele simplesmente odiava.

O queixo de Bloodshot estava tombado sobre o peito enquanto ele permanecia pendurado nos braços crucificadores de Dalton, sem reação. Dalton podia enxergar o próprio reflexo distorcido nas gotas de mercúrio que escorriam pelo rosto de Bloodshot. Os olhos do ex-SEAL estavam arregalados e injetados, como os de um louco. Ele não se importava. Os nanites tentavam fechar os ferimentos, mas havia dano demais e eles tinham sido muito enfraquecidos pela carga das facas de Tibbs. Bloodshot era pouco mais do que um saco gelatinoso em formato humano, cheio de órgãos rompidos e ossos quebrados. Aquilo não fez Dalton parar.

– Opa, ainda tá lutando, né? – gritou. A visão do corpo quebrado e ensanguentado de Bloodshot e de sua fraqueza visível deixaram Dalton bravo de novo. – Matar é fácil! – cuspiu. – E eu nem preciso de um vídeo motivacional pra isso.

Ele nem notou quando a superfície da piscina ondulou com o sangue brilhante cheio de nanites.

—

O pedaço de carne abatido e lamentável que abriu os olhos tinha uma vaga consciência de ser Bloodshot, de ser Ray Garrison, mas a maior parte dele era apenas dor, dor incansável, marcada por picos de mais dor ao passo que era atingido de novo e de novo. Tentou se libertar dos braços que o seguravam, mas não possuía nada parecido com força naquele momento. Um pensamento abriu caminho por entre a carne inchada de hematomas que era seu cérebro. Não um pensamento, mas sim uma lembrança. Wigans dizendo que ele precisava "usar mais a imaginação". A lembrança desapareceu, soterrada por ainda mais dor quando ele foi atingido no queixo, fazendo sua cabeça girar enquanto cuspia sangue. O brilho azul que vinha de debaixo d'água fazia refletir o sangue cheio de nanites que flutuava na superfície. Cada gota dele continha centenas de milhares de robozinhos, todos equipados com seus próprios microprocessadores conectados à rede na qual podiam se comunicar. Bloodshot murchou preso aos braços de Dalton. Esqueceu a carne torturada, esqueceu a dor e procurou seu exército microscópico de milhões.

Houve movimento na água.

— Mas que porr... — soltou Dalton, enquanto parábolas pintadas pelos nanites se formavam na superfície da piscina, espiralando na direção dele.

Tentáculos viscosos que tateavam à sua volta subiram pelo corpo do ex-SEAL, procurando as conexões que ligavam o exoesqueleto à sua coluna — destruindo os componentes vitais do traje, paralisando-o, prendendo Dalton dentro de uma cela apenas um pouco maior que o próprio corpo.

Os nanites forçaram Dalton a derrubar Bloodshot na água. O sangue começou a retornar para ele. A curar seus ferimentos. A cicatriz vermelha queimou com o esforço dos nanites. Bloodshot se colocou de pé, vapor emanando do corpo, ressurreto enquanto longos fluxos de nanite voltavam ao corpo pelas feridas abertas, como enguias.

Dalton encarava a cena, aterrorizado. Bloodshot não pôde evitar a expressão de contentamento. Tinha vontade de socar o ex-SEAL. Queria atingir Dalton com tanta força que sua mão passaria direto pela cabeça do outro homem.

– Olha aí, aquela cara – ele disse, ecoando as palavras de Dalton. – O burrão que demora pra entender tudo.

Então, a raiva e a tensão pareceram simplesmente deixar Bloodshot. Em vez de estourar, como um exemplo de calma, ele apenas estendeu o braço e deu um peteleco no peito de Dalton. O exoesqueleto oscilou por um instante e depois caiu dentro da água.

Bloodshot olhou para baixo e vislumbrou o rosto de Dalton através da água – muito perto da superfície, mas preso em uma cela própria. Bloodshot assistiu à medida que o maldito perturbado se afogava.

CAPÍTULO 48

Os alarmes, a fumaça, o som do pânico e o barulho mais distante da violência e da destruição – Wigans sentia que deveria estar aterrorizado. Em vez disso, sob a falsa segurança proporcionada por sua máscara de gás, e ao mesmo tempo que empurrava pelo barracão da RST um carrinho cheio de tralhas tecnológicas furtadas, ele se sentia como uma criança na loja de brinquedos. Só levava o que precisava, itens que ou não conseguiria pagar ou que não podia replicar com os recursos aos quais tinha acesso – e, é claro, objetos pequenos o suficiente para caberem no carrinho. Tinha dado uma volta completa, e agora retornava ao terminal em que colocara um pen-drive. O disco portátil continha um monte de programas particularmente funestos. Se tivesse escolha, teria pedido para KT queimar a sala do servidor por último, já que o que conseguiria via computador isolado seria limitado, mas era melhor que nada.

Então, ouviu movimento atrás de si. Wigans não chegou a sujar as calças, mas se enfiou debaixo de uma mesa com calma e rapidez. Avistou a silhueta surgindo no meio da fumaça e do gás de halotano. Sentiu um arrepio descendo pela espinha, o suor brotando na pele quando a silhueta parou diante do carrinho. Mesmo na escuridão, Wigans reconheceu um dos praticantes mais psicopatas da ciência, doutor Emil Harting, cuja expressão estava retorcida pela fúria. Harting perscrutou ao redor, à procura do dono do carrinho. Sem encontrar Wigans de imediato, o médico pareceu decidir que tinha assuntos mais urgentes para resolver. Wigans soltou um suspiro de alívio quando, tossindo, o médico voltou para dentro da fumaça e do gás.

CAPÍTULO 49

Harting se apressou pelo corredor cheio de fumaça na direção do centro de operações. O ódio incandescente fora substituído por uma fúria fria e dura como diamante. Em pânico, técnicos e técnicas passavam correndo. Ele resistiu ao ímpeto de contê-los com o braço mecânico. Eram idiotas e covardes, cada um deles. Então ele viu Eric entre a multidão, disparando pelo corredor em sua direção com a cabeça baixa, tentando passar despercebido. Harting o agarrou com sua mão prostética, usando um pouco mais de força do que o necessário. Eric fez uma careta.

— Aonde você tá indo? — exigiu saber Harting.

— Caso você não tenha percebido — cuspiu Eric —, o prédio tá pegando fogo e a sua máquina de vingança de um bilhão de dólares tá voltando pra cá.

Harting quis desesperadamente fazer o técnico criar um pouco de respeito na base do tapa, mas claramente existiam assuntos mais urgentes para resolver.

Eric conseguiu dar um jeito de se esquivar para longe do aperto robótico.

– Talvez você possa tentar críquete! – disparou o técnico por cima do ombro à medida que escapava.

Harting continuou forçando caminho por entre o fluxo de pessoas. O fracasso era um conceito difícil para Harting. O fracasso se aplicava às outras pessoas, não a ele. *A que ponto chegamos?* Ouviu a pergunta gritando dentro da cabeça. Pensou sobre a falta de visão, sobre o rancor mesquinho que resultara naquilo: ser forçado a assistir ao seu império queimar. Ele sabia que, por mais intragável que a palavra "fracasso" fosse para ele, seria mais ainda para seus chefes. E se ele fosse morrer como resultado daquele ato de sabotagem, os responsáveis teriam de sofrer primeiro.

—

– KT! – Bloodshot entrou cambaleando no laboratório/escritório principal.

Despencou contra o batente. Estava exausto. A cicatriz redonda em seu peito cintilava em vermelho, a fumaça que enchia o espaço refratando a luz. Forçou-se a avançar, tropeçando cada vez mais para dentro do laboratório. Tinha acessos de tosse, lutando para respirar. Seu corpo havia sofrido danos demais para que os nanites pudessem fazer qualquer coisa em relação à fumaça. Bloodshot não sabia como ainda estava de pé, mas sabia que a tecnologia dentro de si tinha efetivamente chegado ao limite.

Conseguia distinguir fracamente uma silhueta vindo na direção dele. KT? O lampejo de um cano de arma acendeu a fumaça. A bala voando formou redemoinhos ao redor. Ele sentiu o impacto do tiro o atingindo, perfurando-o, levando parte da carne. Cambaleou, mas conseguiu permanecer de pé. Os nanites exaustos trabalhavam em sua capacidade máxima tentando reparar o dano.

Tentando mantê-lo de pé e funcional, pelo menos em certo grau, por só mais um pouquinho.

Com um grito primitivo, um Bloodshot muito enfraquecido disparou na direção da silhueta na fumaça.

Harting agarrou a garganta dele com facilidade usando a mão mecânica. Um pino de metal foi ejetado do braço e sua ponta explodiu através da nuca de Bloodshot, atravessando-o. Bloodshot cuspiu sangue metálico, e mais sangue escorreu do ferimento no pescoço.

— Esse exército nas suas veias pertence a mim, não a você! — disse o médico. Bloodshot gorgolejou sangue pela laringe ferida, sem poder falar. Suspeitava que a dor deveria ter sido muito pior, mas ele estava ficando acostumado a ser morto ou a chegar muito perto disso. — Eu os fiz, eu construí este lugar! E você! — Harting soava como um desequilibrado. Soava como um deus desafiado em algum melodrama mítico.

O sangue metálico do ferimento de Bloodshot correu na direção do braço de Harting.

A pegada do médico apertou-se em volta do pescoço de Bloodshot. Seu peito brilhava como um reator nuclear.

Harting olhou para ele com um sorriso malvado no rosto. Bloodshot o desafiara, então agora haveria punição.

— É isso mesmo. Você tá morrendo, e eles não podem te trazer de volta desta vez. Sua namoradinha já te matou. Queimou tudo. — Ele parecia sentir prazer com a ideia de que sua derrota poderia ser o declínio de outras pessoas também. Se não pudesse vencer, então todo mundo também precisava morrer.

O espeto de metal se retraiu e saiu do pescoço de Bloodshot em um spray de sangue. Harting o soltou, e Bloodshot caiu no chão, tossindo ainda mais sangue à medida que os nanites remanescentes buscavam reparar o dano feito pelo pino do braço do médico.

A prótese de Harting congelou no lugar. Harting se virou para olhá-la. Mas então o braço começou a se mover segundo uma vontade própria.

— Mas como...? – murmurou.

— Eu saí da caixa – disse Bloodshot enquanto se forçava a ficar de pé. Os nanites o haviam curado o suficiente para que conseguisse falar.

Harting encarou a prótese. Bloodshot viu a confusão pura que o tomou quando algo tão fundamental quanto o próprio braço resolveu desafiá-lo. A confusão virou pânico.

— Eu saí pro mundo real – continuou Bloodshot.

Os olhos de Harting se arregalaram enquanto seu braço sacava a própria pistola do bolso.

— Você não pode mais me controlar – disse Bloodshot.

Ele quase sentia pena de Harting. Quão pequena devia ser a alma de alguém para precisar controlar as pessoas ao redor daquele jeito? Mesmo assim, quase sentia pena dele.

O braço robótico de Harting ergueu a mão, e, lentamente, ele pousou a arma contra a própria têmpora como se estivesse ameaçando se matar. O médico precisava aprender que, quando se tenta controlar as coisas até aquele ponto, simplesmente se espalha o caos, decidiu Bloodshot. Embora tenha pensado que Harting não teria muito tempo para refletir sobre sua última lição. Bloodshot notou com certo grau de satisfação sombria que a pistola de Harting era uma .45. Idêntica à que o fazia lembrar-se de Axe, de Baris e de tantos outros atirando nele graças às memórias implantadas.

— O que você tá fazendo? – gritou Harting.

Mesmo então, era claro que o médico não conseguia entender por que tudo e todos ao redor dele não faziam exatamente o que ele queria.

— O que eu bem entender – respondeu Bloodshot.

A cicatriz vermelha no peito de Bloodshot continuou a pulsar, mais fraca a cada lampejo. Ele podia sentir-se ficando sem bateria, sentir os nanites tornando-se inertes. Sem a possibilidade de serem recarregados, os robôs microscópicos estavam efetivamente morrendo. Bloodshot, no entanto, só tinha olhos para Harting.

– Para! Fala pra eles par... – Harting encarava a tela no braço. Do ângulo em que estava, Bloodshot podia ver vagamente o *emoji* com olhinhos mortos estampado no *display*, piscando para o doutor.

Harting ergueu a mão boa, tentando puxar a arma para longe da cabeça, tentando arrancá-la do aperto da prótese.

A arma atirou.

Um pedaço da cabeça de Harting virou uma névoa de sangue, matéria cinzenta e fragmento de osso, e o corpo do médico despencou no chão.

Bloodshot olhou para seu criador morto, o homem que tinha tão desesperadamente desejado brincar de Deus com todos eles. Perguntou-se o que viria a seguir.

A luz da cicatriz se apagou. Bloodshot soltou o ar e começou a cair. Estava morto antes de atingir o chão.

CAPÍTULO 50

Podia enxergar uma luz vermelha piscando. De algum modo, Ray Garrison não achava que ali era o Paraíso. O Inferno era uma possibilidade.

Garrison acordou assustado. Em vez de estar em uma mesa metálica e gelada, encontrou-se deitado em uma cama confortável, só para variar. Estava em um trailer. Ele poderia ser bem espaçoso – pelo menos para um trailer –, mas ao invés disso estava apertado por causa de todo o equipamento de diagnóstico médico ao qual estava conectado.

Ele precisou de um instante ou dois para assimilar que a sensação de balanço esquisita que sentia era movimento. O trailer, na verdade, estava sendo transportado de um lugar para outro.

Wigans, consideravelmente mais bem vestido do que da última vez em que Garrison o havia visto, estava ao lado dele, sorrindo de orelha a orelha.

– Ah, não – gemeu Bloodshot. Não queria ser reiniciado com um choque como seu velho Mustang 1964 de novo.

— Fica de boa. Não precisa de bateria de carro dessa vez – Wigans o acalmou.

A necessidade de analisar atentamente a situação, tão bem afinada em Garrison, o fez escrutinizar os arredores. O trailer havia sido transformado em um laboratório móvel. Ele não tinha como colocar a mão no fogo, mas tinha quase certeza de que parte do equipamento havia sido recuperada da RST. Também notou prateleiras cheias de pilhas bem alinhadas de dinheiro.

— Bem-vindo de volta – saudou Wigans. – É bom te ver. Tomei a liberdade de fazer umas melhorias no seu… Bom, em você. – Ele parecia satisfeito consigo mesmo.

— Melhorias? – perguntou Garrison. Estava menos certo sobre gostar de como aquilo soava.

— Isso mesmo. Adicionei um certo *vrum-vrum*. E alguns *nheco-nheco-nheco*. E um pouquinho de *viiiipt*.

Garrison o encarou. A explicação de Wigans tinha feito tão pouco sentido que Garrison suspeitou ainda estar preso em algum tipo de simulação com defeito.

— Sossega, a gente vai ter tempo de sobra pra testar você antes da entrega do projeto.

Ele realmente não gostava nem um pouco daquilo.

— Sobre que caralhos você tá falando? – exigiu saber Garrison.

— Foi mal, esqueço o tempo todo que a gente já discutiu isso enquanto você tava… Ah, você sabe. Morto. Tipo morto. Tirando um cochilinho, só que sem batimento cardíaco nenhum. – Wigans parecia bem satisfeito com a última tirada. Garrison estava voltando a considerar extrair uma resposta do homem na base da porrada. – Nós três vamos abrir uma sociedade.

— Nós três? – Era um pouco demais para alguém que acabara de voltar dos mortos, mas Garrison tinha certeza de que já estava farto de outras pessoas decidindo as coisas por ele.

Wigans escapou por um fio de tomar um tapa forte quando só abriu um sorriso em vez de responder à pergunta de Garrison. O *geek* das tecnologias pegou um rádio.

— Ele tá acordado e tá fazendo um monte de perguntas.

Garrison agarrou a cama quando o trailer parou rápido demais. Wigans se segurou em um balcão, mas, fora isso, não pareceu nem um pouco afetado pela direção um tanto quanto errática.

— Ela é bem legal, aquela mocinha sua amiga – disse Wigans. – Se você achar uma brecha, podia perguntar se ela tem alguma amiga, né? Ou uma irmã. Ou uma amiga que tenha irmãs. Aumenta um pouquinho as minhas chances.

Garrison apenas encarou Wigans. Decidiu que seria cruel demais falar ao técnico que era melhor ele simplesmente se contentar com a pornografia da internet.

CAPÍTULO 51

Garrison saiu do trailer e viu-se em uma península pouco arborizada que dava para o oceano. O ar estava fresco, como nos momentos logo depois de uma pancada de chuva. Ele se sentia bem. Não poderoso além da capacidade humana, ou como se recentemente tivesse passado por um moedor de carne e sobrevivido para contar a história. Só se sentia bem. Quase como um ser humano normal.

Era uma outra Mercedes Classe G que puxava o trailer. Ele sorriu quando reconheceu a motorista, com uma sensação palpável de alívio inundando-o por saber que ela havia sobrevivido. Não ficaria surpreso se tivesse sido ela a responsável por tirá-lo do prédio em chamas. Ela estava sentada em um banco na beira da península, olhando além do oceano para as ilhas e promontórios envoltos pela névoa do fim do dia. Garrison se aproximou e parou ao lado do banco.

KT se virou para ele.

– Você se lembra de algo? – ela perguntou.

– Algo? Isso é meio amplo, né? – respondeu ele. Então lembrou de uma de suas interações fragmentadas com ela. – Karina Tor…

A boca dela se curvou em um bico enquanto ela agitava o dedo na direção dele, brincalhona.

– As iniciais… k. t.

Os dois sorriam. Ele analisou o horizonte. Não viu nada além do oceano e das poucas ilhas.

– Pra onde a gente tá indo? – perguntou ele.

– Não sei – replicou kt, colocando um par de palitos na boca e torcendo o cabelo para fazer um coque.

– Você vai estar lá? – perguntou.

Ela tirou os palitos da boca e os usou para prender o cabelo antes de se erguer e olhar nos olhos dele.

– Obviamente – respondeu, parecendo um pouco confusa com a pergunta.

Ray Garrison se virou para o horizonte. O ar fresco pós-tempestade tinha cheiro de possibilidades.

– É tudo o que eu preciso saber.

EPÍLOGO

Eric estava sentado em seu computador no centro de operações recons-truído. Estava ouvindo "Go With the Flow" do Stone Temple Pilots nos fones de ouvido. No grande monitor central, Martin Lawrence e Will Smith passavam por poucas e boas no filme *Bad Boys*.

Eric olhou para a tela. Estava esperando a cena que sabia estar chegando. Lawrence e Smith sendo focados diante de um céu claro e azul, com a câmera dando a volta ao redor deles. Era a cena do herói, a mitologia moderna em funcionamento.

Eric deu um clique com o mouse, paralisando a imagem. De-pois a inseriu no último vídeo do implante de memória, na última simulação.

Eric não viu Harting na porta de vidro do centro de operações o encarando com puro e autêntico desprezo.

MERGULHANDO NAS CHAMAS

O mar Mediterrâneo era de um azul poucos tons mais escuro do que o céu anil lá em cima. A sombra do hh-60h "Rescue Hawk" oscilou sobre as águas enquanto ele acelerava em direção à Síria. A costa era uma linha fina de escuridão no horizonte, dividindo o mar e o céu.

– Ali! – disse Sandeman, o copiloto, pelo comunicador interno.

kt podia ver o fiapo de fumaça cinzenta subindo entre o helicóptero e a costa.

– Suboficial, me dá os binóculos – pediu kt a Rodriguez.

O suboficial os entregou. kt, usando um traje de mergulho, inclinou-se na porta aberta da aeronave. Sentiu o sal fazendo arder a pele exposta, a corrente de ar descendente dos rotores acima dela, e olhou pelo binóculo. Dava para ver os destroços flutuando no oceano, mas a maior parte do Seahawk já havia afundado. Os destroços se acumulavam ao redor das rochas que despontavam do mar. Ninguém sabia o que tinha acontecido ao helicóptero. O piloto nem tivera tempo de transmitir a posição via rádio antes de a comunicação ser cortada. O navio-mãe deles, o uss *Mark Twain*, tinha usado o transponder do helicóptero afundado para passar a posição final do Seahawk para a equipe de resgate. Ninguém havia lhes dito o que a outra aeronave fazia – mas, a julgar pelo destino dele, kt imaginava que estava transportando operativos das Forças Especiais de volta para a terra. Tratava-se de um espaço aéreo disputado, razão pela qual o Rescue Hawk carregava, excepcionalmente, uma metralhadora m240 montada na porta. O atirador era do contingente de fuzileiros do *Twain*. O soldado engajado Thorrason era um rapaz de dezoito anos incrivelmente tímido, vindo de algum lugar de Minnesota. Até então, ele não havia sido capaz de olhar kt nos olhos e só murmurava quando falava com ela, mas parecia ser um bom garoto.

– Temos sobreviventes – informou kt no microfone incorporado ao capacete.

Ela podia distinguir vagamente as duas pessoas na água. Parecia que uma delas segurava a outra para cima perto de um pedaço flutuante de fuselagem, tentando se manter na superfície com dificuldade. O que ela não podia entender era por que os sobreviventes não tinham se agarrado a uma das rochas. Aqueles eram, afinal de contas, mares muito calmos. Mas, de qualquer modo, estarem em águas abertas facilitaria na hora de colocá-los no cesto de resgate.

– Mas de onde caralhos eles vieram? – Ela ouviu Huang gritar acima do ruído das hélices do rotor.

Apesar de ser do Brooklyn, o piloto era a pessoa mais serena que kt já tinha visto, e isso era parte do que fazia dele um piloto tão bom. Era uma das razões pela qual kt confiava plenamente nele. Já haviam voado juntos com tempo bem fechado, pegado serviços bem arriscados, e era incomum que ele soasse surpreso por qualquer coisa. Ela transitou pela cabine do Rescue Hawk e olhou através de uma escotilha do outro lado da aeronave. Um helicóptero preto voava baixo acima da água, meio quilômetro ao sul. kt ficou momentaneamente preocupada com a ideia de que ele pudesse ter sido o responsável por abater a tiros o Seahawk, mas então reconheceu a configuração angular estranha da outra aeronave. Era um mh-x Black Hawk. O mh-x pertencia à mesma família do helicóptero deles e do Seahawk afundado; era equipado com proteções nos motores e uma hélice de rotor extra que diminuía a velocidade de rotação, tornando-o mais silencioso, e era coberto por um material que absorvia as ondas de radar – o que fazia dele muito mais furtivo do que um Black Hawk normal. Era o mesmo tipo de helicóptero que havia transportado o Team Six do SEAL até o complexo de Abbottabad durante a Operação Neptune's Shield, na qual tinham derrubado Osama Bin Laden. Se o Seahawk estivesse, como ela suspeitava, sendo usado para levar operativos das Forças Especiais de um lado para o outro, então o MH-X definitivamente estaria envolvido em algum tipo de operação secreta. O helicóptero furtivo seguia na direção oeste, voltando para a frota.

– Valeu pela ajuda, gente – murmurou KT.

Ela sabia que estava sendo injusta. O MH-X não era equipado para executar resgates. Mas eles poderiam ter ficado por perto para que os sobreviventes do Seahawk soubessem que não estavam sozinhos; esse tipo de coisa podia ser crucial para a moral de pessoas em situações como aquela. Mas, até onde KT sabia, eles podiam estar ficando sem combustível, e ela não fazia ideia do quão importante era a missão deles. Apesar das racionalizações, KT não lidava muito bem com a ideia de que qualquer coisa pudesse ser mais importante do que salvar vidas.

– Tem combustível de aviação! – gritou Rodriguez pelo microfone do capacete. Ele apontava pela porta aberta na direção do mar.

Você precisa focar, KT repreendeu a si mesma enquanto voltava para a cabine e olhava para baixo.

Huang fez o helicóptero sobrevoar o local do acidente, e a ventania das hélices do rotor agitou a água lá embaixo. Ela tinha uma boa visão dos sobreviventes agora. Uma das pessoas procurava se manter acima da linha da água, embora tivesse dificuldade por estar segurando também o segundo sobrevivente, que parecia desacordado. Ficou aparente o porquê de não estarem se segurando nas rochas: estavam em uma área de água azul ilhada por um lago de gasolina escura de aviação. KT e Rodriguez trocaram olhares.

– Tenta não botar fogo em tudo – disse ela pelo comunicador.

Rodriguez apenas sorriu. Aquilo não mudava a situação, embora ela estivesse grata por ver que os sobreviventes não haviam usado sinalizadores de emergência para indicar sua posição.

KT arrancou o capacete e colocou o capuz, a máscara, o snorkel e as nadadeiras enquanto Rodriguez aprontava o cesto. Huang baixou o helicóptero até ele ficar cerca de seis metros acima da água enquanto KT se sentava na beira da cabine, com as nadadeiras penduradas sobre a água agitada por causa das hélices. Ela fechou o colete salva-vidas e levou uma mão à máscara a fim de segurá-la no lugar. Por fim, ergueu as pernas para que ficassem dobradas bem à sua frente e preparou-se para pular.

Então, várias coisas aconteceram ao mesmo tempo. KT viu a luz fractal de tiros passando por ela e ouviu os ruídos rápidos de uma metralhadora sendo disparada. Teve apenas um instante para ver a lancha torpedeira chegando por detrás de uma das maiores formações de rocha antes que o mar pegasse fogo por causa da gasolina de aviação. As chamas se elevaram o bastante para engolir o Rescue Hawk. O motor do helicóptero guinchou quando Huang puxou o manche para cima com violência, tentando desviar dos projéteis.

O deque virou uma rampa, e KT caiu da cabine para o meio do fogo. Mal teve a oportunidade de sentir o calor cauterizante. Encolheu o corpo em uma bola, de alguma maneira tendo a presença de espírito de continuar segurando a máscara ao passo que aterrissava na água.

Girando enquanto afundava, ela usou as chamas da superfície para se orientar. Tudo estava mergulhado em luzes vermelhas e alaranjadas. Tinha bem menos ar nos pulmões do que gostaria. No fundo da mente, estava vagamente grata por não ter atingido a água com as nadadeiras primeiro, já que o impacto poderia ter quebrado seus calcanhares; era por isso que profissionais como ela pulavam sentados, com as pernas dobradas, mantendo as nadadeiras perpendiculares à superfície. Se havia sido queimada, não sentia. Olhou ao redor da superfície do mar em chamas e não pôde ver os destroços, então agiria como se o Rescue Hawk ainda estivesse funcional, e simplesmente faria seu trabalho. Dirigindo um olhar à bússola de mergulho que a orientava, estimando mais ou menos sua posição com relação ao último ponto em que vira os sobreviventes, começou a nadar com braçadas largas e poderosas, cortando a água sob as chamas. Adiante, onde a luz do sol era refratada pela água, pôde enfim enxergar os dois sobreviventes. O que estava consciente balançava as pernas como se não houvesse amanhã, com o braço livre segurando o outro sobrevivente acima da água, um homem que, com sorte, estaria apenas desmaiado. O colete salva-vidas dele estava rasgado, o que era uma proeza. Sangue escorria pelo braço livre do homem consciente, o membro pendendo inútil para o lado. Era difícil se manter acima da água usando somente os pés; ela não fazia ideia de quanto tempo ele teria passado fazendo aquilo, mas devia estar exausto. KT precisou de apenas um instante para analisar tudo isso enquanto se aproximava deles. Também estava consciente de que seu braço começava a ficar quente.

– Você tá pegando fogo! – gritou o sobrevivente consciente assim que ela emergiu no único trecho de água ao redor que não estava em chamas.

Ela olhou para o braço. Parte do combustível de aviação havia colado no traje de mergulho e agora queimava. Ela deu tapas nas pequenas chamas com as luvas de mergulho, sentindo o calor enquanto o neoprene começava a derreter.

Mergulhou a cabeça na água e conferiu o braço ferido do sobrevivente consciente. Havia uma fratura exposta.

– Me dá ele! – gritou KT quando voltou à superfície.

Ela pegou o homem inconsciente, já que era mais capaz de mantê-lo acima da água usando os dois braços e a ajuda do colete regulador. Pelo uniforme, o homem era da Força Aérea. Ele tinha um ferimento feio na cabeça que precisava de atenção imediata, mas estava vivo. Assim que terminou a análise, KT percebeu o som do tiroteio, com a metralhadora sendo respondida pelo *staccato* agudo da arma do tímido e reservado soldado Thorrason. Era a primeiríssima vez que ela realizava um resgate no meio de uma troca de tiros.

As chamas fechavam o cerco, invadindo o oásis deles. Estavam cercados por fumaça escura.

– O restante da tripulação e o outro passageiro morreram! – informou o sobrevivente consciente.

Ele parecia exausto, com a dor estampada no rosto crispado, mas conseguia se manter acima da água com muito mais facilidade agora que o braço bom estava livre. Operativos das Forças Especiais não tinham a aparência que as pessoas imaginavam. Não eram caras bombadões e cheios de músculos, e sim homens pequenos e robustos como aquele, não raro já começando a engordar um pouco (diziam que eles precisavam de reservas).

– Qual é o seu nome? – perguntou ela. Subitamente, a fumaça rodopiou ao redor deles enquanto o Rescue Hawk se aproximava por cima. Rajadas de tiros passavam pelo helicóptero, e a M240 atirava da porta.

– Mike! – respondeu o operativo.

Ela nem se preocupou em passar as instruções usuais, já que ele claramente sabia como agir em situações complicadas.

– Certo, Mike, preciso que você me escute. Vou rebocar nosso amigo aqui. – Ela fez um gesto com a cabeça na direção do homem em seus braços. – Vou por baixo da água, e depois volto pra te pegar. Não tenta sair nadando com esse braço ferrado. Mesmo que você não se machuque, se fizer isso não vou saber pra onde voltar e te encontrar.

Aquele era o ponto crucial. Mike era parte de uma fraternidade de guerreiros ensinados a confiar cegamente nas próprias habilidades porque precisavam delas para o tipo de trabalho que exerciam. Sob o ponto de vista dele, KT provavelmente era só uma mulher franzina. Existia uma hesitação ali, sobre se ele devia ou não confiar nela. Para alívio de KT, o homem concordou com a cabeça.

Ela não precisava da aprovação de ninguém, mas cooperação era sempre melhor do que ego.

– Só que o fogo… – começou ele. O sobrevivente parecia mais do que exausto.

– Se as chamas se aproximarem, você pega o máximo de ar que puder e mergulha. Eu vou encontrar você.

Ele concordou. Acreditava nela. Então Mike olhou para o companheiro de tripulação. Ambos sabiam que ele poderia se afogar ao ser puxado por debaixo da água enquanto ainda estivesse inconsciente. As chances não eram boas.

KT puxou o rádio à prova d'água do cordão e o acionou.

– RS1 para Papa. Uma vítima indo. Nos encontre a oeste da nossa posição atual. O cesto sobe, eu volto. Ressuscitação imediata é necessária. Câmbio.

– Papa para RS1. Atenção, estamos brincando de esconde-esconde com uma lancha torpedeira – disse Sandeman pelo rádio, a fala pontuada pelo eco dos tiros. – O suporte aéreo tá vindo. Até lá, a situação é precária, mas vamos nos virar com o que a gente tem. – Ao fundo, ela ouviu Thorrason gritar: "Recarregar!". – Câmbio – terminou Sandeman.

O olhar de Mike encontrou o dela.

– Ele precisa viver – disse Mike.

KT podia sentir o calor das chamas que se aproximavam e o peso do homem inconsciente. Ela concordou com a cabeça, sem saber se estava mentindo ou não. Hiperventilou para expelir o máximo de gás carbônico possível e depois respirou fundo, ajustou o colete flutuador e mergulhou, puxando o corpo desfalecido do sobrevivente consigo. Depois nadou, nadou e nadou, mantendo os braços ao lado do corpo. Usou as nadadeiras para se impulsionar enquanto rebocava o homem atrás de si. Em algum lugar no fundo da mente, foi incapaz de não pensar que, daquela perspectiva, o mar em chamas parecia bem bonito.

De repente, não estava mais sob as labaredas, e sim emergindo para ver um céu azul apesar das nuvens de fumaça. O Rescue Hawk a esperava, o cesto já baixado. A lancha torpedeira não estava à vista, mas aquele ainda era um movimento arriscado. Ela agradeceu o esforço do pessoal no helicóptero nadando na direção do cesto o mais rápido possível.

Uma das objeções absurdas à existência de nadadoras de resgate era a alegação de que a força de uma mulher não seria suficiente para içar um homem de noventa quilos até o cesto de resgate. Havia um certo jeitinho envolvido, e KT sabia que era muito mais uma questão de técnica do que de força. Ela colocou o homem inconsciente no cesto e fez um sinal para Rodriguez, que estava pendurado para fora da porta olhando para ela. Ele respondeu com outro sinal e começou a subir o cesto. Assim que o cesto deixou a água, Thorrason abriu fogo com a M240 de novo. A lancha torpedeira surgiu de dentro da fumaça com a metralhadora rugindo e os tiros traçando o ar, o barco delineando uma curva sob o Rescue Hawk enquanto o atirador tentava disparar da plataforma instável que era a lancha. Huang, para seu mérito, manteve o helicóptero em posição, dando a Rodriguez a oportunidade de içar o cesto em segurança. O adolescente calado de Minnesota calmamente disparava rajada depois de rajada da M240, trocando tiros com o barco mais pesadamente armado. KT não podia ficar por ali para ver como o encontro acabaria. Tinha prometido a Mike que voltaria para buscá-lo. Hiperventilou de novo, respirou fundo mais uma vez e submergiu.

As chamas haviam consumido a água clara que ainda restava no meio do incêndio. Houve um momento de pânico enquanto KT estacava sob a água. Não estava desesperada com o fogo, ou com a falta de ar, mas sim com o paradeiro de Mike. Enxergou primeiro os fiapos de sangue. Eles saíam do braço fraturado e se espalhavam pela água como as raízes vermelhas de uma árvore. Mike estava segurando a respiração, olhando para as chamas lá em cima. KT nadou pela água na direção dele. Ele a viu chegando e teve a presença de espírito de soltar o corpo quando ela o agarrou e começou a puxá-lo sob a água. Ela nadava tão rápido quanto podia, com as nadadeiras multiplicando o poder dos membros musculosos enquanto dava pernadas. Pareceu demorar uma eternidade, mas Mike não entrou em pânico nem resistiu, mesmo quando ela sentiu que ele precisava ir à superfície respirar apesar de todo o fogaréu.

Por fim, KT enxergou a luz do sol de novo e emergiu, puxando o ar, perto o suficiente das chamas para sentir o calor do fogo na pele exposta. Mike também tentava recuperar o fôlego. Ele parecia pálido e fraco. Ela estava preocupada com a possibilidade de ele entrar em choque. O Rescue Hawk não estava em lugar nenhum à vista. Ela queria se afastar do fogo, mas percebeu que as chamas e a fumaça ajudavam a escondê-los da lancha torpedeira. Prestou atenção no som dos motores e dos tiros, mas tudo o que podia ouvir era o crepitar das chamas. Reprimiu outro momento de pânico ao pensar que o Rescue Hawk, que levava seus amigos, tinha sido abatido. Mas não havia tempo para especulação. Ela tinha um trabalho a cumprir, e só podia reagir a qualquer situação quando se deparasse com ela.

— Como você tá, Mike? — perguntou.

— Bem — respondeu ele. Era evidente que ele não estava nada bem.

Não me decepciona agora, Mike. Preciso de informação, não dessa baboseira de homem machão.

— Mike? — perguntou de novo.

As pálpebras dele começaram a tremer.

— Hum… Tô com frio, fraco. Perdi muito sangue — disse ele.

Ela suspeitou que, além de exausto, e além de o mar ter tirado todo o calor de seu corpo, Mike também estava prestes a entrar em choque. Ela agarrou o rádio preso ao cordão assim que a fumaça tremulou e o Rescue Hawk surgiu, voando de lado a toda velocidade, uma língua de fogo projetando-se da M240 enquanto Thorrason atirava de volta no barco que os perseguia. Huang entrava e saía com a aeronave da fumaça — não tanto para se esconder, mas sim para dificultar a mira do atirador na lancha.

KT se virou para Mike para dizer que eles teriam de esperar até que o resgate aéreo os alcançasse e afastasse o barco daquele trecho do mar. Quando fez isso, ele entregou algo para ela por debaixo da água. Uma pequena esfera de metal. Ela a ergueu e pegou-se encarando uma granada de fragmentação. A lancha estava chegando mais perto, e rápido.

– Eu vou ficar bem – disse ele.

Ela abriu a boca para responder.

O ruído de uma arma trovejou alto pelo mar. Soava como se viesse de algo entre um fuzil de calibre .50 e alguma peça de artilharia de campanha. O estrondo hipersônico que se seguiu parecia capaz de rasgar o céu ao meio. Mike ficou subitamente alerta apesar da dor e da fraqueza, e os dois olharam ao redor. Na lancha, parte da metralhadora pesada havia simplesmente desaparecido, e no lugar onde o atirador deveria estar restava apenas uma névoa vermelha enquanto pedacinhos de material úmido choviam sobre o convés.

– Vai! – gritou Mike.

KT o deixou para trás, nadando pela superfície na direção da lancha torpedeira. O barco pareceu pular. Um instante depois, ela ouviu outro estrondo rolar pela água como se fosse uma força física tangível. Ela queria olhar ao redor para encontrar de onde os tiros vinham, mas estava focada demais em simplesmente chegar ao seu alvo. O barco diminuiu a velocidade. Ela podia ouvir vozes em pânico falando um idioma que não conhecia. Mergulhou para realizar a abordagem final. Usou as nadadeiras para se empurrar pela água enquanto tentava arrancar o pino surpreendentemente teimoso da granada. Enfim, conseguiu retirar o pino enquanto voltava à superfície, saindo perto do barco. Lembrando do pouco que sabia sobre granadas de mão, deixou a alavanca voar para longe da esfera e a atirou no convés da lancha. Então mergulhou. Mesmo debaixo d'água, ouviu a explosão. Teve consciência de mais de um corpo caindo na superfície da água acima dela.

Ela voltou à superfície meio que esperando ser atingida por algum sobrevivente do barco, mas não havia nenhum. Ela virou para olhar a embarcação. A lancha já começava a afundar. Tentou ignorar os corpos na água. Olhando ao redor, viu o Rescue Hawk baixando o cesto de resgate de novo, bem no meio do mar aberto, longe das chamas. Procurou a fonte dos tiros que haviam acabado com a metralhadora e afundado a lancha. Foi quando o viu. O MH-X Black Hawk voando baixo, próximo do mar, fechando a porta da cabine.

—

Thorrason estava manejando o guincho. KT havia mandado Mike primeiro, e estava subindo em seguida quando dois aviões F/A-18E/F Super Hornets passaram guinchando acima deles. Antes tarde do que nunca, pensou KT. Sentiu o calor vindo do tambor da M240 sobrecarregada quando subiu a bordo. Thorrason estava pálido e trêmulo, mas havia feito seu trabalho – e o havia feito bem. Ela só podia imaginar como tinha sido ter de ficar parado enquanto ele içava o homem ferido no meio de um tiroteio. Rodriguez estava tentando ressuscitá-lo. Mike já estava enrolado em uma manta térmica aluminizada. KT pegou o kit de primeiros socorros e ajoelhou ao lado de Mike quando o Rescue Hawk deu a volta, inclinando-se um pouco enquanto ia na direção leste, retornando para a frota e para o *Twain*. O helicóptero chacoalhava; ela tinha visto um pouco de fumaça saindo do rotor da cauda à medida que era içada para dentro. A última coisa que queria depois de um dia como aquele era se envolver em um acidente aéreo.

O Black Hawk furtivo os seguia na direção do *Twain*. KT estava enfaixando o ferimento de Mike da melhor maneira possível. A luz do sol vazava por um buraco de tamanho considerável na fuselagem do Rescue Hawk.

– Valeu – soltou Mike por entre os dentes cerrados.

KT apenas concordou com a cabeça. Ele estava encostado na fuselagem, e não havia apenas dor em suas feições. Ela podia ver a emoção nos olhos dele. Agora que estavam fora de perigo imediato, ele havia tido um momento para pensar. Ela achava que o outro passageiro que havia caído com o Seahawk era amigo dele.

Foi quando o homem desacordado começou a tossir, cuspindo água enquanto Rodriguez se afastava dele.

– Isso foi empolgante – anunciou o suboficial.

—

Huang manobrou o Rescue Hawk danificado até o heliponto no convés do *Twain*. O Black Hawk furtivo ficou sobrevoando acima deles como uma mãe preocupada até que pousassem onde os paramédicos já aguardavam para levar Mike e o outro tripulante até a ala médica. Os trens de pouso do Black Hawk mal tinham tocado o convés quando as portas dele se abriram, e vários homens e mulheres armados marcharam pelo heliponto. Carregavam carabinas, pistolas em coldres e uniformes com vários bolsos para munição, e usavam óculos de aviação e bonés de beisebol com estrelas e listras que eram praticamente o uniforme dos contratistas das empresas militares privadas. Eles se posicionaram em um perímetro amplo ao redor do heliponto enquanto dois homens desciam da aeronave. O primeiro era um homem de compleição física poderosa, vestido com um uniforme tático preto. Ele era bem bonito, inclusive, pensou KT, mas a característica mais específica sobre ele eram suas pernas. KT já havia visto próteses em contratistas e mesmo em paramilitares da CIA antes. Elas geralmente eram do tipo lâmina. Aquelas, porém, eram consideravelmente mais sofisticadas. Ele voltou até a cabine do helicóptero furtivo e tirou um saco de cadáver de lá de dentro, pendurando-o sobre o ombro. Depois se inclinou e pegou uma maleta de armas. Aquilo era incomum. A maior parte dos operativos carregava suas armas penduradas até guardá-las, e poucos carregavam estojos em operações – mesmo que fosse só durante a viagem de helicóptero. *Talvez sejam atiradores de elite*, pensou KT, mas o estojo parecia ter o tamanho de uma carabina, talvez um pouco maior. Não soube o que a fez olhar para Mike. Ele tinha se sentado na macà enquanto os médicos se preparavam para levá-lo embora, e agora encarava o homenzarrão com as pernas prostéticas. O desprezo e o desgosto que Mike claramente sentia pelo recém-chegado estavam estampados em sua expressão.

O segundo homem a descer do helicóptero furtivo era menor e mais hirsuto, muito mais condizente com as expectativas de KT quanto ao físico dos operativos. Como ela, ele parecia ter ascendência latina. Também usava uniforme tático preto, além de um boné e óculos escuros. Ela conhecia vários atiradores de elite que usavam os óculos para poupar a visão. Ele também tirou um saco com um cadáver do helicóptero e o pendurou no ombro. Depois, puxou um estojo de armas bem maior da aeronave. Era mais ou menos do tamanho da bolsa que KT esperaria para um fuzil de precisão calibre .50 desmontado. Ela ouvira falar que armas do tipo eram usadas no Iraque. Não tinha sido uma calibre .50 que ela ouvira quando a lancha torpedeira fora atingida. KT ficou curiosa, mas estava na Marinha havia tempo suficiente para saber cuidar dos próprios negócios quando o assunto eram operações secretas. Mas também estava na Marinha havia tempo suficiente para saber que não havia como guardar segredos em um navio. E, à despeito de tudo, devia-lhes muitos agradecimentos. Ela começou a caminhar pelo heliponto na direção dos dois operativos. Assim que se moveu, um dos contratistas civis se mexeu e entrou na frente dela.

– Opa, opa, *chica* – disse ele, olhando-a de cima a baixo. – Aonde você tá indo?

Nada mais sexy do que um traje de mergulho parcialmente derretido, pensou ela, imaginando quanto tempo fazia que aquele embuste estava embarcado.

– Pra lá – disse, apontando na direção dos dois operativos.

– Tá vendo os caras com as armas, né? – perguntou ele.

KT sorriu. Já havia lidado com vários cuzões como ele antes.

– Você pode me dizer onde você tá na linha de comando da Marinha? – perguntou ela. Ele não respondeu. Ela podia ver os dois homens seguindo na direção da escotilha que levava à torre principal do navio. KT voltou a olhar para o homem. – Você é civil, né? No meu navio, com uma arma e sem autoridade nenhuma. Sabe o que a gente faz com piratas?

Não importava mais. Os operativos já tinham ido embora, e os contratistas estavam se preparando para segui-los.

– Algum problema, sargento? – Huang surgiu ao lado dela.

KT encarou o contratista calmamente. Ele poderia apenas ter virado as costas e ido embora, mas aparentemente possuía instinto militar o suficiente para ficar parado enquanto uma oficial falava com ele. Não tinha cara de ter sido de alguma Força Especial quando estava ativo, pensou KT. Huang levava as coisas numa boa, mas podia ligar o modo autoritário quando precisava.

– Possível pirata com habilidades de comunicação de merda – disse KT ao piloto.

O contratista estava começando a parecer nervoso agora. KT podia perceber o resto da tripulação se juntando atrás dela.

– Fora do meu heliponto, soldadinho vendido. Agora – ordenou Huang ao funcionário, que praticamente fugiu.

– Péssimo jeito de lidar com operações secretas – murmurou Rodriguez de algum lugar atrás dela.

KT teve de concordar. Todo aquele fuzuê com certeza atrairia a atenção da extremamente efetiva rádio-peão do navio. Ela mal podia esperar pelas teorias da conspiração bem ridículas que seriam espalhadas entre os companheiros sobre a presença dos operativos a bordo do *Twain*.

Rodriguez deu duas batidinhas no ombro dela, e KT se virou para ir buscar o resto do equipamento. Podia ver Sandeman, o copiloto, falando com o líder dos mecânicos de helicóptero – que parecia cada vez mais exasperado – enquanto ela se dirigia até a aeronave. Precisaria requerer novas luvas e um traje de mergulho.

Estar no mar era sempre uma experiência divertida. Também precisaria examinar o resto dos equipamentos quando os limpasse e guardasse, para garantir que não havia nenhum dano causado pelo fogo que não tivesse percebido. Sabia que Huang, Sandeman e até Rodriguez teriam de inspecionar o helicóptero, e que ficariam preenchendo relatórios de dano em combate dali até o Natal. Ela não queria estar no lugar deles, embora tivesse que escrever o próprio relatório pós-ação. Enquanto juntava o equipamento, a quantidade de cápsulas de munição no chão do helicóptero a fez cair em si. Thorrason devia ter gasto pelo menos duas cintas de balas. O jovem fuzileiro havia voltado com uma vassoura para varrer as cápsulas. Ainda parecia um pouco trêmulo.

— E aí? — indagou KT. Dessa vez, ele olhou direto nos olhos dela. — Você mandou bem hoje.

Ele concordou com a cabeça. Não disse nada, mas parecia ter ficado um pouco mais à vontade enquanto ela recolhia os equipamentos. Ela estava prestes a se dirigir à escotilha da torre principal quando viu Huang. Ele ainda estava parado no mesmo ponto em que ela o havia deixado. Olhava o Black Hawk furtivo.

— Tá com invejinha desse helicóptero, tenente? — perguntou KT.

Ela viu a pilota da aeronave — uma mulher loira, com cabelos na altura dos ombros, penteados em uma trança, e nenhuma insígnia no traje de voo — inspecionando sua belezinha.

Huang se virou e deparou-se com KT sorrindo.

— Eu conheço ela — disse ele, fazendo um gesto na direção da pilota. — A gente serviu junto no Red Wolves. — KT sabia que o Red Wolves, ou o Esquadrão de Helicópteros de Combate Marítimo 84, havia sido o esquadrão de apoio das Forças Especiais da Marinha. — Ela saiu quando o Wolves foi desativado.

— Ah, é? — perguntou KT.

Fazia sentido. A mulher loira provavelmente tinha experiência em operações secretas sob circunstâncias complicadas. Ainda assim, subitamente havia um monte de civis bem equipados e fortemente armados no navio de KT.

Tô cada vez mais curiosa, pensou ela.

— Qual é o nome dela? — perguntou a nadadora, tentando soar casual.

Huang se virou para encará-la, tirando os óculos de sol e erguendo uma das sobrancelhas.

— Bom, ela era a Capitã de Corveta Ellen Bedford quando estava na ativa. Por quê? — questionou ele.

KT apenas balançou a cabeça, virando-se para olhar a pilota loira.

— Só curiosidade — disse para Huang. — Alguma chance de sermos apresentadas? — Ela tentou fazer a pergunta soar inocente. Falhou miseravelmente.

— Karina… — começou Huang.

— KT — corrigiu ela, esquecendo por um instante a diferença na hierarquia.

— Primeiro-sargento Tor — lembrou Huang, solícito —, a gente não se mete no assunto dos outros, especialmente quando esse assunto tem natureza secreta e segurança operacional é um fator — lembrou ele. KT quis suspirar. Segurança operacional *sempre* era um fator. — Eles ajudaram a gente hoje. Deixa as coisas como estão.

KT abriu os braços de forma extensiva.

— Eu só queria agradecer — disse a ele.

— Sei. — Huang soou menos do que convencido.

—

KT seguiu sua rotina pós-missão. Limpou e guardou os equipamentos, e depois preencheu os formulários de requisição para os itens que precisavam ser repostos. Foi só quando estava no chuveiro que os tremores a atingiram. Ela não despencou por pouco, mas se encolheu em posição fetal, a adrenalina disparando pelo sistema nervoso enquanto percebia como estava elétrica. Soube que tinha sido só por isso que não metera a mão na cara do contratista, mesmo que o cuzão tivesse merecido. Agora, várias horas depois, tudo voltava em lampejos. As labaredas do mar em chamas se erguendo para engolfar a ela e ao helicóptero. Ela nadando sob o fogo. A lancha, os tiros cruzando o ar. A granada. Os corpos no mar. Ela sabia que havia feito a coisa certa. Sabia disso. Não se arrependia, mas tinha se juntado à Marinha para salvar vidas. Entendia desde sempre que a Marinha era uma força de combate, que sempre existia a chance de que algo como aquilo acontecesse – mas, agora que acontera, não sabia como se sentir. Não pela primeira vez, considerou se alistar na Guarda Costeira quando as inscrições abrissem. Embora, nesse caso, não fosse conhecer tantos lugares interessantes. Esse último pensamento trouxe um sorriso para seu rosto. Tirou-a da reflexão.

Ela se sentou no chão do chuveiro, esperando que os tremores parassem enquanto toda a tensão deixava seu corpo, e se perguntou de novo sobre o helicóptero furtivo e sobre aqueles operativos. Perguntou-se o porquê de se importar. Huang estava certo. Nada daquilo era problema dela, mas o escândalo a respeito daquilo poderia colocar a vida das pessoas em risco. Tudo o que haviam feito tinha sido ajudar a tripulação do navio. KT deveria deixar elas por elas. Se a oportunidade de agradecer surgisse, aí sim seria razoável. O único problema era que algo a incomodava sobre aquilo. Talvez fosse o senso de propriedade que ela e toda a tripulação sentiam em relação ao *Twain*. Era um navio onde todo mundo se conhecia – era o lar deles, e todos o amavam. Ninguém gostava da ideia de ter intrusos fortemente armados entrando em casa e tentando passar por cima dos moradores. Ela disse a si mesma que aquela não era uma razão boa o suficiente para fuçar onde não devia.

Resolveu cuidar dos próprios negócios.

Mas a resolução não durou muito tempo.

—

Enfim limpa, depois de ter lavado a água do mar e a fumaça de gasolina de aviação do cabelo e de ter se livrado dos tremores pós-combate, ela se dirigiu aos dormitórios. Assim que entrou, a música começou a tocar. Metallica, músicas do começo da carreira deles, pensou, não realmente seu tipo de música. Ela gostava de música gravada no século atual. Ouviu as palavras "*jump in the fire*", e então começaram as palmas. Ela fez uma mesura irônica e os outros tripulantes do helicóptero a cercaram para parabenizá-la. Tripulantes das equipes de salvamento sempre eram populares entre os outros aeronautas, e parecia que os relatos sobre sua ação haviam corrido de boca em boca. Particularmente, ela era da opinião de que Mike ter mantido um dos tripulantes do Seahawk vivo mesmo com uma fratura exposta no braço era a parte heroica de verdade, assim como Huang e o resto da tripulação terem mantido a posição mesmo no meio do tiroteio. Ela não tivera a intenção de "saltar no fogo", como dizia a música do Metallica. Ainda assim, aceitou de bom grado as cervejas e as doses de mezcal que definitivamente não deveriam estar a bordo de um navio de combate. Ela virou o mezcal, sentindo o ardor amargo, e por cima mandou um gole de cerveja.

– Se divertiu hoje? – perguntou Rodriguez.

– Foi empolgante – respondeu KT.

Ela tinha plena certeza de que teria ficado completamente aterrorizada se tivesse tido tempo de parar e pensar no que estava fazendo.

– O que você falou pro Thorrason? – perguntou Rodriguez, dando um gole na cerveja enquanto se apoiava no encosto de um dos beliches no dormitório lotado.

– Só disse que ele tinha feito um bom trabalho – respondeu ela, começando a sentir o coração apertar. – Por quê? – perguntou, embora tivesse quase certeza de que não queria ouvir a resposta.

– Ah, ele tá com aquela cara… Você sabe… – disse Rodriguez, sorrindo.

– Qual cara? – perguntou KT. Ela sabia o que o suboficial iria falar antes mesmo que ele abrisse a boca.

– Como se ele quisesse chamar você pro baile de formatura, ou talvez te pedir em namoro – disse Rodriguez, claramente se divertindo.

– Ah, pelo amor de Deus – murmurou KT.

– Ei, não diz o nome de Deus em vão – falou ele, segurando o rosário que sempre usava, apesar de ser contra o regulamento. Ele ainda sorria, no entanto.

– Porque os caras não podem ser… profissionais? – disse ela, um pouco mais do que exasperada.

– O rapazinho é uma bomba de hormônios de dezoito anos que acabou de passar pela primeira troca de tiros, e você… Bom, você é…

– Eu sou o quê? – grunhiu KT.

– Uma *chica* gostosa – disse ele, gargalhando.

Ele estava acima dela na hierarquia. Estritamente falando, era contra o código de conduta falar com uma subordinada daquele jeito. Só que Rodriguez era latino, como ela. Não havia dito aquilo de forma pejorativa como o contratista no convés. Ele tinha sido o suboficial que a presenteara com a moeda comemorativa da embarcação. E ele também tinha ido além das obrigações para fazê-la se sentir bem-vinda, parte de uma família – de um jeito que ela nunca havia se sentido na vida. Rodriguez tinha inclusive se indisposto com alguns dos aeronautas mais machões até que ela tivesse a chance de se provar. Também era muito bem casado, e pai de uma quantidade ridícula de filhos. Anna, a esposa dele, era amiga de KT, e já a recebera em casa para vários churrascos e aniversários. Não tinha nada de desprezível ou inapropriado nas palavras dele. A questão não eram as palavras em si, e sim de quem elas vinham.

– Sério, chefe – disse KT –, você pode dar um jeito nele? – Estava quase implorando.

— Não sei se é minha função — disse Rodriguez, usando um falso tom apologético.

— Ele tá voando com a gente! — protestou ela, cumprimentando com a cabeça um outro primeiro-sargento da tripulação que havia feito um sinal de joinha para ela.

— Tá, eu dei um jeito nele — disse Rodriguez, aparentemente decidindo que ela já tinha sofrido o suficiente.

— Valeu — disse KT.

— Eu falei que ele não podia pedir pra sair com você até que a rotação de equipes tirasse ele da nossa equipe.

KT soltou uns palavrões.

—

Dormir não tinha resolvido. Era claro que ela ainda estava elétrica demais por causa dos esforços do dia. Deitada no catre, tinha ido de analisar os eventos do dia e ver se poderia ter feito algo diferente — algo melhor — até repassar os momentos mais angustiantes várias vezes como em um filme se repetindo. Finalmente, havia desistido e saído para um passeio, tentando manter-se longe da guarda noturna. Quando passou pela ala médica, decidiu dar uma espiada. Ela se dava bem com os oficiais da área, já que de vez em quando entregava pacientes para eles.

Mike estava deitado em uma das macas, preso a uma bolsa de soro. A fratura havia sido colocada no lugar e enfaixada. Ele tinha os olhos fechados. Sem ver ninguém conhecido por perto, KT já havia decidido se retirar quando Mike abriu os olhos e olhou direto para ela. Ela imaginou ser algum tipo de instinto de operativo, aquilo de saber quando estava sendo observado. Era claro que ele sentia algum desconforto, mas fez sinal para que ela se aproximasse.

— Queria te agradecer. — A voz dele estava abalada.

— Você já agradeceu — disse ela, entregando-lhe um copo d'água e colocando uma cadeira a seu lado antes de se sentar.

— Ah, eu estava com muita dor.

— Como você tá se sentindo agora? – perguntou KT.

— Morfina. – Mike apertou os olhos.

Estava claro que a dor que ele sentia era mais do que apenas física. Ela tinha quase certeza de que ele havia perdido amigos quando o Seahawk afundou.

— Me conta o que aconteceu – pediu ela.

— Em quantos acidentes de helicóptero você já esteve? – Ele sequer perguntou se ela já havia estado em algum. Era quase inevitável quando se passava muito tempo perto de helicópteros voando em situações complicadas.

— Dois.

— Você é nova? – perguntou ele com um sorriso totalmente sem humor.

Parecia que ele estava lutando contra o estupor induzido pelos remédios para conseguir falar com ela. KT ficaria feliz em ficar ao lado dele até que adormecesse, se aquilo fosse ajudar.

— Pensa sobre as pessoas com as quais eu voo.

Todas as pessoas nos serviços militares dos EUA pareciam achar que eram as melhores, mas era preciso ter habilidade de verdade para voar em um helicóptero de salvamento. Além disso, fora aquela ocasião, eles não costumavam ser atacados tanto quanto as aeronaves de transporte das Forças Especiais.

Mike conseguiu concordar com a cabeça.

— As rochas esconderam a lancha torpedeira. Só vimos quando já era tarde demais. A gente praticamente voou direto na direção da Dushka. – KT sabia que uma Dushka, também conhecida como DShK, era uma metralhadora pesada russa fabricada na época da União Soviética e capaz de atirar enormes balas de 12.7mm. – Acho que a primeira rajada atingiu o piloto. O *cockpit* ficou vermelho, e a próxima coisa que eu soube era que estava no mar. Acho que desmaiei. Precisei cortar o cinto pra me soltar. Conseguiu tirar o líder da equipe pra fora. O Ralphy foi atrás do copiloto… – Tudo era dito em um tom plano, desapaixonado, como se ele estivesse fazendo um relatório para um comandante, até a parte final. O rosto dele ficou tenso e ele desviou o olhar.

– Você quer que eu fique mais um pouco ou vá embora? – perguntou.

Ela só conseguiu pensar em dizer aquilo, embora suspeitasse que a resposta dele não fosse ser completamente honesta. Caras como Mike odiavam demonstrar fraqueza. KT não se surpreendeu quando ele fez um gesto para que ela partisse. Ainda assim, a escolha era dele. Ela se levantou e se virou para ir embora. Ficou um pouco mais do que surpresa quando ele agarrou o braço dela, mas Mike a soltou assim que a sentiu ficando tensa.

– Desculpa – disse ele. – É que aquele cara… – começou.

KT estava pensando que precisaria de um pouco mais de informação para entender aquilo, mas depois lembrou de Mike se sentando na maca e olhando para um dos contratistas que haviam descido do helicóptero furtivo.

– O cara com as pernas mecânicas? – perguntou ela. Mike conseguiu concordar com a cabeça de novo. Os olhos dele pareciam úmidos. Podia ser tanto pela dor quanto pelo luto. – O que tem ele?

– Você precisa ficar longe dele – disse Mike. – Ele é um bosta. – Ele quase cuspiu a última parte.

Era algo superprotetor e quase proprietário para alguém que ela havia acabado de conhecer, mesmo que eles tivessem se conhecido em circunstâncias especiais. Ainda assim, ficou óbvio que Mike realmente não gostava do cara com as próteses. Ela não tinha interesse nenhum em chegar perto do atirador de elite para fazer qualquer coisa além de agradecer. Por outro lado, ele poderia saber algo sobre o que estava acontecendo ali. Afinal de contas, mesmo em uma força militar do tamanho da dos EUA, a comunidade das Forças Especiais era particularmente pequena.

– Quem é ele? – perguntou.

– O nome dele é Dalton. Não dá a mínima pra ninguém além de si mesmo. Faz as pessoas morrerem.

– E quem tá com ele? – perguntou KT.

Mike deu de ombros, embora o gesto parecesse doer. Ela sentiu um lapso momentâneo de culpa. Não deveria tirar vantagem de um homem ferido sob efeito de morfina. Ainda assim, ele ofereceu a informação.

– Ou ele é um contratista ou tá com o SOG – disse Mike. O Special Operations Group, o grupo de operações especiais, era a unidade de operações secretas da própria CIA. – Em algum lugar onde trabalho em equipe seja a menor das preocupações.

Fazia sentido.

– Você ouviu eles atirando na lancha torpedeira? – perguntou KT.

Mike concordou com a cabeça e depois fez uma careta.

– Não pareceu com nada que eu já tivesse ouvido antes.

KT não queria abusar. Não tinha sido a intenção dela, mas definitivamente começava a sentir como se estivesse tirando alguma vantagem dele.

– Mike, vou deixar você descansar um pouco, tá?

Ele concordou com a cabeça de novo.

KT se ergueu e virou-se para partir.

– Como você tá, com tudo isso que aconteceu? – perguntou ele. Ela se virou para olhar o operativo machucado. – Eu conheço vocês. Vocês entram no serviço de combate pra salvar vidas.

Ele estava falando sobre ela ter usado a granada.

Fala a verdade, disse a si mesma. Ela havia matado naquele dia. Como se sentia a respeito? Não fazia ideia se tinha processado aquilo. Havia trabalhado majoritariamente na base do instinto e do treinamento.

– Eles estavam tentando matar a minha equipe – disse ela. Se tivesse que escolher entre amigos ou estranhos armados, sempre jogaria a granada. Ela não queria ter de matar, mas naquele caso tinha quase certeza de que havia salvado vidas. Talvez precisasse lidar com aquilo mais para frente; o pensamento racional e a emoção sempre estavam em dívida um com o outro afinal de contas, mas por ora ela estava em paz com a própria decisão. — Tô bem com isso.

Mike olhou para ela por um momento ou dois. Depois concordou com a cabeça de novo.

—

— O que você tem pra me contar, suboficial? — perguntou KT enquanto se sentava com seu café da manhã na mesa do convés bagunçado, diante de Rodriguez.

Após os esforços do dia anterior, ela só esperava um expediente cheio de tarefas leves. Não havia dormido muito bem.

Rodriguez olhou para o tamanho do café da manhã dela.

— Tem certeza de que pegou comida o bastante?

Ela amava realizar tarefas rotineiras, mas isso significava não treinar tanto quanto gostaria. E, por treinar, ela queria dizer nadar. Nadar bastante significava que ela poderia comer o quanto quisesse, que era o que mais gostava de fazer. Ainda assim, estava razoavelmente feliz com o tamanho de seu café da manhã: uma pilha de panquecas, ovos mexidos, bacon com xarope e até mesmo linguiças. Afinal de contas, ela havia trabalhado duro no dia anterior. Olhou para a tigela de mingau do suboficial e balançou a cabeça.

— O café da manhã de um homem de meia-idade — comentou ela com uma simpatia fingida.

Rodriguez mostrou o dedo do meio.

— Qual é, você tá evitando minha pergunta. Para de me encher o saco — falou ela.

— Não sei do que você tá falando — rebateu ele. Mas ele, é claro, sabia exatamente do que ela estava falando. De todas as redes de fofoca da Marinha dos Estados Unidos, a mais eficiente era a dos oficiais não comissionados.

– Vou ligar pra sua esposa – disse KT, olhando nos olhos dele.

– Caramba! – gritou Rodriguez, e alguns fuzileiros em uma mesa próxima se viraram para olhá-los. – Direto na opção nuclear, bem no topo da cadeia de comando, né?

KT balançou a cabeça.

– Eu sei quem é a sua superior de verdade, suboficial.

KT sabia que ele ia acabar soltando. A razão pela qual a rede de fofoca dos oficiais não comissionados funcionava melhor na Marinha era porque eles eram um bando de fofoqueiros inveterados.

Rodriguez se inclinou, conspiratório. KT fez o mesmo.

– Tá, me escuta então. Você precisa entender que boa parte disso é pura especulação, mas quem juntou as peças foi gente que sabe o que tá fazendo. Pessoas que estiveram em lugares e viram coisas.

KT concordou com a cabeça, entrando no jogo.

– Tipo aquela vez em que você viu uma sereia? – perguntou ela.

– Eu vi mesmo uma sereia – respondeu ele com sinceridade. A tal da visão da sereia havia resultado no que todos concordavam ser genuinamente a pior tatuagem de sereia na história da Marinha dos EUA (o que exigia certo esforço). A tatuagem, por sua vez, havia resultado na pior briga que Rodriguez já tivera com a esposa. – Mas a gente não tá falando disso.

– O que você sabe, suboficial? – perguntou KT de novo.

– Então, o cara com as pernas mecânicas… – começou ele.

– O Dalton? – KT não conseguiu se segurar.

Rodriguez pareceu um pouco surpreso e com muita vontade de perguntar como ela sabia. KT apenas sorriu.

– Ele é um ex-DevGru. – O Naval Special Warfare Development Group, Grupo de Desenvolvimento de Guerra Naval Especial dos Estados Unidos, mais comumente conhecido como Team Six do

SEAL, era a Força Especial Tier One da própria marinha. – Parece que ele foi dispensado por motivos médicos.

– Por causa das pernas? – perguntou ela.

Rodriguez confirmou com a cabeça.

– Sim, mas parece que ele saiu meio queimado dessa, deixou um pessoal pra trás pra morrer. É *persona non grata* na comunidade.

Aquilo clarificou um pouco o que Mike estava dizendo, pelo menos.

– E o outro cara? – perguntou KT.

– O melhor palpite é que ele é um atirador de elite – disse o suboficial. Ela tinha quase certeza de que poderia ter descoberto aquilo sozinha. – Rola um pouco de mistério, mas ele não foi da Marinha, nem fuzileiro. Provavelmente foi da infantaria. – O que significava que ele tinha sido do Exército. – Talvez um boina verde, talvez um cara da Delta. – O que fazia sentido.

– Tá, mas e o que eles estão fazendo aqui? – perguntou KT. O superior ainda não havia contado muita coisa que ela não pudesse descobrir sozinha.

– Bom, você viu os sacos com os cadáveres. Eles tão matando pessoas. É o que gente como eles faz.

KT se inclinou mais na cadeira.

– E ficando com os corpos? Qual é, chefe. Eles estavam voando por aí em um helicóptero furtivo. Eles têm segurança privada. Eles podem estar tentando esconder, mas existe mais coisa rolando além do que eles dizem. O que é que tá pegando?

– Você ouviu os tiros, né? – perguntou ele. Ela concordou com a cabeça. Seria difícil não ter ouvido, já que os estrondos soavam como se os deuses estivessem irritados, algo digno da *Ilíada*. – A gente chegou à conclusão de que eles são contratados pela DARPA, e que estão em campo testando armas de última geração. – A DARPA, ou a Agência de Projetos de Pesquisa em Defesa Avançada, era o departamento do governo responsável por desenvolver armamentos de última geração para os militares.

KT refletiu um pouco a respeito. Explicava a arma, e até mesmo as próteses avançadas. Fazia sentido de algum modo, mas ela estava decepcionada. Suspeitava que podia estar ficando acostumada, mas a normalidade da explicação parecia reforçar o quão mundano a maior parte do serviço militar era, mesmo para operativos. *A não ser por ontem*, pensou ela. Ainda assim, Rodriguez parecia satisfeito consigo mesmo. Ele a fitava, cheio de expectativa.

– É só isso? – perguntou ela. Estava sendo cruel. Ele pareceu murchar um pouquinho.

– O que você queria? Isso é coisa digna de James Bond, acontecendo bem aqui – insistiu ele. KT estava menos certa sobre aquilo, mas se divertiu ao ver que Rodriguez estava feliz. – Tipo, tem também o lance da própria arma – acrescentou ele. Era claro que o suboficial estava mantendo aquele pedacinho do papo como um bônus.

– Você sabe o que é? – perguntou ela, sem conseguir muito bem manter o ceticismo longe da voz.

– Bom, a gente tem alguma especulação levantada pelos ordenanças. – E por ordenanças ele queria dizer os oficiais não comissionados que comandavam as equipes trabalhando nos vários sistemas de armamento ofensivo e defensivo do *Twain*.

– Ah, falou – disse ela. KT tinha poucas ilusões quanto à exatidão das especulações da Marinha. Apresentava taxa de acerto bem mais baixa do que a da rádio-peão.

– Você sabe o que é um canhão eletromagnético? – perguntou ele.

Ela sabia que tinha ouvido a expressão em algum lugar. No fundo da mente, sentia que era algo conectado às catapultas eletromagnéticas, usadas em alguns veículos mais modernos para lançar jatos.

– É um tipo de canhão, suponho? – zombou ela.

Ela quase riu quando Rodriguez a encarou com uma expressão que dizia: *Isso é coisa séria*. Rodriguez tinha muitas qualidades, mas ela sabia que às vezes você só precisava deixar os caras explicarem as coisas. Eles ficavam felizes.

– É uma arma que usa a força eletromagnética em vez de uma explosão química pra lançar um projétil – explicou ele.

– Tipo as catapultas de lançamento novas? – perguntou ela, satisfeita em ver que havia feito a conexão certa.

Rodriguez pareceu momentaneamente surpreso. Ela tentou não esconder isso dele, relembrando ao chefe de que ela também fazia parte da Marinha.

– É... Isso mesmo – disse ele.

Aquilo certamente juntava os pontos. O som estranho dos tiros. O ruído aumentado do impacto hipersônico. Presumivelmente, também explicava o poder notável de destruição da arma.

– E você acha que a DARPA desenvolveu um portátil? – perguntou KT.

– Bom, o pessoal da ordenança acha que sim. Que era o que havia no estojo grande de armas que o segundo cara carregava, provavelmente do tamanho de um fuzil de precisão calibre .50.

De novo, aquilo fazia sentido, mas KT se sentia um pouco decepcionada.

– E os contratistas? – perguntou ela.

– Coisa padrão. O Sarja Harv acha que o tonto que tentou passar por cima de você era um fuzileiro, pra vergonha eterna do Harv. O que dizem por aí é que esse mesmo cara vem se comportando que nem um cuzão pelo navio todo. Mas eles não foram das Forças Especiais.

"Harv" era o primeiro-sargento responsável pelo contingente da Marinha a bordo do *Twain*. Era um fuzileiro bem fuzileiro mesmo, do tipo que gritava muito, mas dava para conviver com ele. E, mais importante para KT, o primeiro-sargento era bom no trabalho e se preocupava com as pessoas de sua equipe.

– Onde eles estão ficando? – perguntou KT, tentando soar o mais casual possível.

Foi a vez de Rodriguez voltar a se sentar direito na cadeira, encarando-a com atenção.

— Por quê? — perguntou ele. Ela franziu a sobrancelha. — Eles estão fazendo alguma merda secreta que você não devia sair fuçando por aí.

— Você fuçou — protestou ela.

— A gente só especulou casualmente, nada mais do que um exerciciozinho intelectual.

— Exerciciozinho intelectual! — zombou KT.

— Não vai criar confusão, hein — alertou-a Rodriguez.

Ele estava usando seu tom paternal de eu-realmente-quero--que-você-me-dê-ouvidos. Ela meio que gostava daquilo. Não era como se ela tivesse contado com um pai na vida real, afinal de contas. Não que ela tivesse a menor intenção de obedecer.

— Eu só queria agradecer aos caras — protestou ela.

— E se eu te der uma ordem para não fazer isso? — perguntou ele.

— É só uma questão de boas maneiras. Ou você me conta, ou eu vou encontrar a resposta em outro lugar — disse ela, cruzando os braços.

Rodriguez suspirou. KT era grata pelo fato de a esposa do chefe o ter ensinado a perder discussões com um certo grau de graça. Ou, como ele costumava dizer: "*Saber quando a batalha está perdida*".

— Eles estão lá na frente, perto do arsenal — disse ele. Depois apontou para ela. — Não me vai começar alguma merda. Tá me entendendo, primeiro-sargento? — Ele havia usado a patente dela, o que significava que, gentilmente, estava lhe dando uma carteirada. Ela apenas sorriu. — Ei, saca só aquilo — disse ele, e fez um gesto com a cabeça para algo atrás dela.

KT se virou e olhou. O movimento de gente no convés bagunçado tinha diminuído, e ela podia ver Huang sentado em uma mesa, terminando o café da manhã e falando com a capitã de corveta Ellen Bedford, reformada da Marinha e pilota do helicóptero Black Hawk.

—

— E aí, chefe? — cumprimentou KT, colocando na mesa a bandeja com seu café da manhã já bem frio antes de se sentar. Ela viu Huang suspirar e Bedford revirar os olhos.

— A gente se fala depois — disse Bedford, levantando-se.

— Tchau — disse KT, pegando um pedaço de bacon para mastigar.

— Mal-educada — falou Huang depois que a pilota foi embora.

— Na verdade, eu queria falar com ela — disse KT.

— Você lembra o lance da cadeia de comando dos oficiais e oficiais não comissionados que a gente tenta enfiar na sua cabecinha?

— Mais ou menos — disse KT. — Mas ela não tá na minha cadeia de comando.

— Mas eu sim — disse Huang.

O tom dele sugeria que ele falava sério. O que fazia sentido, já que ela estava sendo descuidada com os regulamentos da Marinha. Mas KT respeitava a cadeia de comando — e, mais importante, respeitava Huang.

— Tudo bem, capitão-tenente, me desculpa. Eu tô de folga, mas o que você descobriu, hein? — perguntou ela, enchendo a boca de panqueca morna.

— KT, você deve saber que essa é uma operação secreta... — Ele soava exasperado de verdade.

— Na qual você também não tá envolvido. Você estava falando com ela exatamente pela mesma razão de eu estar falando com você — propôs ela, comendo uma colherada de ovos mexidos.

— Eu só estava fofocando com uma velha amiga — protestou ele.

— E por coincidência descobrindo coisas que você possivelmente não pode me contar.

Huang a observou por um instante.

— Aonde você quer chegar, KT? Você normalmente não é assim.

A questão a fez parar e pensar. Ele estava certo. Ela entendia a necessidade de manter segredo, pelo bem da segurança operacional. Por que estava fuçando onde não deveria?

– Não sei, é que tem alguma coisa estranha sobre isso – disse ela, enfim.

– Primeira vez trabalhando no meio de uma troca de tiros? – perguntou ele.

– Sim – replicou ela depois de um breve silêncio. – E sob circunstâncias meio esquisitas... Faz sentido?

Huang ponderou sobre a resposta.

– Você só tá tentando racionalizar tudo. É normal, eu acho.

– Mas e aí, vai me contar alguma coisa? – perguntou ela. – Sei que a gente deve um agradecimento a esses caras... Talvez a gente deva até as nossas vidas.

– Que é um bom argumento pra deixar eles em paz – propôs Huang.

– Não acho que eles querem ser deixados em paz. Tipo, eles são uma equipe secreta meio escandalosa, né? E se eles estiverem desesperados pela nossa atenção? – perguntou ela, sorrindo.

Huang riu.

– Nossa atenção? – perguntou ele.

– Bom, sei lá. A minha, pelo menos – disse ela, concentrada em cortar as linguiças. Estava curtindo o café da manhã, apesar da comida fria.

– Tá bom – rendeu-se Huang –, mas não fala nada pro Rodriguez porque seria a mesma coisa que transmitir isso pelos alto-falantes do navio.

– Ele acha que eles são da DARPA – disse KT.

– Não são. São de uma empresa privada com vários contatos no alto-escalão do Pentágono. O grupo se chama Rising Spirit Technologies.

KT encarou o piloto.

– Tá me zoando? "Elevando o espírito"? Por acaso são algum tipo de líder em tecnologia de guerra *new age*? – perguntou ela.

Huang riu.

– A Ellen diz que eles atuam na área de tecnologia de guerra de ultimíssima geração. Próteses avançadas, proteção pessoal, melhorias, sistemas de armas...

– Tipo canhões eletromagnéticos portáteis? – perguntou KT.

Huang a observou de novo por um tempo. Dessa vez, parecia preocupado.

– Como você sabe disso? – perguntou, enfim.

KT deu de ombros.

– Especulação de parte do pessoal da ordenança – falou ela.

– Meu Deus, esse navio – disse Huang, balançando a cabeça.

– A sua amiga gosta de trabalhar pra eles? – perguntou KT.

– Não. Se você pegar as missões da Ellen pras Forças Especiais pelo mundo todo, vai ver que ela já esteve em umas situações bem cabeludas. Ela não se assusta fácil, mas não gosta desses caras. Acha que tem alguma coisa estranha sobre eles. Supostamente, deveriam ser uma empresa de tecnologia, mas, na prática, estão fazendo operações secretas com a bênção do Pentágono. Ela vai pular fora assim que voltar pra casa de folga; não vai renovar o contrato.

De repente, tudo aquilo não era mais tão divertido.

– E os chefões da coisa toda estão jogando um monte de recursos neles, recursos secretos – disse KT, pensando sobre o Black Hawk furtivo. Huang concordou com a cabeça.

– Tem outra coisa. Você viu os sacos de cadáver com eles, né? – perguntou. KT concordou com a cabeça. – Ela acha que eles estão procurando alguém.

– Por quê? – perguntou KT.

Huang apenas balançou a cabeça. Era óbvio que ou Ellen não sabia ou não havia contado para ele.

– É sério, KT. A Ellen não é de falar. Esses caras não são operativos normais. Você precisa ficar longe deles.

– Claro – assegurou KT.

—

Então, obviamente, ela logo estava a caminho do arsenal, mexendo com o bastão estendível que levava no bolso. Tinha comprado o objeto na ocasião de sua primeira alocação no *Twain*. Era, na época, a única mulher servindo a bordo. Não andava mais com ele havia um bom tempo, mas achou prudente voltar ao dormitório para pegá-lo.

Não é como se Huang tivesse exatamente me dado uma ordem, refletiu consigo mesma, mas sabia que era tudo conversa fiada. *Por que tô fazendo isso?* Não sabia se tinha uma boa resposta além de simplesmente querer agradecer e olhar nos olhos do homem que tomou a decisão que provavelmente salvou a vida dela. *Então por que tô levando esse bastão?*, perguntou-se. Era simples. Era para o caso de encontrar o contratista estúpido de novo. Ela havia aprendido a lutar no abrigo. Quando conseguiu a bolsa como nadadora e foi para a faculdade, acrescentou conhecimento à experiência que já tinha, fazendo todas as aulas de artes marciais e autodefesa que pôde encontrar. Continuou fazendo a mesma coisa depois de entrar na Marinha. Ela não confiava fácil nas pessoas. Era por isso que levava o bastão no bolso.

O contingente da RST estava ficando na sala de ferramentas perto do arsenal. Ela ficou um pouco surpresa ao descobrir que não havia guarda armada na porta do cômodo. Estendeu o bastão com um movimento do pulso, usando o objeto para bater na porta, e logo o dobrou de volta quando percebeu a tranca girando. A porta abriu e um homem robusto com um bigode de morsa e uma touca de lã espiou para fora.

— O que você quer? — perguntou, mas havia aberto a porta o suficiente para que KT escorregasse para dentro, que foi o que ela fez. Foi um erro de principiante, e ela era rápida demais para ele. — Ei! — protestou o homem, mas era tarde demais: ela já tinha entrado.

Subitamente, oito pares de olhos viraram para ela. O cara latino, que ela tinha quase certeza ser o atirador de elite, estava cobrindo algo – que possuía o formato aproximado de um enorme fuzil sobre o suporte – com um lençol. Ele se virou para mirá-la. KT se viu refletida nos óculos escuros dele. Era esquisito. Os olhos não precisavam de proteção nas cabines abaixo do convés.

A sala de ferramentas lotada havia sido equipada com várias redes de dormir. Abaixo delas, o chão estava repleto de malas, vários estojos de plástico e conjuntos de bolsas. A sala tinha cheiro de homem.

Ela podia sentir o cara de bigode, que a havia deixado entrar acidentalmente, parado atrás dela. Olhou na direção dele. O coldre pendurado no corpo estava vazio, e ele trazia as duas mãos escondidas atrás das costas. Ao lado dele, quase espremido no canto do quarto, estava o homem grande com as pernas mecânicas, o cara sobre o qual Mike avisara. Dalton. Ela não conseguia identificar sua expressão, mas era intensa. Expectativa, talvez.

– Tá de boa, pessoal, deixa comigo. – O contratista ex-fuzileiro, o que havia batido de frente com ela no convés de voo e a chamara de *chica*, escorregou para fora da rede e parou diante dela. O atirador de elite que gostava de usar óculos escuros mesmo fora do convés ficou observando, impassível. – Lindinha, eu sabia que tu não ia conseguir ficar longe da gente – disse o contratista, rindo como se esperasse que os demais se juntassem a ele, mas ninguém reagiu. – Mas aqui não é lugar para garotinhas, então pode ir vazando. – Ele fez um gesto com a mão como se a enxotasse, rindo de novo, e mais uma vez ninguém o acompanhou.

– O que você quer… – um dos outros contratistas começou, mas ficou em silêncio assim que o atirador de elite sinalizou para deixar para lá.

– Em que nível de risco você quer colocar a sua carreira, *chico*? – perguntou KT.

— O que tu disse? — perguntou o contratista, agarrando o ombro dela e inclinando-se para intimidá-la. KT olhou para a mão dele e depois para o seu rosto.

— Tô falando do machucado — continuou KT.

— Que machucado, vadia? — Ele se virou para olhar um dos companheiros. Foram três erros em um curto período de tempo. Ele tinha que ser punido. — Tipo, olha o seu taman...

O braço dela já se movia enquanto ela chacoalhava o punho. O bastão não tinha nem aberto totalmente quando o atingiu na ponte do nariz, quebrando-o. Ela sabia por experiência própria que levar um golpe daqueles acabava com a vontade de lutar de qualquer pessoa. Com sangue e catarro escorrendo pelo rosto, era impossível não sentir enjoo.

O homem de bigode começou a se mover atrás dela.

— Deixa isso quieto — disse Dalton, e ela percebeu o bigodudo voltando a ficar parado.

— Tá bom pra você ou quer mais? — perguntou KT ao contratista.

— Tu quebrou a porra do meu nariz! — gritou ele.

— Quebrei — concordou KT.

— Com a porra de um bastão! Isso não é justo! — reclamou ele.

Ela se perguntou o que aquilo tinha a ver com justiça.

— Você é maior do que eu, não sou idiota. — Dessa vez os contratistas riram às custas do amigo. Porém, KT ficou subitamente consciente de que estava em um lugar confinado com um monte de caras grandes, bem treinados e bem armados. — Agora, a minha questão é: você vai continuar me xingando?

Ele afastou as mãos do rosto ensanguentado. Parecia furioso, porque claramente estava. Do jeito que ele falava, devia ser um cara profundamente inseguro procurando por validação de todas as maneiras erradas possíveis, e ela havia acabado de humilhá-lo na frente dos parceiros. *Violência nunca é a resposta*. Mas às vezes ela cansava de ter que ser a adulta, de ter que ceder. De qualquer forma, admitia que poderia ter escolhido uma ocasião melhor para se posicionar.

— Eu vou acab… — começou ele, antes que KT desse um chute forte em seu joelho, quase um pisão na rótula.

Ela ouviu o estalo, sentiu a junta quebrar sob o coturno. No fundo da mente, estava gritando para si mesma que deveria parar, que aquela não era ela; mas por alguma razão não conseguia. Não queria. O contratista mal teve tempo de gritar antes que ela descesse o bastão em sua cabeça, derrubando-o no chão. Ele tentou proteger o crânio com os braços e ela quebrou os dois com o bastão, empurrando-os para longe para que pudesse golpear mais forte a cabeça. A tensão do resgate no dia anterior, os anos tendo de aguentar os comentários e sendo diminuída por miolos-moles, tudo alimentou sua raiva assassina enquanto ela espancava aquele idiota até virar carne moída.

Uma mão a conteve pelo pulso. Ela olhou para cima. Era o atirador de elite. Algo na expressão dele a fez parar e dar um passo atrás, os braços abertos.

— Você não quer matar o cara — disse ele.

Ela olhou ao redor. Dalton usava uma mão para conter o contratista de bigode, que já estava com a pistola preparada, e com a outra continha um dos operativos. Os outros quatro estavam encarando o atirador de elite. Ela olhou para baixo, analisando a vítima. Ele estava soluçando e tremendo no chão. Tinha mijado nas calças. Nunca mais ia conseguir emprego. Subitamente, ela se sentiu arrasada. Era o fim da carreira dele. O fim da carreira dela também, provavelmente. Tudo culpa de um momento de raiva.

— O que você quer? — perguntou o atirador de elite.

De algum modo, apesar da culpa, KT conseguiu perceber que o atirador de elite tinha o que parecia uma câmera usada por policiais de ronda presa na frente da camiseta. Um fio saía da câmera e passava ao redor do pescoço dele. Era uma montagem esquisita, mas significava que o ataque dela havia sido gravado para a posteridade, ou para ser usado no tribunal.

O que ela queria? Ela ainda não sabia. Esperava não ter ido ali só para descontar sua frustração naquele pobre coitado.

— Queria olhar nos olhos vocês que salvaram as nossas vidas ontem e agradecer — disse. Sentiu-se andando na corda bamba.

O atirador de elite sorriu. Virou para o contratista ensanguentado e soluçante e depois voltou a olhar para ela.

— Beleza — disse ele. E então tirou os óculos. Ele era cego.

KT tentou não encarar. Falhou miseravelmente.

O alerta âmbar soou.

— Toda a tripulação de voo deve se apresentar na área de instrução de voo imediatamente — disse o oficial executivo pelos alto-falantes.

— Acho que você devia ir embora agora — disse Dalton, de algum lugar atrás dela.

—

Ela não entendia como o atirador de elite podia ser cego. Não fazia sentido nenhum. Talvez fizesse se a cabeça dela não estivesse se revirando com as imagens do ataque que ela havia acabado de cometer. KT podia justificar ter quebrado o nariz do contratista, já que ele tinha colocado as mãos nela. Até mesmo o joelho, já que ele a ameaçara. Mas o resto? Só o ferimento do joelho provavelmente seria suficiente para destruir a carreira dele, sem falar na reputação perdida por ter tomado uma surra de alguém com mais ou menos metade do peso corporal dele.

— Sua idiota!

Ótimo, agora ela estava gritando consigo mesma enquanto se movia rápido pelos corredores do navio, na direção da área de instruções. *No que eu estava pensando?* Ela simplesmente tinha perdido o controle. Não perdia o controle daquele jeito havia muitos anos. Teria sorte se fosse apenas dispensada sem nenhuma honra. Havia a possibilidade real de ir para a cadeia por ter batido em alguém daquele jeito.

Como ele pode ser cego? Tinha de ter a ver com a tal RST, para a qual trabalhavam. Será que podiam fazer próteses para os olhos? Aquilo explicaria a câmera; será que o fio estava conectado de alguma maneira ao cérebro dele, mandando as imagens capturadas pelas lentes? Soava ridículo, mas, na verdade, o quão diferente aquilo seria das próteses sofisticadas para as pernas de Dalton? Ela suspeitava de muitas coisas, mas não era expert no assunto.

—

Rodriguez se virou para olhar quando ela se sentou ao lado dele na área de instrução. Todas as equipes de voo estavam ali. Só podia ser algo grande. Rodriguez a encarava.

– O que foi? – KT soou mais grossa do que pretendia.

– Tem sangue na sua cara – disse ele.

KT fechou os olhos e limpou os respingos do rosto.

Rodriguez tinha desviado o olhar e cruzado os braços. Parecia puto da vida. Ela suspeitava que teriam uma conversa muito franca e um tanto unilateral muito em breve. Huang, Sandeman e Thorrason se juntaram a eles. Thorrason deu um sorriso tímido para ela. KT não tinha a intenção, mas teve quase certeza de ter feito uma careta, e ele olhou para o outro lado, corando.

O capitão de fragata Reddy, o oficial executivo do navio, entrou na área de instruções a passos largos. Seu ajudante trouxe a imagem de uma cidade situada em um vale costeiro, com vista para o mar Mediterrâneo azul cristalino. Havia tipos diferentes de construções, mas KT teve a sensação muito forte de estar contemplando um lugar de cortiços brancos caindo aos pedaços e palmeiras.

Algo na imagem sugeria a ideia de um local antes próspero, mas que agora passava por momentos difíceis.

— Essa é a cidade de Al-Darshan. Fica na costa da Síria, perto da fronteira com o Líbano — disse o oficial executivo. — Às oito da manhã de hoje, ela foi atingida por um ataque de armas químicas.

Tudo ficou subitamente quieto e imóvel no cômodo. "Ataque de armas químicas" era uma expressão que ninguém queria ouvir.

— Não preciso nem dizer que o governo sírio negou a responsabilidade, mas interceptações dos nossos serviços de inteligência sugerem que o ataque aconteceu por duas razões. A primeira é que a cidade abriga uma célula grande de insurgentes antigoverno. A segunda, e possivelmente a mais crucial, é que alguns oficiais proeminentes do Exército Livre da Síria, oficiais renegados que desertaram das Forças Armadas da Síria, são dessa cidade. Foi um ataque de punição. Assad quer que o comando das Forças Armadas da Síria saiba que ele vai atrás de suas famílias.

Reddy possuía uma quedinha pelo drama. Deixou assentar o que havia acabado de dizer. Deixou que cada um deles imaginasse o que faria se fossem as famílias deles que tivessem sido atacadas enquanto serviam.

KT ouviu alguém entrar na sala atrás dela. Pensando que todo mundo que deveria estar ali já estava ali, virou-se para ver quem era. Viu a capitá de corveta Bedford, Dalton e o atirador de elite cego entrando na sala. Sentiu Rodriguez cutucá-la com o cotovelo e se virou de novo. Se o capitão de fragata Reddy havia notado os contratados da RST entrando atrasados, não deu sinal algum.

A próxima imagem no monitor mostrou cilindros caindo de um helicóptero de transporte russo MI-8.

— O ataque seguiu o padrão da maioria dos outros ataques no cenário sírio. As chamadas "bombas de barril" foram jogadas de um helicóptero. As evidências apontam para gás cloro, mas também vimos sinais de sarin em outros ataques, então garantam estar levando atropina com vocês. Esse é o maior ataque que já presenciamos. – Ele fez outra pausa. Tirou os óculos e apertou a ponte do nariz entre o polegar e o indicador. – Isso é um desastre humanitário – completou.

Foi só quando viu a emoção estampada no rosto do oficial executivo que o horror da situação bateu. KT esqueceu todo o resto. Estava de novo focada no trabalho. No que precisava ser feito.

– Isso é uma coisa monstruosa a se fazer com a própria população – continuou o oficial executivo. Estava claro que aquilo não fazia parte das instruções "oficiais" da missão. Mas ninguém no cômodo podia culpá-lo. O homem pareceu se recuperar. – O Exército sírio colocou dois batalhões de infantaria mecanizada cercando Al-Darshan…

– Bora! – alguém gritou. Era uma parte quase inevitável da instrução, mas a irritação de KT espelhava a irritação que ela via no rosto do oficial executivo.

– Nosso trabalho é facilitar a evacuação da população civil de Al-Darshan, muitos dos quais serão vítimas desse ataque, até um campo de refugiados no Líbano, logo ao sul da fronteira. – Houve um silêncio no cômodo quando todos encararam o oficial executivo. – As vítimas serão tratadas por nossos homens e mulheres, em uma ação coordenada tanto com as autoridades do Líbano quanto com as ONGs em campo. As autoridades civis em Al-Darshan definirão pontos de pouso na praia e organizarão o transporte dos civis até os locais de recolhimento. Estaremos priorizando as vítimas e os pacientes dos hospitais.

O oficial executivo parou de novo, encarando o cômodo.

– Vou deixar isso perfeitamente claro: ofereceremos transporte e suporte médico, e vocês vão ver algumas coisas. Fuzileiros da 11ª Unidade Expedicionária providenciarão recursos aéreos e segurança extra para a operação. Todos vocês portarão armas, mas não têm autorização, sob nenhuma circunstância, para entrar em combate com as forças sírias no caso improvável de se deparem com elas.

— A gente vai deixar por isso mesmo? — KT ficou consideravelmente surpresa quando percebeu que era Thorrason quem havia falado.

Olhou de soslaio para o adolescente, e viu que o próprio Thorrason parecia bem surpreso por ter manifestado algo, particularmente para o segundo oficial mais importante do navio. Estava ficando vermelho de vergonha mesmo antes de Rodriguez se virar para olhar o atirador.

— Não, filho — disse o capitão de fragata Reddy. Ele sequer soou irritado pela interrupção. — Desenhamos uma linha na areia. Eles cruzaram a linha, mas isso é trabalho de outra pessoa. Me entendeu?

— Sim, senhor. Perdão, senhor! — disse Thorrason, então da cor de uma beterraba.

— Há, porém, algumas complicações — continuou Reddy.

KT ouviu os suspiros e as pessoas se ajeitando nas cadeiras.

Outra imagem tomou o monitor. Era uma fotografia em preto e branco de um homem magro, com uma pele que lembrava couro, e que devia ter uns quarenta ou cinquenta e tantos anos. Usava um uniforme de andar no deserto e carregava um fuzil de assalto da linha AK.

— Esse é o primeiro-tenente Andre Vasilov. Em teoria, ele fazia parte da GRU Spetsnaz. Forças Especiais russas. A unidade dele tinha a reputação de ser brutal quando caçavam insurgentes na Chechênia. Ele foi um dos "Soldadinhos de Brinquedo" de Putin durante a invasão da Ucrânia, e temos relatos não muito substanciais sobre a presença dele nessa área, talvez operando junto às Forças de Missões Especiais da Síria. Não sabemos por que eles estão nessa área, tão longe das outras tropas russas. O Kremlin diz que ele e seus homens não servem mais às Forças Armadas. Ele pode mesmo estar fazendo seu serviço de mercenário, mas a probabilidade de estar liderando operações obscuras para os russos é a mesma. Existe a chance de ele estar trabalhando com esse cara...

A imagem mudou para mostrar um homem robusto com um cabelo lambido para o lado, uma barba perfeitamente desenhada e os olhos mais frios que KT já havia visto.

– Nicholai Baris. Ex-FSB e agora operador do mercado paralelo de armas e tecnologia. O rumor é de que ele vem provendo o regime de Assad com um agente neurológico novo.

Mais movimentos desconfortáveis dos pilotos e suas equipes. KT ouviu uma conversa baixa atrás dela. Olhou ao redor e viu Dalton se inclinando para sussurrar algo no ouvido do atirador de elite cego. O atirador concordou com a cabeça. O que ela mais queria era perguntar a Reddy o que os dois contratistas e a pilota deles estavam fazendo ali. De alguma maneira, ela não conseguia enxergá-los ajudando em uma missão humanitária.

Reddy apontou para a imagem de Baris.

– Essas são complicações das quais não precisamos, mas vocês devem saber dessa possibilidade. Precisamos ficar longe deles. Mercenários ou operações escusas, não importa. A última coisa que queremos é uma troca de tiros com os russos, entendido?

Houve algumas respostas desanimadas da audiência.

– Vou entregar as missões individuais, mas primeiro quero saber: alguma questão?

A mão de Rodriguez se ergueu.

– Pois não, suboficial? – disse o oficial executivo.

– A gente vai receber equipamentos MOPP? – perguntou Rodriguez. MOPP era a sigla em inglês para Postura Protetiva Orientada a Operações, e basicamente se referia aos equipamentos usados para proteger militares de ameaças radioativas, biológicas e químicas.

O oficial executivo pareceu pouco feliz com a pergunta, embora devesse estar esperando algo assim devido à natureza da operação.

– Temos recursos MOPP limitados…

Algumas pessoas na audiência deixaram claro seu descontentamento com a notícia. Rodriguez balançava a cabeça. A própria KT não estava realmente impressionada.

– Nossa, por que será que eles imaginariam que a gente iria precisar de proteção contra armas químicas na Síria, né? – ela ouviu Sandeman murmurar.

— Bem-vindos à merda — Thorrason disse baixinho para si mesmo.

— Chega! — exclamou o oficial executivo. — Nossa expectativa é que o agente seja totalmente disperso antes que vocês cheguem perto da área. Teremos recursos-chave com detectores e kits de antídoto contra agentes neurológicos, fora a atropina que vocês carregam.

Mas KT sabia que a atropina e o kit de antídoto não iriam ajudar com o gás cloro.

—

Huang foi pegar a missão deles com Reddy enquanto KT deixava a sala de instruções.

— Ei — disse alguém no momento em que ela entrava no corredor lotado.

Ela se virou para ver o atirador de elite esperando por ela. KT apenas olhou para ele, não muito certa sobre o que dizer. Afinal de contas, ela havia acabado de mandar um dos caras da equipe dele para a ala médica.

— O cara que você jantou na porrada é um cuzão. Não se preocupa com isso — disse a ela.

Ele obviamente estava usando os óculos escuros de novo, e de novo ela só podia ver o próprio reflexo neles. Achava que "não se preocupa com isso" significava que eles não iriam denunciá-la. O atirador de elite estava certo. O contratista havia sido um cuzão. Tinha merecido um nariz quebrado. Ela não tinha tanta certeza sobre o resto, mas mesmo assim não podia fazer aquilo com as pessoas, independentemente do quanto merecessem.

KT não sabia se devia agradecer ou não. Aquilo parecia meio corrupto, como se ela fizesse parte do encobrimento de um crime.

— Qual é o seu nome? — perguntou ela, enfim.

— Tibbs — respondeu ele.

— Só Tibbs? — perguntou ela.

– Tor! – disparou Rodriguez enquanto se juntava a ela no corredor. – Pode flertar depois, agora a gente tem coisas pra fazer.

Tibbs apenas sorriu quando ela se virou e foi para os armários dos kits.

—

O chefe dos mecânicos das aeronaves anunciou que o Rescue Hawk estava seguro para ser pilotado depois de a equipe dele passar a noite inteira trabalhando para consertá-lo. Tinham discutido sobre levar ou não os equipamentos de mergulho de KT – com uma carga tão pesada e complexa como aquela, os helicópteros precisariam pousar. Mas, no fim, decidiram por não levá-los, já que haviam recebido a missão de prover apoio médico e ajuda no controle da população. KT e Rodriguez tinham se juntado a Thorrason no processo de se vestir para a batalha. Todos da tripulação do helicóptero, incluindo KT, carregavam pistolas Beretta M9. Além da arma na porta da aeronave, Thorrason havia guardado sua carabina M3 no helicóptero, e Rodriguez tinha pegado espingardas M500 MILS do arsenal. Ele disse que queria cuidar da tripulação, já que as coisas poderiam ficar feias em situações como aquela. Ele também havia arrumado máscaras de gás para eles. KT se perguntou quem ele tinha matado para conseguir aquilo.

Quando chegaram ao heliponto, não havia sinal do Black Hawk furtivo.

—

Sob o comando do controle de frota aérea, o Rescue Hawk tinha decolado do heliponto e se juntado à formação solta de aeronaves que iam para o leste, na direção da costa síria. Seahawks estavam em formação de flecha ao redor dos helicópteros de carga pesada MH-53E Sea Dragon e dos veneráveis H-46 Sea Knight dos USMC, helicópteros de carga de rotor com hélices duplas. Helicópteros de ataque Viper e Super Cobra dos USMC voavam como escolta. Era, sem dúvida, a maior formação de helicópteros que KT já tinha visto, pensou ela, enquanto o Rescue Hawk subia cada vez mais no brilhante céu azul acima do Mediterrâneo. Tudo ficava mais impressionante sabendo que todas as aeronaves tinham vindo do navio.

Minutos depois, Rodriguez deu um tapinha no ombro dela e apontou na direção da frota. Ainda estava irritado com ela, mas não tanto assim. Ela viu quando vários Tomahawk portando mísseis de ataque terrestre soltaram fogo e fumaça ao serem atirados no ar pelos lançadores, disparando na direção do interior do território sírio.

— Punição — ela ouviu Thorrason dizer.

—

KT ficou ocupada demais para acompanhar a passagem do tempo durante a evacuação. Em algum nível, sabia que o céu tinha ficado escuro por um tempo e claro por outro, mas era só. Quando parou um pouco para descansar, quarenta e cinco longas horas haviam se passado. Ela tinha ajudado com a triagem, e também auxiliado a evacuar várias vítimas piores, aquelas que não podiam esperar que os Sea Dragons e os Sea Knights enchessem. Ela havia visto as bocas espumando, os olhos ardendo, e vários casos piores que transportaram com o Rescue Hawk haviam morrido. O gás cloro reagia com a água no sistema respiratório e virava ácido clorídrico, que literalmente corroía o trato respiratório das pessoas. Ela as tinha visto se engasgar com os resquícios ensanguentados dos órgãos que supostamente deveriam ajudá-las a respirar.

O campo de refugiados no Líbano não estava muito melhor. A equipe médica libanesa e a das ONGs apoiadas pelas forças médicas da Marinha estavam fazendo o que podiam, mas os recursos eram limitados, e sob nenhuma circunstância os operativos da Marinha eram autorizados a levar sírios para as instalações médicas mais avançadas a bordo dos navios da frota.

Enquanto os fuzileiros formavam um corredor de proteção ao redor das áreas de evacuação, KT e sua equipe ajudavam com o controle da população quando não estavam voando. As pessoas estavam assustadas, e não em sua melhor forma. Eles tinham tentado reforçar a triagem, impedir que aqueles que se achavam mais importantes botassem as asinhas de fora, removido armas de mais de uma pessoa e ajudado pais a encontrar filhos e filhas perdidas. Era um verdadeiro caos: uma enxurrada de tarefas, cada uma mais difícil que a anterior, e um nível de eficiência militar que, em certos casos, provavelmente parecia cruel. A trilha sonora local fora composta por choros, gritos e os sons da raiva e do luto. A brisa do mar felizmente melhorava o cheiro do sangue, dos dejetos nas latrinas mal cavadas, da fumaça de combustível de aviação e do medo.

O caos virou um princípio de pânico quando o horizonte se acendeu com os ataques das frotas aéreas deles, e aeronaves da força de ataque terrestre decolaram de bases na Turquia. A medida visava desencorajar que as Forças Armadas da Síria entrassem na cidade. Apesar dos ataques aéreos, porém, novos feridos continuavam a chegar. O bombardeio inicial havia sido extensivo, mas o gás já deveria ter se dissipado muito tempo antes.

Pensando em retrospecto, tudo havia sido um verdadeiro pesadelo, com lampejos de imagens horríveis ou desesperadamente tristes, uma depois da outra. Enfim, porém, aquilo tinha acabado. Ou a parte dela naquilo tinha, pelo menos por ora.

A praia era um lixão de embalagens descartadas de suprimentos, bandagens ensanguentadas e outros resíduos médicos. As ondas que lambiam a praia levavam braçadas de lixo que, sob outras circunstâncias, teriam irritado uma KT menos exausta.

Abobada, ela só conseguia observar os helicópteros Sea Knight decolarem, os enormes rotores duplos agitando a areia e a sujeira ao mesmo tempo que carregavam os fuzileiros de volta para os navios. O único pensamento que KT conseguia formular envolvia um chuveiro e o desejo de dormir para sempre. No fundo da mente, sabia que as coisas não seriam assim tão fáceis para os locais que haviam transportado até as condições desesperadoras dos campos de refugiados. Não pela primeira vez, perguntou-se por que pessoas normais não podiam ser deixadas em paz.

— Primeiro-sargento Tor — soltou Thorrason.

— Pode me chamar de KT — disse ela. Não fazia ideia de onde ele tirou energia para corar. Ele apenas concordou com a cabeça do outro lado da praia.

KT viu o primeiro-sargento Harvey "Harv" Flieshman, o chefe de Thorrason nos fuzileiros, marchando até eles. Robusto e forte como era, devia estar em uma privação de sono que fez KT pensar em um barril de pólvora disparando em sua direção.

— Opa, sarja — disse KT, à guisa de cumprimento.

— O suboficial tá por aí? — perguntou ele, referindo-se a Rodriguez.

— Ela tá fora, buscando água — informou KT. — Não deve demorar.

— Posso ajudar, primeiro-sargento? — perguntou Huang do *cockpit*. Ele e Sandeman estavam fazendo as checagens antes do voo, esperando o retorno de Rodriguez.

Sarja Harv parecia estar lutando com a dúvida entre dizer algo ou não para um oficial.

— Eu não tô na sua cadeia de comando, e somos todos amigos aqui, sarja — disse Huang, calmo.

Aquilo pareceu tomar a decisão pelo Sarja Harv.

— Algum bosta de um E-4 mandou alguns dos meus garotos patrulharem a cidade — disse ele. KT sabia que algum militar ainda passaria por poucas e boas em um futuro próximo. Patrulhar a cidade era o "arrumar confusão" que eles haviam sido especificamente proibidos de fazer. — Eles ainda não voltaram.

— Quer que a gente vá atrás deles? — perguntou Huang. Quanto mais cansado ficava, mais forte seu sotaque do Brooklyn se tornava.

– Eu ficaria grato, senhor. Quer alguns dos meus homens com você? – perguntou ele.

– Nós já temos – disse KT. – O Thorrason vai cuidar da gente.

Sarja Harv se virou e olhou para o fuzileiro adolescente.

– Ele é um bom garoto – disse por fim, aparentemente satisfeito com o que vira. Thorrason pareceu crescer alguns centímetros. – Quer que eu vá?

– Onde você vai ser mais útil, sarja? – perguntou Huang.

Sarja Harv apenas concordou com a cabeça, mudou de ideia e começou a marchar de volta na direção dos poucos fuzileiros na praia. Parou para trocar algumas palavras com Rodriguez, que voltava, presumivelmente informando-o rapidamente sobre a situação.

– A gente vai entrar nessa, capitão-tenente? – perguntou KT.

– Nessa o quê? – perguntou Huang. – A gente só vai pegar uma rota um pouco mais longa na volta para o *Twain*.

– Melhor se arrepender de ter feito do que de não ter feito – murmurou Sandeman do banco do copiloto.

Estritamente falando, aquilo era contra as ordens.

Rodriguez encontrou com eles assim que Huang ligou o motor, os rotores girando cada vez mais rápido enquanto o suboficial jogava o fardo de água dentro da cabine e subia. Huang sinalizou que estavam decolando, e os rotores puxaram o helicóptero para os céus, elevando-o além da cidade costeira.

—

O Rescue Hawk passou em rasante bem acima das cristas altas do vale. Nele, cortiços se empilhavam de maneira aparentemente precária nas encostas, com ruazinhas estreitas entrelaçadas entre si. Um rio com várias pontes corria na direção do mar.

Rodriguez e Thorrason não usavam instrumento nenhum para procurar a patrulha de fuzileiros perdidos entre os prédios. KT usava binóculos. Não havia muitos lugares para pousar, mas, felizmente, quando haviam retirado o equipamento, Rodriguez tinha deixado um dos cintos que poderiam ser usados em içamentos. Daria para resgatar pessoas direto da rua caso precisassem. Isso se encontrassem os fuzileiros.

– Ali! – gritou KT. – Na área do porto, talvez a trezentos metros.

Ela sentiu o helicóptero se inclinar e depois diminuir a velocidade enquanto Huang manobrava até uma pequena praça cercada por um supermercado e várias lojinhas. Os fuzileiros estavam claramente mortos. Havia rastros de sangue pelas pedras cor de areia que culminavam no ponto onde os corpos estavam jogados, bem no meio da praça.

Por que foram arrastados pro meio da praça?, perguntou-se ela. Então se tocou. Os corpos eram uma isca.

– É uma armadilha! – gritou ela.

– Míssil! Míssil! Miss… – gritava Rodriguez.

Huang mergulhou o helicóptero com tanta velocidade que quase arrancou o sino de uma torre. KT e Rodriguez se agarraram com suas vidas quando sentiram as pernas deixando o deque. Thorrason claramente não estava preso de modo adequado, porque voou pela cabine e bateu contra a outra porta fechada.

KT viu chamas dispararem de debaixo do Rescue Hawk – fogos de artifício, quentes, cuja intenção era confundir o míssil que se aproximava. O helicóptero fazia um ângulo de quase noventa graus com a linha dos telhados agora. Ela ouviu Sandeman gritar pelo rádio. Não fazia ideia de como ele ainda podia ter aquela presença de espírito. Huang fez o helicóptero voar com mais velocidade e o inclinou rápido para alinhá-lo com o chão. Thorrason tentava se agarrar ao deque à medida que escorregava na direção da porta aberta. Rodriguez e KT tentaram segurá-lo ao mesmo tempo. Rodriguez não conseguiu, mas KT pegou a mão dele. O peso do jovem quase a jogou para fora do helicóptero, a outra mão e o cordão de segurança de KT grudado a um dos suportes eram tudo o que a impedia de segui-lo pela porta. Aconteceu tão rápido e pareceu durar para sempre: Thorrason olhando para ela, os coturnos balançando sobre os telhados que passavam zunindo abaixo dele. Ela nunca viu o medo tão personificado como no rosto do jovem fuzileiro. Ela percebeu movimento atrás dela. Virou-se e viu exatamente quando o míssil atingiu o helicóptero...

Ela sentiu o impacto nos ossos, como se este fosse arrancar seus dentes. Depois a agonia enquanto o braço sofria um puxão violento. Ondas de impacto passaram por ela. Tudo era luz e fumaça, e o mundo começou a girar. Ela ouviu gritos e choros. De algum jeito, agarrou-se a Thorrason, mas o mundo continuava girando, com o chão se aproximando rápido. De novo, um instante durou para sempre: os olhos do jovem fuzileiro imploravam para que ela não o soltasse, mas KT sabia que aquela era a melhor chance que ele possuía de sobreviver à queda. Ela o soltou, e o helicóptero rodopiou para longe do jovem fuzileiro enquanto o solo os atingia com força.

—

Foi uma surpresa para KT não estar morta. Todo o seu corpo doía. A cabeça parecia molhada. O braço era a parte mais dolorida, mas pelo menos isso significava que ela ainda estava no reino dos vivos. Ela abriu os olhos e não conseguiu entender muito bem o que estava vendo. O mundo estava de cabeça para baixo. Demorou um instante para perceber que o helicóptero estava com os trens de pouso para cima, inclinado em uns quarenta e cinco graus.

Thorrason! Ela o havia derrubado. Tentou se sentar e sentiu o helicóptero se movendo sob ela. Podia sentir o cheiro do combustível de aviação vazado. Aquilo não era nada bom. Olhou ao redor e não viu Rodriguez, o que também não era nada bom. Pior ainda era o sangue escorrendo do *cockpit*.

Ela se arrastou com cautela até a porta aberta, tentando não chacoalhar muito os destroços enquanto se deslocava. A cabeça doía muito, e KT se sentia nauseada. Ela ficou de pé, ergueu os braços para tirar o capacete, e ele se desfez em pedaços em suas mãos. Ela devia ter batido a cabeça com muita força. O capacete havia salvado sua vida.

Enfim olhou ao redor. Tinham caído na praça onde haviam visto os corpos dos fuzileiros perdidos. Huang devia ter forçado o helicóptero até lá, o único lugar parcialmente viável para se cair. O Rescue Hawk estava sem a cauda. Uma das hélices do rotor estava enfiada na fachada do supermercado, e a outra parte parecia ter se quebrado e entrado no *cockpit*. KT se forçou a olhar para o que restava. A parte da frente do corpo de Sandeman não existia mais. Ele se resumia a uma cavidade vermelha e vagamente humana. KT se virou e vomitou.

Estava de joelhos, cuspindo os restos de vômito, quando ouviu Huang grunhir.

Você precisa se recuperar!, amaldiçoou a si mesma. *As pessoas precisam de ajuda.*

Ela tentou ignorar o que faltava de Sandeman e foi ver como Huang estava, mas a imagem pingando sangue permaneceu em sua visão periférica. O capitão-tenente estava pendurado de ponta-cabeça no assento. Um dos impactos amassara a parte da frente do helicóptero e, no processo, esmagara as pernas de Huang, prendendo-o no lugar. Ele estava pálido e coberto em suor frio, mas ainda consciente.

– Tá, chefe, eu vou achar o kit de primeiros socorros. Vou te dar alguma coisa pra melhorar a dor, talvez precise colocar uns torniquetes na sua perna, mas vamos ter que cortar os destroços antes de tirar você daqui – disse para ele.

Huang mal concordou com a cabeça. Parecia que o menor dos movimentos já era suficiente para causar dor.

– SAM – ele conseguiu dizer.

Apesar da dor de cabeça, ela precisou de um instante para entender que ele não estava falando de um membro inexistente da equipe chamado Sam. Ele estava usando a sigla em inglês para um míssil superfície-ar, referindo-se ao que os havia atingido, provavelmente uma versão portátil – o que, por sua vez, significava que tinha alguém em terra de olho neles. Eles precisavam de Sarja Harv e seus fuzileiros ali imediatamente. Ela não queria ter de reproduzir *Falcão Negro em Perigo* pelas ruas de Al-Darshan. Procuraria rapidamente pelos outros e depois iria atrás de um rádio em funcionamento.

Ela cambaleou para longe dos destroços do helicóptero, rodando no próprio eixo e, com isso, ficando enjoada de novo. Não podia ver Thorrason, mas viu Rodriguez deitado um pouco além dos restos da aeronave, o rosto nas pedras ensanguentadas. Enquanto tropeçava até lá, ele começou a se mover. Ela não sabia se já havia se sentido tão aliviada na vida como naquele momento. Ele se sentou e gritou. Havia um osso para fora de sua perna. Rodriguez a percebeu e se virou, com a mão já buscando a pistola, e só relaxou quando a reconheceu.

– Espingarda… – disse ele, apontando para onde a arma havia caído do helicóptero.

KT não tinha certeza sobre quais deveriam ser suas prioridades, mas ele parecia tão pálido e com dor quanto Huang. Ela pegou a espingarda e a entregou para ele.

– O Huang também tá machucado – disse ela. – Tá preso no *cockpit*, parece que as pernas dele foram esmagadas.

– Vai ver o Huang, depois volta aqui – orientou Rodriguez. – Fica de olho…

Encontrá-los era tudo o que KT queria, mas pelo menos daquele jeito sabia que a mente de Rodriguez ainda estava ativa e focada no trabalho, ela pensou, voltando até os destroços.

– KT…?

Ela se virou para ver Thorrason cambaleando na direção dela. Ele parecia abalado e imundo, mas aparentemente não estava ferido. Trazia a pistola em uma das mãos.

– Thorrason! – soltou KT. Estava muito feliz de saber que ele não havia morrido quando ela o soltou.

– O que...

E então ele explodiu.

Ou melhor, seu corpo se rompeu como um saco de líquido atingido por um arpão de caça às baleias. Seus membros e cabeça voaram pela praça quando seu corpo basicamente deixou de existir. Um momento depois, ela registrou o barulho de um canhão automático disparando. Tinha consciência das rajadas que atingiam a praça, transformando construções em poeira quando acertavam algo.

KT olhou ao redor e viu o blindado russo de oito rodas se movendo lentamente por uma das ruas inclinadas que desembocavam na praça. O blindado estava acompanhado por cinco tropas a pé, que carregavam tanto fuzis de assalto da série AK de aparência muito moderna quanto lançadores de granada e metralhadoras automáticas. Todos os soldados usavam trajes MOPP com padronagem urbana e máscaras. KT começou a se mover quando o canhão calibre 30mm do blindado virou-se na direção dos destroços do helicóptero. Ela viu Rodriguez se sentar e atirar com a espingarda. Estava trocando o pente para disparar de novo quando uma rajada de fuzil o atingiu no peito, no rosto e no topo da cabeça. Ele estava caindo para trás quando um dos disparos do canhão também o atingiu, lançando seu corpo através da praça enquanto o despedaçava.

O blindado desviou as rajadas de canhão de Rodriguez e as direcionou para o helicóptero acidentado. Os destroços começaram a se comprimir, e depois a gasolina de aviação pegou fogo, mas KT já estava correndo. Ela sentiu o calor da explosão e cobriu a cabeça enquanto pedaços das ferragens caíam ao seu redor. A onda de impacto fez tremer sua coluna e sua caixa torácica quando a bola de fogo surgiu no meio da praça atrás dela.

KT correu a toda velocidade na direção da esquina da praça e de uma rua descendente que ela rezou para dar na praia. Pensou ouvir gritos atrás de si. Em russo. Definitivamente, ouviu o som de tiros e viu as explosões de pó de tijolo enquanto balas arrancavam pedaços do muro à sua frente. Quase chegava à esquina quando um impacto poderoso a atingiu na parte de cima do braço, girando-a enquanto ela caía. O braço queimava, adormecido e úmido ao mesmo tempo, mas KT deu um jeito de se jogar para além da esquina mesmo enquanto o impacto das balas destruía os tijolos. Ela se arrastou para longe dos tiros, forçou-se a ficar de pé e, apesar dos ferimentos e de toda a dor, correu como nunca havia corrido.

—

KT se forçou a parar. Escondeu-se na entrada de uma quadra de flats e tentou ignorar o gato morto nos degraus. Podia ouvir o rugido de um motor a diesel, que assumiu ser do blindado. Não tinha certeza, mas suspeitava de que ele se movia por uma rua paralela à que ela estava. Tentou se forçar a pensar com mais clareza.

Sandeman, Huang, Thorrason. Estão todos mortos. Rodriguez... Ai, meu Deus, a Anna e as crianças. Os padrões de pensamento dela estavam fora de controle. Ela tinha de reprimir a emoção, afastá-los para longe. *Pensa primeiro, depois você sente o luto.* A recordação deles não ganharia nada com a morte dela.

Ela dobrou o braço esquerdo. Conseguia movê-lo, mas sentia o ferimento de bala sangrando quando o fazia. Rapidamente, sacou a faca e cortou um pedaço do uniforme, permitindo acesso ao machucado. Pegou uma bandagem de campo de um dos bolsos das calças e rapidamente a usou para estancar a ferida. Tocou a cabeça, e os dedos ficaram úmidos. Ela sabia que ferimentos na cabeça sangravam muito. Sempre pareciam piores do que realmente eram. Usou o pedaço de tecido que havia cortado da manga para estancar o sangue. Provavelmente não seria muito efetivo, mas esperava que pelo menos mantivesse o sangue longe dos olhos dela. *Meu Senhor, que dor de cabeça!* Ela tinha quase certeza de que havia sofrido uma concussão, e sentia-se enjoada. Balançou a cabeça, tentando limpar a mente, mas em vez disso viu estrelas. Ela precisava de um objetivo: chegar viva até a praia. Encontrar ajuda. E, depois, matar cada pessoa responsável pela morte da sua equipe e pelo ataque com a arma química. Era um objetivo sólido. Ela presumiu, embora parecesse razoável concluir aquilo, que Sarja Harv e qualquer outra pessoa na praia havia visto ou ouvido a destruição do helicóptero. E tinha quase certeza de que Sandeman conseguira mandar um pedido de ajuda antes do acidente.

Ela sentiu um gosto estranho na boca, uma mistura de abacaxi e pimenta.

Estou armada! Ela amaldiçoou a si mesma pela estupidez. Como podia ter esquecido? Levou a mão ao coldre e sacou a pistola. Ela era boa em atirar à distância e em simulações de treino, mas sabia que uma Beretta 9mm não era muito útil contra um fuzil de assalto, mesmo que ela conseguisse fazer a mão parar de tremer por tempo suficiente para mirar.

Uma sombra cruzou a entrada dos prédios. O feixe de uma mira a laser montada sobre um fuzil de assalto iluminou a passagem. Foi por pura sorte que KT tinha a arma em mãos. Ela só estendeu o braço, mirou na silhueta de um homem grande usando trajes MOPP e apertou o gatilho repetidas vezes. O lampejo do cano da arma iluminou a passagem. Ela atirou tão rápido que o soldado parecia iluminado por luzes estroboscópicas enquanto cambaleava para trás, mas não morreu até um tiro pegar no capuz da proteção, fazendo o soldado enfim cair no chão.

KT encarou o corpo do homem. O ferrolho da pistola estava para trás, o pente estava vazio e havia cápsulas espalhadas pelo chão ao redor dela. Só então ela pensou que podia ter sido alguém do próprio contingente. Membro de uma equipe de busca. Ela deu um passo adiante. Não era. O equipamento e o armamento eram russos. Se as instruções que haviam recebido estivessem certas, o homem morto provavelmente era um dos mercenários de Vasilov.

Ela ouviu o som de coturnos correndo no concreto lá fora. KT fugiu.

—

Ela havia corrido, perdida entre um labirinto tortuoso de becos e passagens, capturando de vez em quando o céu azul pelas frestas eventuais entre os cortiços. Esperava vislumbrar um helicóptero dos EUA voando lá em cima. Precisava encontrar seu caminho de volta para as ruas principais, mas sabia que haveria mercenários à sua espera.

Lutando contra o pânico, ela se forçou a parar, tentando escutar os sons de alguém a perseguindo. Sabia que era mais do que sortuda por ainda estar viva. O mercenário provavelmente não a havia visto de imediato. Ela tinha atirado primeiro. Com mãos trêmulas, trocou o cartucho da pistola e puxou o ferrolho a fim de preparar a arma para mais disparos, o mais silenciosamente possível. Tinha o pente recém-colocado na arma e depois só mais outro. Não poderia usar tantos tiros de uma vez caso encontrasse um deles de novo. O mercenário que ela matara não tinha morrido de uma vez. Ela estava quase certa de que aquilo significava que eles usavam proteções à prova de balas, o que por sua vez significava que ela precisaria acertar na cabeça caso quisesse matá-los.

O cheiro de abacaxi e pimenta estava ficando mais forte. Ela sentia um gosto metálico na boca que começava a fazer o fundo da garganta arder.

Por que você sequer tá pensando em lutar contra eles?, praticamente gritava sua voz interior. A única esperança real era evitá-los completamente. Ela pensou no rio. Será que conseguiria descê-lo nadando e sair pela praia, usando seus pontos fortes a favor?

Foi por isso que ficou bem pouco satisfeita quando espiou além de uma esquina e se encontrou encarando um trecho de terreno baldio cercado por cortiços, com um blindado e um outro veículo estacionados nele.

KT precisou abafar uma tossida. Quando tirou a mão da boca, notou que havia sangue nela.

Observou o segundo veículo com mais atenção. Parecia algum tipo de tanque de guerra. Possuía várias válvulas abertas. Sua garganta e seu peito começaram a queimar enquanto o cheiro de pimenta e abacaxi ficava quase insuportável. Os olhos também ardiam.

O tanque de guerra era manejado por mais soldados em trajes MOPP, embora os padrões de camuflagem nos uniformes deles fossem diferentes daqueles usados pelos mercenários russos. Ela também notou um lançador portátil de mísseis superfície-ar encostado contra a lateral do tanque. Suspeitou que os soldados com o veículo fossem membros da Forças Especiais da Síria.

Um russo apontava uma pistola para um dos sírios.

— Era pra ser um teste! A gente disse pra vocês não chamarem mais atenção do que o estritamente necessário! — gritava o russo, em inglês.

Ela imaginou que inglês era a língua que eles tinham em comum, e que o russo gritava para ser ouvido porque usava uma máscara de gás. Perguntou-se se aquele era Vasilov, ou talvez Baris. Mas então o entendimento a atingiu com tudo.

Um teste. Um teste! Ela tinha visto os mortos nas ruas, cuidado deles na praia, tinha até lidado com um que havia morrido em seus braços no campo de refugiados. Tudo por causa de um teste.

— Por acaso você acha que abater um helicóptero dos EUA talvez possa ter chamado atenção pra operação? — exigiu saber o russo.

O sírio não disse nada. Mesmo que pudesse ter previsto aquilo, KT deu um salto no lugar quando o russo puxou o gatilho e atirou no rosto do outro homem, também coberto por máscara. Ele despencou no chão. Se KT estivesse esperando que os outros soldados sírios fizessem alguma coisa, teria ficado decepcionada. Eles permaneceram parados, o que era esquisito. Era quase como se estivessem recebendo cobertura de algum outro ponto, um que ela não podia ver.

KT começou a tossir, dobrando o corpo. Os olhos e o peito queimavam ao passo que ela cuspia espuma branca e sangue. Sabia o que estava acontecendo. O teste devia ser do tanque dosador, mas ela não conseguiu se forçar a completar as palavras "de gás cloro". Ela já era. Sabia que estava morta enquanto caía no chão. Foi quando um dos mercenários dobrou a esquina do beco e a atingiu no rosto com a coronha do fuzil.

—

O primeiro pensamento de KT foi: *As pessoas precisam parar de me bater na cabeça.* A sensação era de que seu crânio se rompera. O segundo pensamento, imerso em pânico, foi: *Não consigo respirar.* O peito pegava fogo. Ela tentava inspirar com o fôlego entrecortado; parecia estar respirando com um pulmão cheio de vidro quebrado. Ela abriu os olhos ensanguentados para ver alguém em um traje MOPP, silhuetado contra o céu claro e azul do Mediterrâneo. Ela estava deitada na terra, perto do blindado. Não muito longe do tanque. No ponto inicial do ataque com gás que a estava matando. Era o homem com a pistola, o que havia matado o soldado sírio. Ele estava levantando a arma para mirar nela. O cara que ela tinha quase certeza ser...

— Vasilov? — soltou ela. Sua voz não soava como a sua. Parecia ter fumado sem parar por mil anos.

Ele hesitou por um instante. Foi toda a confirmação de que KT precisava. Era mesmo Vasilov. Então, ela se pegou olhando para o fundo do cano da arma.

— Você é daquele helicóptero, né? Quais outras forças vocês têm na área? — Vasilov precisava gritar para ser ouvido acima da máscara de gás.

KT apenas se forçou a sentar e sorrir. Sabia que ela devia ser uma bela visão. De alguma forma, tirou um prazer perverso daquilo. Nada mais importava. Estava morta de qualquer jeito.

Analisando ao redor, identificou outros quatro atiradores. Um deles estava próximo, e os outros espalhados pelo terreno baldio, alertas. Se fossem um esquadrão de oito pessoas, havia mais dois no blindado. Somavam sete mercenários russos, e mais sabe-se lá quantos soldados das Forças Especiais sírias – se bem que não importava se eles eram sete ou setecentos, já que não havia nada que ela pudesse fazer desarmada e morrendo.

– Morte por inalação de gás cloro é mais dolorosa e prolongada do que você imagina. Me diz o que eu quero saber e acabo logo com isso. Que diferença faz? Ninguém vai saber – disse Vasilov.

Com a dor que atravessava sua cabeça ferida e a agonia de tentar inspirar, a sugestão dele não era de todo ruim. Exceto que ela saberia que tinha se entregado.

KT mostrou o dedo do meio para Vasilov.

Ele concordou com a cabeça como se já estivesse esperando por aquilo e estivesse satisfeito com a resposta. Seu dedo começou a apertar o gatilho da pistola.

Ela viu o drone primeiro. Parecia uma latinha explodida, com o pequeno rotor parecendo um borrão. O canto da boca ensanguentada de KT se curvou em um sorriso. Parte do telhado de um dos cortiços que dava para o terreno baldio explodiu. O mercenário mais próximo de Vasilov fez o mesmo, sendo dividido na altura da cintura, o torso voando antes de ele cair sobre as pernas. O telhado e o mercenário estavam na mesma trajetória. O fuzil de assalto do homem morto caiu no chão perto de KT. Um barulho que parecia um trovão ribombou pelo céu azul, chacoalhando as janelas dos prédios próximos.

Vasilov não hesitou. Ele pulou pela porta lateral aberta do blindado. KT agarrou o fuzil de assalto caído. Sabia que operativos das

Forças Especiais raramente usavam a trava de segurança nas armas quando estavam em operação. Ela girou no chão e atirou em Vasilov, mas ele pulou para o interior do veículo enquanto os tiros batiam contra a blindagem.

Houve um ruído monstruoso quando o blindado chacoalhou sobre as suspensões. Foi principalmente adrenalina que fez KT ficar de pé, com a coronha do fuzil de assalto acomodada contra o ombro. Instinto e treinamento assumiram, apesar da alquimia maliciosa do gás cloro transformando a água de seus pulmões e de sua garganta em ácido clorídrico, corroendo seu trato respiratório.

KT entrou na escuridão do blindado, os olhos demorando um momento para se ajustar. Vasilov deixava o veículo pela porta traseira. KT apertou o gatilho. O lampejo do cano iluminou o interior. A rajada tripla pegou Vasilov nas costas, no meio do corpo, bem do jeito que ela aprendera no treinamento. O homem caiu do fundo do veículo, de rosto no chão. Ela percebeu movimento atrás de si; virou-se, mas foi devagar demais. O atirador do blindado já preparava a arma. Houve outro ruído monstruoso. O atirador explodiu como se fosse um saco de líquido vermelho. O motorista do blindado dava a volta para fugir. KT atirou. A rajada tripla da arma dela jogou o motorista de volta para o assento.

Armadura! Ela lembrou. Mudou a mira e apertou o gatilho de novo, ignorando as coisas que pingavam do teto do blindado. A cabeça do motorista se espalhou pelo para-brisa.

KT percebeu que não conseguia mais respirar. Não sabia se era psicossomático ou não, mas era como se pudesse sentir o ácido escorrendo pelo corpo, liquefazendo os outros órgãos, tornando-a oca por dentro. De algum modo, ela ainda se movia. Deu uma volta no lugar e foi até a porta traseira do blindado, esperando encontrar Vasilov com o rosto enfiado na terra. Mas ele não estava lá. Estava correndo na direção de um beco entre dois cortiços. KT tentou erguer o fuzil, mas em vez disso despencou do blindado e caiu de cara no chão.

Do outro lado do terreno baldio, podia enxergar um dos mercenários. Ele estava se abrigando atrás de um muro baixo diante de um dos cortiços. Tinha a arma automática erguida e atirava rajada longa atrás de rajada longa, com cada terceiro tiro traçando linhas de luz fractal no céu. O muro baixo explodiu. O mercenário desapareceu, e a parede do cortiço atrás dele surgiu pintada de vermelho. Trovões rolavam pelo céu enquanto, de longe, Tibbs continuava sua matança. Morrendo, KT se lembrou do começo da *Ilíada*: o deus do Sol, Apolo, fazendo a morte chover sobre os sitiantes de Troia com suas flechas.

Houve mais tiros, com o *staccato* das armas dos mercenários sendo respondido por um som mais profundo, como uma espingarda disparada em modo automático. Não importava para KT. Tentar respirar através da sopa ácida que costumava ser seu trato respiratório era um jeito merda de morrer, sem dúvida, mas ela não se arrependia de mais nada além de não ter conseguido matar Vasilov. Esperava ter dado mais coisas do que recebido. Porque sua equipe havia surgido nos momentos mais sombrios da vida de outras pessoas; naquele mesmo instante, havia pessoas em casa, junto de suas famílias, que sem eles estariam mortas. Ela não devia nada a Deus.

Família.

Enquanto morria em meio à poeira, KT se pegou desejando estar tomando sol, dividindo uma cerveja com Anna. Pensou na risada alta, contagiante e de certa forma sedutora da mulher mais velha. Em Rodriguez operando a churrasqueira, gritando bem-humorado acima do caos perpétuo dos cinco filhos.

Uma lágrima de sangue escorreu pelo rosto de KT e pousou na terra.

Ela foi coberta por uma sombra. Encontrou-se encarando pés feitos de componentes e aço. Conseguiu se mover o suficiente para olhar para cima e ver a silhueta robusta de Dalton. Ele usava uma máscara de gás e carregava uma arma que ela não reconhecia. Parecia uma carabina exageradamente grande e futurista.

– É a Tor – disse ele. Não estava falando com ela. – Não. Ela tá morta.

Não tô não, ela queria dizer, mas na verdade ele havia apenas se antecipado um pouco.

– Vasilov escapou – Dalton continuou seu monólogo, presumivelmente falando pelo comunicador com Tibbs, que não estava à vista. – Ela foi bem. Derrubou alguns antes de morrer.

Ela queria dizer que não era o número de pessoas que havia matado que importava. Era o número das que havia salvado.

Então, ela partiu.

—

Luz brilhante atravessou as membranas de suas pálpebras. Em algum lugar no fundo da mente, KT sabia que aquilo era presunçoso, mas se pegou perguntando o porquê de o Paraíso ser tão doloroso. Forçou-se a abrir os olhos, satisfeita em perceber que eles não eram só esferas de sopa química queimando nas órbitas.

Estava em um quarto de hospital. Sofisticado demais para ser a ala médica de um navio, chique demais para ser um hospital público sem investimento. Ela podia respirar. Não sabia como aquilo era possível. Sentia algo duro e plástico anexado ao peito. Havia mais gente no quarto com ela. Tibbs e seus óculos escuros, apoiado na parede junto à porta com os braços grandes cruzados. E alguém bem ao lado da sua cama. Um homem mais velho, de óculos. Ele lembrava os professores de faculdade que ela havia conhecido, a não ser pela mão mecânica. Aquilo era coisa de vilão do James Bond.

– Bom dia, senhorita Tor – disse o professor. – Meu nome é doutor Emil Harting. Bem-vinda à RST.